5saide ryu no outeidenka no hanayome ni narimashita

五歳で、竜の王弟殿下の花嫁になりました 2

JN070537

須王あや

illustration AkiZero

TOブックス

ꞩsaide ryu no
outeidenka no
hanayome ni narimashita

Contents

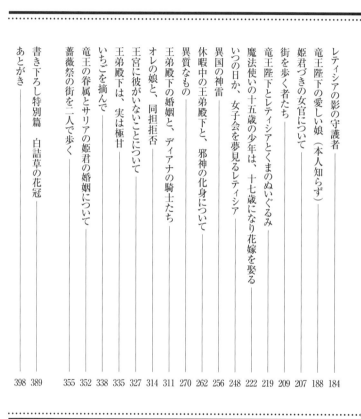

イラスト：AkiZero　　デザイン：CoCo.Design　小菅ひとみ

フェリス
竜の加護を受ける国・ディアナの王弟殿下。竜王レーヴェの血を受け継ぎ、強大な魔力を持つ。レーヴェと顔が瓜二つ。レティシアと出会い、笑顔の絶えない毎日に満たされている。
レティシア
サリアの王女。前世は社畜OLで、推し活とあたたかい家庭を持つことに憧れを抱いていた。婚約したフェリスを今世の推しと決め、ほのぼのした幸せな日々を送っている。

Isaide ryu no
outeidenka no
hanayome ni narimashita

Person introduction

レーヴェ

ディアナの創始の竜王陛下であり、守護神。フェリスとレティシアを優しく見守っている。フェリスの前に姿を現し、言葉を交わすこともできる。

マグダレーナ

ディアナの王太后であり、フェリスの義母。目の敵にするフェリスへの嫌がらせのつもりで五歳のレティシアと婚約させた。

ずっと一緒にいたいと思うことについて

ディアナ宮廷一の美貌を謡われる十七歳のフェリスにとって、それは、生まれて初めての婚約者殿とのデートだったのだが、幼いレティシアにとっても、人生二度あわせての生まれて初めてのデートだったのだ。

「レティシア、待って。皆が驚くから」

王宮に戻り、ふんわりと、馬車を降りようとしたレティシアを呼び止める。

「あ……、すっかり、忘れてました」

街中で何かあってはと、魔法で茶色に見せていたレティシアの髪と瞳の色を、本来の金髪と琥珀に戻す。

うん。

あたりまえだけど、やはりこのほうがレティシアらしくて可愛い。

「フェリス様はやっぱり、金色の髪と碧い瞳がフェリス様らしいです」

にこっと微笑って、レティシアもおなじことを言っていた。

「おかえりなさいませ」

「おかえりなさいませ」

「ただいま」

「お外はいかがでした、レティシア様？」

「とても、とても、楽しかった！　フェリス様と海に行ったの！」

「まあ海に。よろしゅうございましたね」

「まあ。素敵ですが、海辺のお散歩の後は、とくに髪と肌の手入れが大事ですわ、レティシア様」

「ほんと？　そんなに日に焼けるほどじゃなかったけどな……」

「優しい春の日差しこそ、気を抜いてはならぬのです」

昨日の義母上の茶会の詫びのような気持ちがあって、空いてる時間に少しだけ外へ連れ出したのだけれど、生気満ち溢れるレティシアの様子に、誘ってよかったな、とフェリスはほっとする。

本当なら、ぞんぶんに甘やかされているような歳で、嫁姑の苦労をかけるのが、心苦しくて（いや五歳当時のフェリスも全く甘やかされてない状況だったが、それはともかくとして）、

「レティシア、僕はこのまま出かけるけど……」

「はい。フェリス様、凄く、凄く楽しかったです！」

見上げて来る嬉しそうなレティシアを、おいていくのが、何だか忍びない。

このまま一緒に連れていきたいけど、そんな訳にもいかないな。

しかも行っても楽しい処でもなし……。

「お帰りを、お待ちしてます。私がフェリス様を引っ張りまわしたので、お疲れがでないとよいで

すが……」

砂浜で、フェリス様、こっち！　と手をひっぱられて遊んだ。

砂のお城を作りましょう、と誘われて、砂で城を作ってみたが、なんと波が壊しに来た。

驚いた。（フェリスは、そんな遊びはしたことがなかったのだ……）

優しい波はなかなか無情だったが、彼の姫君は挫けなかった。

それにしても、姫君の靴というものは、作りが華奢すぎるのでは？

もう少し何とかならぬものなのか？

あれでは、ちっともレティシアの足を守れていないじゃないか。

「レティシアこそ、ゆっくり休むように。僕もとても楽しかったよ。つきあってくれてありがとう」

何故か、視界の隅でサキが目頭を押さえている。どうしてだ。

また坊ちゃま、すっかり人がましく……とか感動している気がする。

「ああ。あと、これを」

「何ですか？」

「アイス。レティシアと皆の分。……サキ、リタ、レティシアが皆にも食べさせたいと望んでたから。溶けないように冷却の魔法をかけてるけど、箱をあければ魔法は解けるから」

「……まあ、レティシア様、そんな私共にまで……ありがとうございます、フェリス様」

渡した箱を、大事そうに、サキが受け取る。リタも驚いた顔をしている。

「では、出かけて来る。レティシアを頼む」

「フェリス様、いってらっしゃいませ」

「お帰りお待ちしてます、フェリス様」

自分を待っててくれる人と結婚できるなんて、フェリスは思っていなかったので、琥珀の瞳のちいさな姫君からその言葉をもらっただけで、わりとなんでもできそうに思えた。

竜王家の男子について

「フェリス殿下はせっかくの側女選びの茶会で、ずっとサリアの姫の機嫌をとっていたとは真実か？　ソフィア、花も恥じらう年頃のそなたらが、五歳の娘に劣るというのか⁉」

「お父様……、そもそもフェリス様は、私に限らず、いままでどんな令嬢にも目もくれたことはありません。幼いお妃様を迎えるからと言って、側女が欲しくなるような方ではないと思います」

でもみんな少しほっとしてる。

サリアの姫はとても可愛らしいけれど、あれではまだ十年は、フェリス様の本当の妃にはなれまい。

そうしたら、あの方は、いままでと変わらず、誰のものでもないのだ。

どんな女も、あの方を所有できない。

自分のものにはできなくても、麗しの王弟殿下に、誰のものにもなって欲しくない。

ディアナにそう願う令嬢、御婦人は数知れず、だ。

「フェリス殿下は血の猛る十七歳ぞ？　何故に女の色香に迷わぬのだ？　そんな男がこの世にいるか」

「王弟殿下は、竜の血を強くおひきになった方。この世の殿方とは、理が違うのかも知れません」

「何を言う。竜王陛下とて、アリシア妃を愛された。おまえたちに魅力がたらぬだけのことよ」

「それでは、私にも剣術修行の機会でも下さいませ。アリシア妃は、ドレスで着飾った姿ではなく、泥にまみれて剣を振るうさまを、レーヴェ様に愛されました。フェリス様も舞踏会のドレスは御好みでないかもしれません」

「竜王陛下とフェリス殿下が同じ好みとは限らぬだろう」

「でも、騎士にでもなれば、殿下にお声をかけてもらえるやもしれません。少なくとも、私ごときでは、普通にしていては、存在すら気づいていただけません」

それはべつに、フェリスが彼女に意地悪をしているわけではない。

美貌の王弟殿下は、どんな令嬢にも等しく興味がないのだ。

だから、みんな耐えられる。

だれかが特別なわけではないから。

王太后様の御不興を買いたくないからみんな黙っているけれど、本当は王宮のたいがいの娘は王弟殿下が好きだ。

ディアナに生まれて、あんなに竜王陛下そっくりの夢の王子様を、嫌いになれるはずがない。

「馬鹿なことを言ってないで、美しいドレスでも仕立てて、少しはフェリス様の目を引け！　我が家に、竜王家の血を招け！」

「畏まりました、お父様」

お父様なんて大嫌いだけど、何処かのつまらない貴公子との婚約を命じられるよりは、フェリス様の眼にとまる望みはまずなくても、フェリス様の為にドレスを選んでるほうが楽しいわね、と彼女は思っていた。

ああでも、なんて羨ましい、レティシア姫。

王弟殿下と、ずっと手を繋いでおいでだった。

あんなに優しく微笑まれる王弟殿下を初めて目にした。

ふたりとも蜂蜜を溶かしたような金髪だから、手を繋いで歩く御二人は、兄と妹のようにも見えた。

幼くて、まだきっと、見るものすべてが珍しいものばかり。

何の迷いもなく、王太后様の側女の薦めを、蛇蝎のように嫌って、拒絶していた。

あんな勇気は、ディアナ貴族の令嬢にはとてもないから、フェリス様が、あの子を寵愛されるのは無理もない。

「わたくしも、フェリス様に愛される五歳の異国の姫君になりたい」

まだ恋にも程遠かろう仲の良い兄妹のような二人は、だからこそ、他の誰の侵入も許さないほどに神聖で親密に見えた。

「フェリスよ、おまえ、さっきから、ずっと同じページ開いてるぞ？　レティシアに添い寝してもらって、幸せボケしてるんじゃないか？」

午後から、王宮の執務室で、フェリスが一人で黙々と朝の分の仕事をしてると、レーヴェが現れた。

「だから何度も言ってるように、僕の私室を覗くなと……」

ぴくりとフェリスは眉を上げる。

「だって、竜王陛下、フェリス様への夜這い、成功するように祈って下さいね！　ってちびちゃんがオレに話しかけるんだもん。そんなおもしろそうな……いや、そんな深刻な奇襲は、慈愛ぶかき先祖として見守らんといかんだろー？」

「レティシア……、いや、レティシアは何も悪くない……、何処にでも出てくるこのおせっかい竜王が……」

「うちの拗らせ子孫が、可愛い姫君に失礼がないか、気にしてやらんといかんだろう？　フェリスは子供慣れも女性慣れも皆無なんだから」

「悪うございましたね。生まれついての人たらしの竜王陛下に、似ても似つかない子孫で」

そもそも、世の中は不公平だ。同じ貌だと言われながら、フェリスの微笑は氷の微笑で、竜王陛下の微笑は誰にも恭しい微笑と言われるのだ。大概、惨い。

確かに、レーヴェはとても神様とは思えないほど懐っこい性格だが、それにしたって随分な話だろう。神獣本人より、近寄りがたいと言われるなんてどんな呪いだ……。

「まったく有難いことだな。そんなフェリスにも挫けないちいさいお姫様がやって来て、好きで食わないだけの手のかかる甘えた男に、夜中に夜食は運んでくれるわ、アイスは口移しで食べさせてくれるわ、砂の城は作ってくれるわ」

「口移しではありません！　スプーンで、ほんのひとくち頂いたのです！」

「たいして違わねーじゃねーか」

「大違いでしょう！　だいたいあなた暇なんですか？　ずっと僕とレティシアの後を付けないでください！」

「ほら、オレ、恋の神様らしいから。こないだフェリスに聞いて初めて知ったけど。恋の神様なら、我が血族にいままさに生まれようとしてる幼い恋を見守らないと」

レーヴェは、久々の恋話だとうきうきして、黒髪もうねりまくっている。

よくある千年生きてる孤独とか、悲哀とかないんだろうか、この神獣……？

全くなさそうだが……。

「こんな呑気すぎる邪神いやだ……」

「あー、ひどいよなー？　こんな善良で、罪のない、可愛らしいオレ様を邪神扱いとは！　神罰をあてるぞ、全く！　あ、フェリスが罰あてたな。我が子孫、有能」

「海の広場で焚火の許可はしておりませんし、迷惑な宗教活動はお断りしております」

「オレの肖像画なんて何枚燃やそうがかまわないが、ああいう手合いは、物騒だからなあ……、物を大事にせん奴は、人も命も、粗末にするからな」

「悪しき邪竜のもとから離れ、我が身、我が財を全て、正しき神に捧げることこそ、真の神リリア神への帰心なんだそうです。リリアの僧に拠ると」

「誰が邪竜だよ。失敬な。オレは瑞獣だ。そもそも、そんな献金、リリアの上級神官あたりの酒代になるだけだろ？　こちとら困惑の至りだ。まっとうな神なら、人間の金貨なんぞ、山と積まれてもどうしろと？　ってとこだ。ただまあ、わかりやすい愛情のかたちを欲しがる珍しい寂しがりも、まれにはいるけどなあ……」

レーヴェは、何も欲しがらない神様だから。無欲というより、身近な者からの愛情にも、多数の信者からの信心にも、証など求めない体質だ。

オレのこと好きな子は、うちの子。オレは万能でも何でもないから、何もかも守ってあげられる訳じゃないけど、オレの名を呼ぶ子は、オレの庇護の下にある子、なんだそうだ。

まあそう考えると、敷居の低さで、他国にも信者が増えるのかも……。

お金も、神殿も、名誉も、何もいらないという気楽な神様なので。

レーヴェ本人が豪奢嫌いなわりに、やたらと派手な神殿の建つ人なんだが……。

「わかりやすい愛のかたち」

「そう。金自体は、使う訳でもない、神には何の意味もないんだけど、……何だろう？　オレみたいに、やろうと思えば、それなりに人間らしい思考も追える神もいれば、なんとなくの大枠しかわからないタイプもいるから。……そのタイプだと、細かいことはわからないんだけど、紙幣なり金貨なりに、人の念がそりゃあもう膨大に集まってるのだけはわかるから、お金供えてもらうと嬉しいのかもな？　オレには謎だが。オレは、自分で作ってくれた食べ物供えてもらう方が好きだぞ。

水と豊穣を司ってる神だからな」

「レーヴェには、焼きたてのパンと、朝摘みいちごを供えてあげますから、大人しくしててくださ い。僕の結婚生活を監視してないで」

「苺は貰うけど、そこは、レティシアに大改革されてるフェリスがおもしろくて、つい見ちゃうだろ。やっぱ長生きはするもんだな〜じいちゃんはフェリスの幸せそうな貌が毎日見れてまことに嬉しいぞ！」

「同じ貌でじいちゃんぶるのやめて下さい」

「だってホントにひぃひぃひぃ……？　じいちゃんなのに。てか、オレも、何処かで今日みたいな怪しいの見かけたら、雨でも降らして心挫いとくけど、うっとおしいな」

「そうですね。なかには本当にレーヴェが悪の化身と信じてディアナの民を救いたいと思ってらっしゃる人もいて面倒このうえないというか……、ただこう、裕福なディアナ商人だの貴族だのを狙って勧誘してる者は、それほど清らかな御心だけとは思い難いですけど」

「市井の市民の心をじわじわ惑わそうってのも、じゅうぶん罪深いと思うぞ。演説の語り手自身に才があれば、ああいうので民を大暴動までもっていく怖い奴もいるからな。とはいえ、うちのディアナの下町っこの心はあんなもんじゃ揺らがないと思うがな」

「みな、竜王陛下、大好きだからですか？」

まあレーヴェが自惚れて当然な程度には、ディアナっ子は竜王陛下命なのだが。

「それもあるけど、昔から、ディアナ人、なんか神様に、異様に寛容なんだよ。だからオレにも寛容だったんだと思うけど。みんな義理堅いから、オレのこと貶されるのは嫌うけど、ああ、広い世の中には、リリアの神が好きな人もいるんだね、くらいなもんじゃないか？」

「ああ……、そこは、そうですね。ディアナの民はおかしい！　まるで海岸の砂にでも教えを説いているような手ごたえのなさだ！　邪神の呪いは深い！　て捕らえたリリア僧が逆に怒ってました」

フェリスも少し笑った。

「そうなんだよ。ディアナの子、優しいんだけど、わりとさらさらと人の話聞き流しちゃうから。うちの子たち、あの、いい加減なとこが、オレとあってるんだと思うんだよな。それは、オレの呪いじゃなくて、この国の風土であり、性質だから」

「レーヴェ、褒めてるんですか？　貶してるんですか」

「褒めてる。オレと気が合うから、ずっと愛して守ってきてる。思い詰めすぎはよくない。人の子も、神様も、いい加減なくらいで、ちょうどいい。……何でも思い詰めすぎて、何かひとつに依存しすぎると、よく、悪いものに付け込まれる」

千年もディアナを守ってる優しい神竜様は、妃にはやたらと一途だが、信心なら、いい加減なくらいが、ちょうどいいらしい。

「何かひとつに……」

「そう、それがオレでも……ま、オレは比較的無害なんだけど……、恋でも地位でも仕事でも神でも、あまりにもそればかり思い詰めると、それが思い通りにいかないときには、闇を育ててしまう者もいる」

「そうですねぇ……」

フェリスは恋なんてしたことがなくて。

いま、フェリスが、レティシアといて楽しいのが、保護欲なのか、家族愛なのか、自分と似た境遇の幼い王女への友愛なのか、どんな感情なのかもわからないレベルだけど。

義母上を見ていて、恋も愛も結婚も、ひどく辛いものだ、と思って育ってしまった……。

それは希少なケースで、この世にはきっとたくさん、幸せな恋や、幸せな家庭があふれているのだと思うのだけれど（そうあって欲しいと思って、行政の充実や国家の治安維持などに励んでいる）、とりあえず、その幸せな家庭というものは、フェリスの身近なものではない。

「あんなに小さかったフェリスはもう嫁を迎えるような歳で、おまえの母が天に昇って十二年。ステファンが死んで十年だ。なのに、マグダレーナはまだ悪夢を見ている」

レーヴェも同じことを思ったのか、義母上の話をしている。

「……私が、レーヴェに……似なかったらよかったんだと思います」

そうしたら、義母上もいろいろと過去も忘れられたんじゃないかと。

とはいえ、フェリスは義母上の心を引き裂いた父に似たわけですらないんだが……、父にはよっぽど兄上の方が似てる。千年も隔てた竜神に似たことの責任なんて、とても……。

「それはフェリスのせいじゃない。そんなことを、フェリスに妬くマグダレーナのほうがおかしい。どうかしてる。……どうしても誰かのせいにしたいなら、オレの血が濃く出てるんだから、もう何なら、オレが悪いでいいぞ」

「……レーヴェが悪い？」

子供のように、フェリスは繰り返した。泣き笑いのような気持ちで。

レーヴェは何も悪くないけど、レーヴェそっくりのこの貌じゃなかったら、どういう人生だったんだろう？　と思うことはある。もう長く、この貌で生きてるから、うまく想像できないけれど。

どっちにしろ、きっと義母上には好かれてないと思うが。

「そう。オレが千年後も民にモテすぎてるのが悪いんだろ？　だから、オレに似てたら怒られるんだろ？　それにしても、オレの貌で文句言われるのへこむな。……竜体で気持ち悪いって人間はよくいるが……」

「うちのレティシアが」

「あー、もう、うちの扱いだ」

冷やかす竜王陛下がひどく楽しそうだ。

「もう、うちの子ですから」

でも、これもたぶんレーヴェの癖だ。すぐに何でも「オレが気に入ったから、もう、うちの子」扱いする。ちょっとだけ伝染った。

本当はずっと、フェリスだって、レーヴェみたいに、誰かを容易く気に入ってみたかった。気軽に、誰かと親しくなってみたかった。自分にはそんなことはできないと知ってるけれど。

「人型のレーヴェも、竜体のレーヴェもかっこいいって言ってました」

「そうだろう、そうだろう。ちびちゃんはやっぱり見る目があるぞ。……ま、あれだな、うちの嫁で、竜体が気持ち悪いって凄く気の弱い子が来ても、気の毒だしな……悪夢にうなされるよな、国中、オレの絵だらけで」

「レーヴェの絵姿、レティシアに頼まれてるのですが、……レーヴェ、邪魔だなと思って、レティシアの部屋には」

「おまえ、よくも、オレを邪魔扱い！　罰当たるぞ！」

「だって邪魔でしょう？　絵がなくても覗きまくってるのに。このうえ、レーヴェの絵姿を、レティシアの部屋になんて……」

「フェリスは、ちびちゃんの望みは何でも叶えるとか言ってなかったか!?」

「……たまたま、我が美しい妃の私室に飾るような、ふさわしい名匠の手による竜王陛下の絵が見つからなくて……」

「みんな、オレを見たこともないのに、妄想で描いてんだから、どれもたいして変わらんわ。むしろ、最近の若い画家なんて、フェリスに似せてオレを描いてる。それはちゃんとモデルがいるからな」

「それは凄く……鶏が先か、卵が先か……って話になってしまいますね」

だいたい真面目な話してても、たぶんにレーヴェの性格により、レーヴェとの話は最後は笑い話になって終わってしまう。

マグダレーナの怨念に抑圧されたわりには、フェリスがやたらと強い気性に育ったのは、最強の竜の血と、竜王様による慣れない子育ての成果である。

大事なものはおうちのなかに

「わーん、竜王陛下ー、御無事でよかったー」

レティシアは廊下のお気に入りの竜王陛下のタペストリーの前でほっとしている。

もちろん広場で燃やされかけてたのは、こんな豪華なタペストリーではない。

簡易な様子の肖像画だったけど、やっぱり、うちの竜王陛下は無事かな⁉　と確認してしまう。

レーヴェが見たら、絵姿のレーヴェの無事を確認しているレティシアがあまりに愛らしくて、ますますメロメロになることだろう。

「やっぱり、人ん家の神様、燃やす人、苦手……」

もともとが、クリスマスもハロウィンもお盆もお正月も、ぜんぶ違う神様を拝んでいて、何の問題もない日本育ちの子なので。宗教戦争など授業で習っていても、なんで神様が違ったら戦争なの？　とクエスチョンだったくらいである。

「何かあったのですか、レティシア様？」

「うん。今日ね、広場で、竜王陛下のこと悪く言って、竜王陛下の絵を燃やそうとしてるお坊さんがいてね……びっくりしたの」

「まあ。なんて不心得な輩でしょう。罰があたればいいのに。レティシア様、危険はありませんでしたか？」

「うん。フェリス様いたから」

護衛の人もいたけど、気のせいか、護衛の人達より、フェリス様のが強そうだった……。

「レーヴェ様の神殿の僧ですか？」

「ううん。リリアの僧って言ってた。ディアナの人はみんなレーヴェ様に騙されてるから、リリアの神のもとに戻りなさいって」

「大きなお世話でございますね」

「よりにもよって優しい恋の神様レーヴェ様から、厳しそうなリリア神になんて……モテなくなっちゃうじゃないですか」

サキが一言で却下し、リタも眉を寄せて嫌な顔をしている。

「そうなの？　竜王陛下、恋の神様なの？　そしてリリア神は違うの？」

恋の神様なんだ、竜王陛下〜と、もう一度、タペストリーのフェリスによく似た竜王陛下を見上げてしまう。

「リリア神は孤高の気高き神様ですから。ご結婚もされてません。レーヴェ様はアリシア妃への愛情の深さで、恋の神様とも言われます」

「それに確か、リリアの教団の戒律もとても厳しいはずです。レーヴェ様で育ってる呑気なディアナの民に、窮屈なリリア教は無理です」

リリアの神様、孤高の神様なのかあ。

でもきっと、リリアの神様だって、信徒にあんなこと望んでないよ。

あの信徒、ちょっとどうかしてるのよ。誰かの大事なものを燃やして教えを伝えるなんて、そんなこと、きっと神様もとても悲しまれると思うの。

「海の広場に何故かリリアの花がたくさん降って来たと、買い物に出ていた厨房の者が申しておりましたが、レティシア様、ご覧になりました？」

レティシアの部屋に戻って、お着替えしましょう、と手伝ってもらいながら、お喋り。

「あ、その花は……」

それはフェリス様が降らした花！　と言いかけて、ん？　おうちの人とはいえ、フェリス様が内緒って言ってたから、内緒かな？　おうちなら平気？　と唇を押さえてしまった。

「レティシア様？」

「あ、うん。お花、たくさん降ってきて綺麗だったー」

とりあえず、フェリス様に確認がいるかも、とみんなにも内緒に。

フェリス様、あんな魔法使えるのに、昨日、王太后様の処ではフリーズしてた……まるで、これ以上、処理不可能、って壊れていく精密なパソコンみたいで怖かった……。

「あらあら。レティシア様、一度、お湯使いましょうか？　髪にも砂が……」

「ドレスも裾がほつれてしまいましたね……」

「え……、ごめんなさい」

「いえ。私共に謝る必要はございません。お外にお出かけでしたから、ドレスに傷みもそりゃあございますとも。ましてフ、レティシア様はおちいさいですから、御召し物をいくらかダメにするくらい、遊ぶのは元気な証しです」

本日のレティシアは、ホントにちいさい子として、ぞんぶんに遊んでしまった……。

海辺ではしゃいで走ってしまった。

フェリス様、レティシアの子守り大変だったのでは。

一緒に、砂の城、作ってくれた。

フェリス様が優しいからって、また我儘放題言ってしまった。

ちょっと反省。でもご一緒できて、楽しかったの。

ずっと一緒で、ずっと手を繋いでたから、フェリス様の気配が、いまは隣にないのが少し寂しいくらい。

「海に行ったの。フェリス様とね、海で、砂の城作ったの。フェリス様、砂の城、初めて作ったって言ってた」

海の傍で育った男の子なのに、砂の城を作ったことないなんてあるのかしら？　王子様はそんなことしないの？　サリアには海なかったけど、海があったらぜったいお母様と遊んでたと思うな

……とレティシアは不思議に思った。

「まあ……。それは……、それはきっと、フェリス様にも忘れられない一日になりましたね」

「そうかな？　そうだったら、嬉しいな」

人生二度通しての初デートは、凄く楽しかった。二度目の人生、もしや一度目よりハードモード

では？　と参ってたけど、生き急いで、修道院に行かなくてよかったかも……。

「じゃあ、お湯、使います。……フェリス様と初めてお外にお出かけしたドレス、なおりそう？」

「ご安心ください。この程度なら綺麗になりますから」

「よかった。今度から暴れてもいいように乗馬服で行こうかな？」

お姫様のドレス可愛らしいけど、ドレスの裾で常に地面を掃除してるようなものなので、普通に歩いてても傷むよね。

「乗馬服も可愛らしいですけど。レティシア様のドレス姿は、これから咲き匂う薔薇の妖精のようですわ。御二人で並んでらっしゃると、本当に絵のような御二人です」

「似てない兄妹？」

「あら、御二人は、似てらっしゃいますよ」

「私、フェリス様みたいに美形じゃないよー」

「そんなこと……レティシア様もとってもお美しいですけど、御顔のことじゃなくて、何となくフェリス様とレティシア様には似た雰囲気がおありですよ。やはり御二人は、ご一緒になるべく、星に定められた運命なんでしょうね」

リタが年頃の少女らしい、夢見がちなことを言っている。

「これから長く一緒にお過ごしになるのですから、きっと御二人はもっと似てこられますね」

サキが、レティシアがドレスを脱ぐのを手伝ってくれる。

一人で着替えが出来ないというのが、なかなか大変……。

「そう？　かな？　そうだといいなー」

レティシア自身は、レティシアとフェリスが似てるとは到底思えないが。

仲良しの友達にしか通じない言葉とか、家族にしかわからない言葉とかはあるから、二人でずっと一緒にいるとしたら、いつかは、そんなふうな二人になれたらいいなー。

今朝も、きっとレティシアの気晴らしに、外に連れ出してくれたんだろうけど、朝の海辺の太陽の下で、フェリス様の雰囲気も明るくなっていって、一緒にいて嬉しかった。

昨夜、お夜食持って、フェリス様のお部屋に行ったときは、やっぱりちょっと昏い影が纏わりつくような気がしたんだけど、うっかり二人で一緒に寝ちゃって朝起きたときには、ちゃんといつものフェリス様だった。

ごはんとお散歩、大事。

基本、栄養と運動だよね、人間！

「私の髪がいい匂いってフェリス様が言ってた。リタの言ってた薔薇の石鹸のおかげ……」

「あらあら。それは当家の製品ですから、おなじクラスのものを、フェリス様はお使いの筈ですが……、レティシア様自身の香ととけると、レティシア様の匂いになりますからね」

「そうなの？　フェリス様の髪も、私と同じ香なのかな」

自分の匂いは、自分ではわかりにくいなー。

じゃあ、同じかどうか、フェリス様の髪の匂い、こんど嗅いでみよう……。

二人で騎乗したときみたいに、あまりに近すぎるのは緊張するけど。

可愛かったな、フェリス様の愛馬のシルク。レティシアの愛馬のサイファぐらいハンサムだった。

うちのサイファは、今頃、サリアでどうしてるんだろう……？

いい子に、してるかな。

ちゃんと、誰かを乗せてあげてるのかな。

「レティシア様？　どうかなさいましたか？」

「……ううん。何でもないの」

ほんの少しだけ覗いた寂しい顔を、女官達から隠すように、レティシアは首を振った。


「メイナード、おかしな噂が出回っておると？」

王太后マグダレーナは、羽扇の陰から問う。

「は。それが……」

下問されたメイナード伯爵は、王太后の不機嫌そうな顔に言い淀む。ただでさえよい知らせでもないのに、こんなに不機嫌な王太后に言わねばならぬのは、もはや拷問に近い。

マグダレーナは、王弟とその妃を呼んでの御茶会以来、ずっと機嫌が悪いのだ。

彼女はフェリスの孤独をさらに深めるつもりで、想定外の敵を、彼女の花園に呼び込んでしまったことを自覚して歯噛みしていた。

何もかも気に入らない。

あの金髪の小さい娘はいったい何だ。

あんなちびが、この私に歯向かうとはどういうことだ。馬鹿馬鹿しい。だいたい、あんなちびの分際で、いっぱしの妃か何かのつもりなのか？　私を睨んだあの生意気な琥珀の瞳は何だ。

あんなちびのくせに、フェリスを愛しているとでもいうのか？

レティシアが美しかったことすら、忌々しかった。

サリアの前王の王女レティシアは、痩せっぽちで、世迷言ばかり言っている、ちょっとおかしな少女だと言った、あの嘘つきなサリアの使者の首を、今すぐ刎ねたい。

実際のレティシアと来たら、蜂蜜色の金髪、琥珀の瞳、ずっとフェリスの手に甘えるように縋って、背伸びしてフェリスと囁きを交わす、幸せに輝くような娘ではないか！

そんな娘を、フェリスに与えるつもりではなかった！　もっと醜い、泣いてばかりの、もっと愚かな娘ならよかったのに！

あの娘は、恐らく、子供らしからぬあの賢しさでフェリスの心を捉えたのだ。

なるほど、考えが甘かった。

フェリス同様、どちらもちょっとおかしな変人なら、それは話も気もあうというものだ。

(私は、いやです！　側妃など選びません！　フェリス様の心はフェリス様のものです！)

世間知らずの生意気な小娘め。

ディアナの竜王家の王子の心が、己自身のものでなどあるものか。

誰の思惑からも、完全に自由であることなど、叶うものか。

前王ステファンが死んで以来、この国にマグダレーナを諫める権限のある者は誰もいない。

彼女は予期せず早く夫を亡くして寡婦になり、現国王マリウスの母となった。現国王マリウスは、母を愛し誰より母に弱いため、いつのまにか、彼女はディアナの影の最高権力者となった。

マグダレーナが黒と言えば、白いものも黒なのだ。

そうやって彼女は十年も、女として最高の地位とやらに座して久しいが、少しも幸福ではなかった。その昔、ステファンの妃になる前の少女の頃より、ステファンが彼女ではない女を愛した頃よりも、ずっとマグダレーナは不幸だった。

十余年を経て、なさぬ仲の息子フェリスは、竜王陛下そっくりの美貌の青年へと成長し、日夜、彼女を苦しめ続けた。

あのフェリスの冷たい軽蔑しきったような碧い眼を見るがいい。マグダレーナのすべてを侮辱してるとしか思えない。義母上、と呼ぶときのあの声を。

フェリスの母が死んだのは本当に病死で、マグダレーナが毒殺した訳ではないが、言わぬ口の下で皆がマグダレーナを疑っていた。誰もがマグダレーナの嫉妬を知っていたからだ。

宮廷中が彼女を疑ったなかで、母を失った息子のフェリスが疑わずにいられるだろうか？　マグダレーナがフェリスの立場でも、真実がどうあれ、きっと母の仇と彼女を憎むだろう。

その頃から、もう疲れ果てている。何もしなくても、どうせ悪く思われるなら、いっそこの手で悪事を犯したほうがマシではないか、と。

あの娘は幸せなのだ。十二歳も年上の、異国の男に嫁がされるというのに。おかしな話だ。

暗い姫でろくに話しもしないと、到着後、姫の世話をした王宮の女官たちは言っていたのに。

では、あの姫は、フェリス宮に入ってたった数日で、あんなに美しく、生意気になったのか？

マグダレーナが五歳のころには、もうステファンとよく会っていた。お互い、長じたら、結婚するかもしれない、というのはあった。

昨日の茶会の、辺りのすべてから浮かび上がるような、仲のよさげなフェリスとレティシアのようではなかったけれど、幼馴染み特有の親しさはあった。

ステファンが、フェリスの母に恋をするまでは、マグダレーナは彼の一番親しい友だったのだ。

それは王家に限らず、ときおり起こる不幸だが、やられた方はたまらない。一生、消せぬ傷となる。

（おいで、レティシア。義母上への挨拶は済んだから、私達は御暇しよう）

五歳の娘に嫉妬するのもおかしな話だが、フェリス嫌いのマグダレーナにもわかる。

フェリスが誰かを愛したら、レーヴェ竜王陛下のように、決して、その者を裏切らないだろう。

あれはそれを知っていたから、ずっと人を近づけるのも怖れていたのだ。

そして、愛する者を、他人が傷つけることを、決して許すまい。

（まるでひどく成長の遅い竜の子が、やっと身動きを覚えるようだ）

頭の中で言葉になった言葉を、忌々しくマグダレーナは打ち消す。

違う。あれは、竜の子などではない。あれは、ただの側妃が生んだ子供だ。あれが竜王陛下に似ているなどと、ただの、千年続く血の気紛れだ。マグダレーナが生んだ第一王子マリウスこそが、ディアナ竜王家の直系であり、ディアナの王だ。誰も、その存在を脅かすことは許さない。

マリウスがディアナの王であることだけが、マグダレーナが生きてきた証だ。

「王太后様。恐れ多くも申し上げます。……市井におかしな噂が……マリウス国王陛下が、竜王剣を抜けぬのだと……」

「痴れ者が！　そのような無礼者は捕らえて牢に入れよ！」

「は……っ!!」

割れんばかりの大声で、マグダレーナは叫んだ。視界の隅で、メイナードが震えている。

いけない。騒ぎ過ぎだ。おかしく思われる。それにしても、誰が、何故、今更そんなことを!?

「王の竜王剣継承の儀は、もう七年も前の事。何故いまそんな不敬なことを……」

「何処から出た噂なのか調査中なのですが……」

「王弟を推す者の流言か？」

「まさか、そのような。彼の方は決して……」

「どんなふうに民が囃し立てるか、妾があててみせようか、メイナード。……及び腰のマリウス様は、剣もお得意でない。兄上が使えぬ名剣も、我らが麗しの王弟殿下であれば……」

「おやめください、マグダレーナ様。母后様と言えど、それはあまりに言葉が……！」

それはおもしろいだろう。囃し立てる方にしてみれば。人の心には判官びいきというものがあるらしく、いつも王太后に虐められている可哀想なフェリスが気の毒で味方したくなるのだそうだ。

可哀想なフェリスは、十歳にもならぬ頃から、魔法で失敗して魔法省の塔ごと吹き飛ばすような美しい怪物なのだが。氷のような自制心だけが、ずっと、あの美しい化け物を制している。

「民が勝手に言ってるのやも知れず、誰かフェリスを擁立したい者が流しているのやも知れぬ」

結局、フェリスが生きているかぎり、ずっとこうだ。どんなにあの子が、学問も魔法も飽きたと放り出して、王宮の隅に潜むように暮らしたところで、フェリスの名を呼ぶ者がいる。呼んではならぬと言うても、呼び続ける者がいる。

「マ、マグダレーナ様、お手が……お手から血が……!!」

ふと、女官の声に手元に目を落とすと、扇を握りしめすぎて、血が出てきた。血が出ているのに、痛みも感じない。血を流す手よりも、心の方がもうずっと苦しい。

「流言を撒く者を突き止め、厳罰に処せ。王弟にも問いただせ」

「王太后様、あまりの早計です。民は、王弟殿下のことなど、申しておりませぬ。それはマグダレーナ様のお考えちが……」

「妾の妄想と申すのか？　ずいぶん偉くなったのう、メイナード」

いまそう騒いでなくても、やがて民は必ずそう言いだすであろう。

悪い芽は早くに摘まねばならぬ。

「王弟にも、メイナード、そなたにも、陛下への不敬罪で蟄居謹慎を申し付ける」

「……私の奏上の仕方がお耳障りだった罰ならば甘んじて受けましょうが、王弟殿下は何もなされておりませんし、民が王弟殿下のことを言うた訳でもございませぬ！　このお仕打ちは、王弟殿下にも民にも私にも、あまりにも理不尽でございます！」

何を言う、世の中など、妾の沙汰に限らず、いつも理不尽に決まっているではないか、とがなり立てる男の声を遠く聴いていた。

王弟殿下、蟄居謹慎を命ぜられる

「フェリス殿下、あの……」

「何だい？」

王宮の廊下を歩いていて、フェリスは非常に恐縮した様子のラザン伯爵に話しかけられた。

「大変申し訳ありませんが、王太后様よりフェリス殿下に、蟄居謹慎をとのお言葉が……」

「蟄居、謹慎？」

フェリスは碧い瞳を瞬かせた。

「ラザン、王弟殿下に、何を無礼なことを……！」

ちょうど一緒に歩いていたアルノー伯爵が声を荒げる。

「何の罪で？」

思わず、尋ね返してしまう。今朝、広場でリリアの僧侶の騒ぎに関与したが、あれがいけなかったのか？　いや、あれは、フェリスがやったとは気づかれていないはずだが……。

「それがそのう……」

ラザンは普段、とても気持ちのいい男なのだが、何故かひどく歯切れが悪い。

「本日、メイナード伯が王太后陛下に、民が国王陛下が竜王剣を抜けぬと噂しているという大変不確かな噂を奏上しましたところ、王太后様が、フェリス殿下を支援するものの仕業に違いないと、何故か激しくご立腹になり、奏上しましたメイナードと、王弟殿下にも謹慎をと……」

「……？　僕は竜王剣の話もいま初めて聞くけれど？」

もはや何のことかわからなすぎて、どんな表情をしたらいいのかわからない。

言いがかりにも程がある。

何処から、竜王剣が出てきたんだ？

あれは、昔、レーヴェが愛用した剣で、確かに王の戴冠式に使いはするが、儀礼的なものじゃないのか？　兄上が抜けるも抜けないも、そもそもあの剣、実戦で使えるものなのか？

ディアナでレーヴェが采配ふるってた時代のものだから、千年前の剣だけど……。

「はっ。メイナードも、マグダレーナ様の乱……、思いちが……、いえその……報告の途中で、魔物でも入り込んだとしか思えない、話の行き違いがあったと憔悴しておりまして……」

「なるほど」

溜息一つ。それはメイナードも気の毒に。いや、フェリス自身、気の毒な状態だが。

「竜王陛下に誓って、私は、街の流言に関与していない。が、謹慎が沙汰であれば、ちょうど帰るところだったし、このまま帰って、出仕は控えよう。手鎖などは必要か？」

フェリスは白い手をあげてみせた。

婚約中に蟄居謹慎では、やっと少しフェリスに慣れたばかりのレティシアに心配をかけるだろう。意味不明な嫌疑で、ちいさな姫を不安にさせるのが、申し訳ない。

「と、とんでもございません。手鎖など必要ありません、恐らく、国王陛下が、すぐに、フェリス殿下の謹慎をお解きになると思いますが、それまで暫し御辛抱を」

「私の宮に、近衛兵が向かったりしているか？　私の妃と宮の者が不快な思いを……」

「そ、それも向かっておりません。ご安心下さい。殿下に、謹慎のお話をお知らせして、本日はお帰り頂くのみです。御不快な思いをさせて申し訳ありません」

「フェリス殿下は何も関与してないのに、何故、謹慎を命じられるんだ？　話が全くわからないんだが、お主の話、何か抜けとるのではないか？　そんな理由で、謹慎を命じる道理があるか？　王太后様はいったいどういう……」

アルノーが狐につままれたような顔で、友人のラザンに詰め寄る。ラザンも顔を真っ赤にして困っている。

「そんなこと、お主に言われるまでもなく、むしろ、こちらが聞きたいわ！　なんでオレがこんな仕事……い、いえ、申し訳ありません、フェリス殿下。……私も大変不本意ですが、殿下、ここは事を荒立てずに宮に戻られ、すみやかに謹慎が解けるのをお待ちください。フェリス殿下は何も関与されてない、御母堂様の思い違いだとメイナードも申してありますので、その旨、国王陛下に申し上げ、殿下の謹慎は、早々に解いて頂けると思いますので」

「そうだぞ。フェリス様が長くお休みになると、フェリス殿下がお一人で何人分もやってらっしゃった仕事が全部止まって、私達がひどいめに……」

非常に現実的な仕事の文句をアルノーが言い出して、フェリスは笑いだしそうになった。

まあ実際、笑い話だ。

人間、何もしてなくても、罪は問われるらしい。

「アルノー。とりあえず、何日か休むことになるなら、誰に何を任せたらいいか、書状を書くから、後でとりにおいで。それが許されるようならね。……では、私は私の宮に戻る。宮の者を不安にさせたくないから」

ここは全く身に覚えない、謎の嫌疑に怒るところなのかも知れないが、もはや義母上に呆れすぎて、怒りすら湧いてこない。

(……フェリス様！　お早いお帰りをお待ちしてます)

ごめん、レティシア。初デートの日に、軽く罪人になって。

とりあえず、状況が不穏なら、一番大事なあの姫の傍に還ろう。フェリスが離れてるあいだに、あの子に何も悪いことをされないように。

「フェリス様。竜王剣の噂については私のほうでも調査致します」

フェリス宮への帰り道、馬車の中で、レイが言う。

護送するのか？　と尋ねたら、とんでもありません、普通にお帰り下さい、とラザンに恐縮された。気の毒な役回りだったが、ラザンでよかった。あまり高圧的な者が来たら、フェリスも大人げなく、知らずに魔力で何か破壊してしまったかも知れない。

「うん。それは調べてくれたらいいけれど、王弟派……、王弟派も何も、引き籠りの私に、派閥も何もあったものではないのだけれど……」

思わず、他人事のように王弟派と言ってしまった。

そんなものは存在させてないのだが、義母上の妄想の中にはずっと存在しているらしい。

「それはうちのフェリス様が無欲なので、派閥として成立しないだけの話で、お声がけなら常にありますよ」

「無欲ではないが、余計な面倒の種は育てたくない。メイナードからの書状に寄れば、市井の噂で私の名が出ていた訳ではなく、母上が、フェリスなら竜王剣を扱えると民が言いだすに違いない！と激怒したそうだ」

「……。それはまあ……とてもありそうな話ではありますが、王太后様の妄想で謹慎になる我が主の身になって頂きたいです……」

「全くだ。結婚目前に、蟄居謹慎になる男なんて最悪だ。異国から嫁いだ花嫁として、心細い思いをしているレティシアに申し訳ない」

「フェリス様……。よろしゅうございますよ。普段、我が主は働きすぎなんですから、王宮の方々に有難みを思い知らせてやればいいんです。レティシア様とゆっくり過ごされませ」

「……こんなに大袈裟に、私を謹慎させれば、事の真偽に関わらず、兄上にとって不快な噂が、余計に広がってしまう……。何故、義母上はそれを思わぬのだろう？」

悪手だ、とフェリスは思うが、義母上は思わないのかも知れない（あるいはフェリス嫌いが高じて、まともな判断力を失っているのかも知れぬ）。

そもそもが、竜王剣の噂を、母上に奏上する時点で悪手だ。

必ず激昂するに決まっている義母にも、もちろん当事者の兄上にも知らせず、噂の火種をうまく消すか、噂の内容を少しいい方に脚色すればよかったのに。噂というのも馬鹿にならぬから、義母上が苛立つ気持ちもわからんではないが……。

つい対応策を考えかけて、馬鹿だな僕は、兄上でも義母上でもなく、我が身の心配をせねばだ、大切なレティシアの為にも、と軽く首を振った。


「お帰りなさいませ、フェリス様！」

「ただいま、レティシア」

現実は常に理不尽だが、邸に戻ると、嬉しそうにレティシアがフェリスに走り寄ってきてくれる。

ふわふわとした金色の柔らかいものが近づいてくる、その一瞬でやさぐれた心も癒されてしまうあたり、僕は面倒くさい男だと思っていたが、凄く簡単な男だったらしい、とフェリスは新しい発見をしている。

「午前中、私と遊んで下さってから、王宮でお仕事もされて、今日はとてもお疲れでしょう？」

「レティシアと出かけたのは楽しかったし、仕事は何も大変じゃなかったけど、……あのね、レティシア、婚約中なのにごめんね、僕、蟄居、謹慎を仰せつかってしまった」

「……蟄居、謹慎？　……何故ですか？」

普通、五歳児にその言葉は通じないだろう、と思うんだけど、ちゃんと通じてるあたりが、さすがうちの花嫁さんである。

「義母上が……」

「……!!　申し訳ありません!!」

レティシアが真っ青になって謝っている。

何故だ？　謝るのは僕の方だと思うが？

（義母上の行き過ぎた妄想は僕の責任なのか？　とそこは謎ではあるが、レティシアと僕なら、謝るのは僕のほうだろう）

「……？　何故、レティシアが謝るの？」

「私が昨日、王太后様に御無礼したので、フェリス様が謹慎に……!!　私、いまから、王太后宮に謝りに行って参ります!!」

「え。待って。レティシア、違うから、待って」

まるでちいさな弾丸のように、走り出そうとするレティシアを抱きとめる。

嵐みたいだ。

「違いません！　きっと礼儀に厳しい王太后様は、昨日の私の態度をひどくお怒りに！　ディアナの国母様に御言葉を返した罰なら、私がお受けします！　何もフェリス様の罪ではありません！」

「……、……僕の小さな騎士殿はなんて勇ましい」

フェリスの腕の中には金色の、小さなあたたかい嵐がいて、暴れている。

どうしよう。愛しすぎて、どうにかなりそうだ。

「フェリス様、笑ってる場合じゃありません！　どうか、私を王太后宮に行かせてください！　このおうち用ドレスでは義母上様に失礼でしたら、すぐに着替えて参りますので……！」

「違うから、僕の愛しい姫君。僕の謹慎に、昨日の御茶会のレティシアの発言は関係ないから。……街の噂が理由だそうだよ」

フェリスは暴れるレティシアを膝にのせて、蜂蜜色の髪を撫でて前髪を掻き揚げ、レティシアの白い額に額を寄せる。

「街の噂……？」

琥珀色の瞳が、フェリスを見上げる。

「ディアナには、レーヴェの竜王剣が王を選ぶという仕来りがあって、戴冠式の前に、王となる者がその竜王剣に選ばれる儀式があるのだけど」

「まあ。竜と魔法の国らしいですね」

何故かレーヴェの剣の話が気をそらしたのか、フェリスの膝に乗せたレティシアが少し穏やかになる。レーヴェって、こんなときにも、有効なのか……？　（ディアナには子供が泣いたら、竜王様の話をしろ、という教えがある）

「街で、兄上が竜王剣を抜けない、と不敬な噂があったらしく……」

「それは困った噂ですが、何故それでフェリス様が謹慎に？」

「義母上が、そんなひどい噂はフェリス派の仕業に違いない、と」

「フェリス派とは何でしょう？　私以外にもフェリス派の方が？」

「……、いや。フェリス派はレティシアだけだから、ただの義母上の勘違いなのだけれど」

笑ってる場合ではないのだが、私以外にもフェリス派の方が？　と首を傾げるレティシアが可愛らしすぎて笑ってしまう。

「フェリス様！　笑ってる場合ではありません！　それでは、私やはり、王太后様のもとに参りまして、この大いなる誤解を解いて参ります！　私のような小娘の言う事は聞いて下さらないかも知れませんが、フェリス様は無実です！　と座り込みして参ります！」

「こんな可愛いレティシアを、一人で義母上のところにやるなんて、とんでもない。そんな危ない」

「でも、フェリス様……!!」

「謹慎を言い渡した者いわく、兄上が謹慎を解いて下さるだろうから、暫しの御辛抱を、とのことだった。どうなるかはわからないが、暫し骨休めかな。レイが、レティシアとゆっくりしろ、って」

「それはとっても嬉しいですが、フェリス様にあらぬ嫌疑がかけられているのが不満です!!」

うちの小さな花嫁様はとんでもないから、フェリスがレティシアを抱く腕を緩めたら、本当に王太后宮に飛んで行くのかも知れない。物凄く無鉄砲な妖精が家に棲んでるようだ。

「レティシアは、いつも僕のために怒る」

「推しの名誉を回復するのは信者の務め……！　あ、貴婦人にあるまじき振る舞いなら、すみません……！」

「謝らないで？　僕の為に怒ってくれるレティシアが可愛いすぎて、何だか、生きる気力が湧いてきた……」

あまりの言いがかりに、本日は義母上に逢ってもいないのに気力が削られたが、こうやってレティシアを膝の上にのせていると、魔力が底なしに湧いてくる。

僕の花嫁が、僕の為に必死過ぎて、あまりにも可愛くて、誰かが自分の為に義母に怒ってくれることに慣れてなくて……、この幸福感を、どうしたらいいんだろう……。


「フェリス様、あの……」

レティシアは、困っていた。

フェリス様が帰っていらした……!!　と喜び勇んでお迎えに行ったら、蟄居謹慎などと寝耳に水な物騒な話を聞かされ、それはぜったいにどう考えても、昨日のレティシアの振る舞いの責任……！　と感じた。

フェリス様はお優しいので違うというが、そんな言葉を信じてはいけない。

（おまえのせいだ、おまえが悪い、なんて言いそうな御方でもないのだから）

王太后様に許してもらえるかどうか、どころか会ってもらえるのかすら、果てしなく怪しいが、謝りに行かねば!! 許されるまでずっと跪いて待とう!! と思ったのだが、フェリス様に、違うから、と、とめられてしまった。

フェリス様いわく、謹慎の原因は、街の噂からの王太后様の誤解で、昨日のレティシアは無関係だと言う。

国王陛下がらみの竜王剣の噂が原因にしても、フェリス様は無実、と訴えに行きたい。

というか、さっきのご説明では、フェリス様の何がどう悪かったのかよくわからない。

いったいぜんたい王太后様のなかで、フェリス様はどんな悪役設定になってるの？

それはそれとして、いつのまにかフェリス様の膝に乗せられて、お話してた!!

「フェリス様、あの……御膝……、私、重くないですか……降ろしていただいたほうが……」

いくら、いま現在のレティシアが、御膝乗せにちょうどいいサイズだからって、これは姫として、ちょっとダメなのでは……？ 父様でもないフェリス様の膝の上は……！

「重くない。レティシア、軽すぎだと思う。もっとたくさんお食べ」

放すと何するかわからないと疑われてるのか、全く膝から降ろしてもらえる気配がない。

「私、たくさん食べてます。フェリス様にもっと食べていただきたいです……」

そして、何故だか、フェリス様は、とても御機嫌……。

最初に、謝罪に行きます！　とレティシアが叫んで抱きとめられたときは、謹慎を命じられた為、雰囲気が重く沈んでらしたように思うんだけど、レティシアとの会話がツボに入りまくったらしく、たくさん笑ってらっしゃるうちに、だいぶ元気になられたような……？

疲弊してらっしゃったのが、元気になられたのはいいことだと思うんだけど。

「そういえば、フェリス様」

「ん？　なに？」

綺麗な、硝子細工のような、碧い瞳。

今朝のディアナの空と海の碧を綴じ込めたように。

ほんのついさっき、帰って来たばかりのときは、ひどく暗い色だったけど、いまは明るい、綺麗な優しい色。フェリス様って、無表情そうに見えて、もしや物凄く感情のはっきりした方なのでは。

「先日、フェリス様、魔法の授業で、私が倒れた時に、魔力を分けて下さいました」

「ああ……」

「フェリス様、きっと酷い冤罪疑惑に消耗されたと思うので、どうぞ私から魔力を召し上がって下さい」

「召し上が……っ？」

うう、またフェリス様が爆笑してる……。

笑うと寿命が延びるって元の世界で聞いたことあるけど、私、もしかして、フェリス様の寿命、地味に延ばしてるのでは……。

……間違ってた？　魔力吸ってくださいっていうのも変かな？　と思ったんだけど、それって、何て言うんだろう？　正式には？　なんだか吸血鬼っぽいけど。

「優しいレティシア。そんなこと、僕以外には、絶対言っちゃダメ」

「……？　はい。フェリス様以外に言う機会はないと思いますが」

フェリス様以外に、レティシアに、魔法使いのお友達はいないので。

「僕がレティシアに力を分けたことは、魔法学の先生にも内緒ね。……レティシアの魔力を食べた訳ではないけれど、レティシアと話してたら、じゅうぶん、元気もらったよ。魔力も湧いてきた」

そう言えば、さっき、生きる気力が湧いてきた、と仰ってた。

「魔力って、気力なのでしょうか？」

魔法の事は少しもわからない。

レティシアの元いた世界には、本やゲームや創作物の中にしかなかったから。

「うーん。気力とは違うけれど、頭がはっきりしてないと、いろいろ制御できない……魔力に限らずだけど……何だろう、こう……軽く拾えるはずの球も、気持ちが落ちると拾えないと言うか」

「ルーファス王太子様が、フェリス様の魔法は凄く他の人と違うって……」

「それはたぶんレーヴェ譲りの竜の血のせいじゃないかと……」

竜王陛下の血の成せる業なのかあ……。それはレティシアには無理そうだけど。

「私もフェリス様に魔法習えますか？」

「うん。もちろん、レティシアが望むなら。でも、基本の授業はちゃんと先生から教わってね」

「嬉しいです！」

わーい。フェリス様から魔法習うの楽しそう。

「……でも、僕、教えるのうまくないよ」

「優しそうな先生に見えますが」

「先生には向かないみたい。魔法で何かするときに、あんまり考えてやってる訳じゃないからだと思う」

「意外と理論系でなく、本能系の方なのですか？」

「……うん。そりゃあ……、先祖があの人だし……」

もごもご言ってるフェリス様が可愛い。

こんな可愛いうちの推し様を、何でもかんでも闇雲に悪役扱いするって、どういうことなの、お義母様！

ぜったい、王太后様、カルシウム足りてないと思う！

もっと小魚とか牛乳とか摂ってもらいたい！

栄養もだけど、ふわっと感覚で処罰決めないで、ちゃんと密偵とかも雇って、街の噂も正確に調査して処罰してもらいたい！

「フェリス様。謹慎中は、妃も何かしてはいけないことはありますか？」

きっと連帯責任で、レティシアの行いは、フェリス様の行いになっちゃうだろうから、気をつけなければ。

「ううん。特にはないと思うけど……、王都で出歩くなくらいの謹慎だと思うし。いっそ、レティシア連れて、領地に引き上げて、うちの花祭りにでも行こうかな」

「……！　謹慎中に大丈夫ですか？」

「ダメだけど、流石に僕も気分を害しておりますよ、という示威行動かな」

レティシアを見下ろす笑顔も、レティシアの金髪を撫でてくれる指も優しいけど、突然の謹慎処分には、静かに怒ってらっしゃるのかも知れない……。

竜王剣の持ち主について

「レーヴェ」

レティシアの出迎えに癒されてのち、自室で一人になって、フェリスは竜王陛下を呼んでいた。

さっぱりわからない竜王剣のことは、やはり元の持ち主に聞くのが一番だろう。

「レーヴェ、聞きたいことがあります。……お忙しいですか？」

「……忙しくはないんだけどなあ……」

やっと出て来てくれた竜王陛下は、いつもよりは勢いがない。

だいたいいつも、呼ぶ前に出て来るのに。

「レーヴェの竜王剣のことを教えてください。……何故か、民が、あまり芳しくない噂をしているそうなのですが……あれは、装飾用の宝剣ではないのですか？」

「怒るぞ、たぶん。聞いたら。現役の剣だって」

それはいつものレーヴェらしい笑い声だった。

「……現役の？　千年前の剣ですよね？」

「うん。でも、オレの愛剣だから竜気を帯びてるし、千年も神剣として祀られてるから、すこぶる状態がいいんだよ。いまも、オレが呼べば、喜んでここに飛んでくると思うよ」

「いえ、呼ばないでください。宝剣盗難で、さらに、僕の罪状が増える。レーヴェが呼んだって言っても、普通の人には通じませんから」

「そりゃそうだな」

「現役の剣で、いまも使えるということは、抜けないってこともない筈ですよね？」

「んー。抜けないこともある」

「何故ですか？」

「我儘だから」

「……！　剣の話ですよね？」

「うん。剣の話。オレの剣だけあって我儘だから、あいつ、気に入った者にしか抜かせない。……ずっと、オレの気に似た者を選んでる」

「そんな恋みたいな……」

「まあ、一番の相棒だからな」

「……レーヴェに似た気を持ってないと、抜けない剣……？」

フェリスはどちらもよく知っているが、兄マリウスとレーヴェはだいぶ雰囲気が……。

「オレに似てなきゃ王になるななんて、オレは全く思わんが、竜王剣が選ぶ者を、て後世の誰かが決めたもんで、たまにややこしいことに……」

「兄上は、七年前、つつがなく竜王剣継承の儀式をすませ、戴冠式に臨まれてます……」

確認するように、フェリスは言う。

あのとき、フェリスは十歳だった。父の葬儀から兄の戴冠式への慌ただしさで、あまり細かいことは覚えていない。竜王剣自体も、宝剣として飾られていた、ぐらいの記憶しかない。

「根も葉もない……噂を……何とかしないと……」

「誰が言いだしたんだろうな？　そうそう普通に暮らしてて、竜王剣の好き嫌いが気になる奴もいないと思うが……」

そうだ。いったい、誰がそんなことを？

王弟で王位継承権二位の位にあるフェリスでさえ、知らなかった話を、何処の誰が、何故……？

君を守る力が欲しい

「レティシア様。フェリス様、御機嫌、いかがでした？　ディナーのドレスはどちらになさいます？」

「あの、ね……」

フェリスがちょっと着替えて来るね、と自室に戻った後、レティシアも自室に戻って、サキとリタの顔を見たら、なんだかポロポロ泣けてきた。

ずっとフェリス様の膝の上でお話してるのどうなの？　と思ってたけど、あれはあれでちゃんと効力があったらしい。フェリスの体温と気配が傍らから離れると、漠然とした不安が寄せて来る。

「ど、どうされました、レティシア様？　フェリス様、何かお疲れでしたか……？」

「フェリス様、謹慎を命じられたって……」

呆然としてる。

何だろう。

レティシア自身に理不尽なことを命じられるより、防御の仕方がわからなくて、途方に暮れる。

ほんの一週間前まで、母様も父様も逝ってしまったから、この世界にひとりぼっちだと思ってた。

実際、ひとりぼっちだった。

フェリスはそのレティシアにたった一人、優しくしてくれた人で、そのたった一人の人をどうやって守ったらいいのかわからない。

レティシアは、冒険者の勇ましい女勇者でも、希代の魔法使いでもない。転生しても、ちっともスペシャルな能力を付加されてない、ごく普通の女子だ。

神様、きっと何度目の人生でも、同じことを願うけど、ひとつでいいです。

お願いは、ひとつだけ。

私の家族を守る力を下さい。私の大事な人を守る力を下さい。

毎回、毎回、やられっぱなしで、誰のことも守ってあげられないのは、嫌です。

「フェリス様が謹慎？　何故でございましょう？」

「市井に……陛下が竜王剣を抜けないって噂があるって……それで……」

「……？　そのお噂と、我が主に何の関わりが？」

「王太后様が……フェリス派の仕業に違いないって……フェリス派なんてレティシア以外いないってフェリス様仰ってたけど……、何も……何も悪いことしてないのに、フェリス様謹慎って……そんな嘘みたいなお話、ある？」

でも、あるのだ。

そんな嘘みたいな話は、いくらでも。

サリアにいたときだって、王女にあまりに無下な扱い、と、レティシアの王位継承権を主張した、セファイド侯爵は蟄居謹慎を命じられ、ほどなく心臓発作で亡くなった。

……元気者のセファが、どうして、突然、心臓が悪くなるの？

あのときも、どうしても、納得できなかった。

それからサリアで、レティシアに味方する貴族はいなくなった。仕方ない。

地位もだが、何より、命が大事だ。

野心という名の不治の病にとりつかれた人達にかかれば、この世の理不尽はいくらでも罷り通る。

いいえ、大丈夫。

落ち着いて。

必要以上に、不安になってはダメ。

フェリス様は強い。

きっと、そっくりの竜王陛下が、フェリス様を守ってくださる。

「……竜王家の王子に何と無礼な……！　カザンの田舎公爵の不器量娘に災いあれ！」

「これ、リタ。レティシア様の前で、悪い言葉はなりませぬ」

しぃっと、サキが人差し指を唇の前に立てる。

サキはいつもレティシアに悪い言葉を教えないように、と、リタ本人の為に叱る。

レティシアにもリタにも、どちらにも優しい。

「……はっ」

「カザン……？」

「カザン領は王太后様の御実家です。古い御家ですが、少々、辺境に領地をお持ちですので……」

なるほど。どうにも国母に文句は言いにくいので、悪態をつきたいときは、御実家のことを皮肉るのか……。

「フェリス様は関係ないって仰ったけど、先日の御茶会での私の無礼も響いてるのではと……」

「それは関わりないと思います。王太后様は常に、フェリス様を推す者が国王陛下を脅かす、との被害妄想に陥っておいでですので。何か悪いことが起きたら、反射的にフェリス様に繋げるだけだと」

「国王陛下はどうお考えなのでしょう？」

「フェリス様は、王太后様が謹慎を命じられたけど、少ししたら、国王陛下がお解きになると思うって仰ってた。……どうして、ディアナでは国王様の知らぬところで、母后様がそんな命令を……」

「七年前、二十歳で陛下が即位なさったときに、不慣れなマリウス陛下は、マグダレーナ様のご意見をよく聞かれていて……、マグダレーナ様はそのときの癖がまだ御抜けでないのですわ……。いつまでも、母后様が政治に影響力をお与えになるのはおかしいのに……」

「しかもマグダレーナ様、ちっとも慧眼でもいらっしゃらないのに」

「これ、リタ」

「だって。本当の事ですー！　悔しいです！　私達の自慢のご当主様が、いわれのないことで謹慎なぞ命じられて！」

「そうですね。その点については、私も大変に不愉快です。私たちは、常よりもますます気を配り、フェリス様とレティシア様を、お守りしなければなりません」

きっぱりと、サキは言った。

「レティシア様、フェリス様は何と？」

「婚約中に不甲斐ない男ですまない、って。でも、レティシアは何も心配しなくていいから、って」

もっと大きかったら、こんなとき、フェリス様の役に立てるんだろうか？　いやでも、十八歳や二十歳でレティシアが嫁に来てたとしても、ディアナに知る人が一人もいないのは変わらない。

「それは無理というものですわよね、レティシア様。婚約者の一大事なんですから、心配なさるのは当然です」

「王太后様のところに、フェリス様は無実です、って私が申し上げに行きたいって言ったら、フェリス様がダメって……」

そんなことしても何の意味もないのかもだけど、何もできないのがもどかしくて。

「それはダメです。危険です」

「そうですよ！　あんなおかしな宮に行ってはダメです！　何されるかわかりません！」

音声多重で、却下された……。

うう。

誰か一人くらい、味方して。

レティシアにも何かさせて。

「フェリス様、謹慎中なのに、レティシア連れて領地の花祭りに行こうかなって言ってた」

「それはよろしゅうございますね。王都にいても、ろくなことが……いえ……、人間には、たまには気晴らしが必要でございます」

常識派のサキはとめるかと思ったら、賛成のようだ。

「ご領地の花祭りは有名なんですよ。きっとお気持ちが晴れます」

晴れるのかなあ。フェリス様の気晴らしになるのなら、もちろん何処にでも御供するのだけど。

(兄上は自由に動ける御身分ではないから、兄上ができないことを僕ができたら……)

どうして？　どうして、あの誰も知らない優しさは、容易く踏みにじられてしまうの？

いつも何が起きても、何でもないって貌してやり過ごしてるけど、哀しくない訳ないのに。

氷の美貌に悩む王弟殿下

「……レティシアが泣いてる気がする」

フェリスが眉を寄せる。

「……？　ああ、ホントだ。ちびちゃんが泣いてる。フェリス、おまえ、オレより神獣度あがってるな」

くんくん、と鼻を鳴らすようにして、竜王陛下も、あたりの気を辿る。

「いえ。レティシアのことしかわかりません。レティシアと離れていても、何かあったときに、気配を辿れるように、先日、僕の力をあの子にわけたので」

「わあ……。重い……」

「うっとうしいでしょうか……」

レーヴェに笑われて、フェリスはちょっと戸惑う。

「さあ？　それはちびちゃんが決めることだからな。フェリスがずっと一緒にいてくれるみたいで嬉しい子もいれば、嫌な子もいるんじゃない？　守られる本人の意思を尊重するように」

「はい」

「おや、素直」

「……経験のないことをしてるので。こういうことはレーヴェの専門かと」

誰かを守ろうなんて、したことがないので。未知の領域である。

母を守ってあげたかったけど、その頃は幼なすぎて何もできなかった。

それ以後、フェリスに、守らせてもらえるような人はいなかった。

「オレはあんまり細かいことに気の付くほうじゃないから、アテにしないように」

「……何を泣いているんだろう？」

「ほっとしたんじゃないか？　女官たちの顔見て。フェリスの謹慎にびっくりしたろうから」

「僕のところでは泣いてませんでした」

「そりゃーフェリスを励まそうと必死だったんじゃないか？」

「ですが……」

「……ん？」

「レティシアは、僕より、女官のほうが心が寛ぐのでしょうか？　やはり、僕の貌は人の心を安らげるのにむかないんでしょうか……」

「いやそれ、貌のせいじゃないから。オレ、全く同じ貌だけど、癒し系竜神様だから。……そーいうんじゃないだろ。そこは、女同士とか、お母さんみとか、恋人とか、いろいろ、対象が違うだろ。まったく面倒くさい男だな」

「僕にレーヴェのような真似が出来ないのは百も承知ですが……、レティシアには、僕のところで泣いてほしいです」

「オレに言われてもな。それは本人に頼め」

「何と言って？」

「素直に、泣くときは、僕のところで泣いてほしい、だろ。……ダメだ。内気なフェリスの口説き文句を考えてやる歳になったのかと思うと、笑い死にそうだ」

カウチに寝そべって、陽気な竜神様が笑い転げている。

「レーヴェ、僕は真面目に悩んでるんですが」

「とにかく、こんなとこで男二人で、死ぬほど馬鹿なこと言ってても仕方ない。考えるより、とっとと、ちびちゃんとこ行ってこい」

「ちょ、レーヴェ……！」

竜王陛下が、邪魔そうに、掃き出すように右手を振ると、フェリスの姿が自室から消えた。

「なあ、マグダレーナ。泣いてたあの子は大きくなったよ。いまでも、可哀想に、おまえの機嫌を気にして生きてるんだけどな。……だけど、好きな子もできたみたいだから、いつまでも、おまえの無理を聞き続けてはくれないと思うぞ？　……それに何より、おまえだって、少しも幸せそうじゃないじゃないか？」

誰もいない空間に向けて、レーヴェは告げた。

その声はもう、涙の池の底に一人溺れてしまったかつての少女には届かないのだけれど。

ふたりの距離感について

「フェリス様……？」

レティシアが、サキとリタとお話していたら、突然、部屋の中にフェリスが現われた。

「フェリス様、どうなさいました？　何か御気がかりなことが……？」

いきなり何もないとこからフェリスが出現したので、レティシアは吃驚したけれど、サキとリタは無言で、フェリスに向かって、二人で綺麗に揃ったお辞儀をしている。ということは、このおうち的には、これは、そんなに珍しいフェリス様の現れ方ではないの？

「……レティシア。……私室に突然、すまない」

フェリス自身も困ったような顔をしている。

フェリス様、魔法で何処かに行こうとしてて、間違えてレティシアの部屋にきちゃったとか？

そんなことないかな？　レティシアに逢いに来てくれたのかな？

「いえ。何かお急ぎの御用でしたか？」

さっき、何か言い忘れた大事なお話があったとか？

フェリス様の謹慎中、妃としてレティシアがしてはいけないこと、思い出したとか？

（フェリス様は何もないって言ったけど、そこはだいぶ気になってる）

「いや。ただ……」

「はい？」

レティシアはフェリスを見上げる。

「レティシアが、泣いてるような気がして……」

「え……」

フェリスが、涙の跡を探すようにレティシアの白い頬に触れる。

「あ……、さっき、ちょっと、いろんなこと思い出して……、ちょっとだけ泣けてきましたが、ぜんぜん……大丈夫です」

え？　レティシアが泣いてると思って、フェリス様、飛んで来てくれたの？

フェリス様、そんな過保護機能ついてるの？

(正確には、悩むより動け、の御先祖に、勝手に飛ばされたのである)

「フェリス様。私とリタは、御前失礼いたします」

「ああ……」

リタとサキにおいていかれてしまった。

いや、レティシアの為に来てくださったんだから、それはそうだけど……。

「本当に？　僕がレティシアを不安にさせたからじゃない？」

「……違います」

ふるふるふるふる、レティシアは金髪を振る。

フェリス様の心配して泣いてたから、フェリス様のせいと言えばフェリス様のせいだけど、でも、それは違うから。フェリス様は何も悪くないから。

「レティシアは、僕の前では気を遣って泣けない……？」

「いえ、フェリス様といたときは、フェリス様がご一緒なので安心してて……フェリス様から離れたら、急に不安が湧いてきて……」

ぜんぜん詩的な表現じゃないけど、真冬に大事なコートを奪われたような感覚。

「さっきみたいに、レティシアを、ずっと僕の膝に乗せてたら、泣かないってこと？」

「……？　そういう意味ではなくて」

おかしい。

何か伝え方に問題があったろうか。

物凄く誤解を生んでいる。

フェリス様のことは大好きだし、総力を挙げて推してるが、ずっとフェリス様の膝では生活したくない。

そんなの不便だし、何より、落ち着かない。

中身が雪入りじゃなくて、純然たる五歳児だとしても、それは違うと思うのよ。

コアラじゃないんだから。

「レティシアは、僕が一緒のほうが、安心するの？」

とても不思議なものでも見つけたような眼でご覧になるのは、何故。

「はい。ずっと御膝は困りますが」

額を寄せられて、レティシアは答える。

やけに距離が近くなってる気がするけど、きっとフェリス様も、何でもない貌してるけど、動揺してるのかも……。

「フェリス様と二人のときは、何も怖くないです……」

うん。やっぱり、いろいろ挙動は不審とは言え、フェリス様御自身が隣にいたら不安にならない。

たぶん、フェリス様の生命力？　魔力？　存在する力？　が強いからだと思う。

「じゃあ、できるだけ、レティシアの傍にいるよ」

「はい」

大事件がなくても、小さな子供って他愛ないことでも泣きますよ、王弟殿下、と思ったけれど、(レティシアも現在の身体の感情に引きずられるので）泣いてる？　と飛んで来てくれたフェリス様の気持ちも嬉しかったので、ただ頷くに留めた。

二人でいると、安心するのは、事実なので。

神の裁きも、天の雷も、怖れない

「母上。私の知らぬ間に、私の弟が、何故、謹慎に処されているのですか？」

私的に母に会いたいと言ってきたマリウスは、いつになく反抗的だった。

「陛下に御聞かせする程のことでもないと思った故、妾が命じました」

端的に、マグダレーナは返した。

「私の弟と私の臣下に、かような沙汰は、母上と言えど許されぬと思うのですが？」

「悪しき噂は断つべきです」

彼女に逆らうことのないマリウスにしては、随分頑張っている。

「その噂は市井の他愛ない噂で、フェリスの咎でもメイナードの咎でもありません」

「陛下はいつもお優しい。お優しいがゆえに、判断を躊躇うこともおありです。嫌な役目を引き受けるのも、母の……」

「違います、母上！　何の証拠もなく、処罰を下すことは、相手がフェリスのような王弟や高位貴族でなくても、許されることではありません。誰に対しでもそのような沙汰は控えるべきです」

「そうであろうか、マリウス？　相手がフェリスでなくても、そなたはこれほど必死に私に逆らうのかのう……？」

おかあさま、フェリスは悪くないです……、おかあさま……、フェリスを叱らないで……。

泣きながらそう言ってた小さな息子は大人になったのに、いまだに何だか似たようなことを言っている。

「法は法であり、ディアナは法のもとにあります。フェリスとメイナードの処分は、私が解きますゆえ、ご了承くださいますように」

「どうしてわかってくれぬのです、マリウス？　あのような不敬な噂はきっと、フェリスが……」

「七年前、私の戴冠当時、十歳の子供だったフェリスが、竜王剣継承の儀式に何を想うというのですか？　その儀式に疑惑を抱く者があるとしたら、それはたぶんフェリスではない者だ」

「……フェリスはもう十歳の子供ではありません！　貴方を軽んじ、貴方の地位を……」

「私は弟から軽んじられたことは、一度もありません、母上」

マリウスの声には驚くほど迷いがなかった。

「私を軽んじる者があるとすれば、それは弟以外の人間です」

弟ではなく？　誰だと言うのだ。

あれほど目に見えて、竜王陛下の血を濃く受けて、王冠を望まない男がいるだろうか？

「あなたはいつも、フェリスに甘すぎる、マリウス」

「甘いのではありません。信頼しているのです。若い頃、私が同い年の騎士仲間に、弓の競技でやり込められたときも、フェリスが一撃で仲間達を抜いてくれました。武門仕事は次男の役目です、と言っていました。ずっとそうです。私の弟はいつも陰で、私を支えてくれているのです。……母上はその信頼できる弟の手を、私から奪おうとしているのです」

「その御立派な白い手が王冠まで奪っていったら、どうするのです！　妾はいつでもあなたの為に嫌な仕事を……！」

「……私の為？」

いつから、息子は、彼女を見下ろすほど、背が高くなったのだろうか。

「本当に、私の為でしょうか？　私はずっと、母上は、フェリスに辛くあたりながら、フェリスのような自慢できる息子が欲しかったのだろうと、申し訳なく思っておりました」

「何を言うの、マリウス!!」

「だからずっと、努力してきました。母上の自慢できる息子であろうと。……ですが……」

「あなたは誰よりも自慢できる妾の息子です、マリウス。誰よりも正当な竜王家の嫡男として生まれ、ディアナの王となり、優しい息子であり、良き夫であり、よき父であり……」

「では何故、母上は、それほどに竜王剣の噂にとり乱すのですか？」

「妾がとり乱す？　王への不敬な噂に、国母が腹を立てるのは当然のことです」

「民はいつも勝手なことを言うものです。今夜の酒の肴に、うちの王様は大事な竜王剣が抜けないらしいよ、ぐらいの軽口を叩く者もいるかも知れません。私が気にかかっているのはそこではありません。そんな噂で、母上が、フェリスを罰したことです。……ずっと、気にかかっていたのです。母上、七年前、竜王剣の間で、私は気を失いました。……本当に、あの剣は、私を王と認めたのですか？」

「……」

敵が外にばかりいるとは限らない。どんなときも。

「……もちろんです、マリウス。竜王剣はあなたを選びました。だからこそ、私はあんな噂が許せぬのです」

可哀想な、愛しい、私の息子。あなたには、なにひとつ、悪いところなどない。

「あなたは正統なるディアナの後継者なのです。あなた以外に、ディアナの王はありえません」

大丈夫だ。声は、震えていない筈だ。疑われては、ならない。

「本当ですか、母上？　私に、心から、話しておくべきことはありませんか？」

愚かな噂を流布する者どもよりも、フェリスよりも、何よりも、誰よりも、マリウス本人に、疑わせてはならない。このマリウスのかすかな疑惑を、ここで、打ち消しておかねば。

「何のことですか、陛下？　竜王剣の選択は、レーヴェ様の御意志。あなたを疑う者は、レーヴェ様の御心を疑う不届き者です。残酷な刑に処すべきです」

「……不確かな流言を流した者は、調査します。……ですが、フェリスとメイナードの謹慎は私が解きます。よろしいですね、母上？」

マリウスは諦めたように、吐息した。

「陛下の御心のままに。出過ぎた真似をして、申し訳ありませんでした」

マグダレーナは瞼を伏せて、頷いた。

マリウスを王でいさせるために、彼女はどんなことでもできる。

大事な姫君にふさわしい男にならねば

世の中の人はおかしなことを言う、とフェリスは時々思うのだが、たいがいフェリスは多数派ではないので、まあ世の中が正解で、フェリスは間違っているのだと想う。

ただ。

創始の竜神様と、顔が似てるから、王になれ、というのはどう考えても、おかしくないか？　と正直想っている。

想ってはいるが、そう考える人が、何故かけっこうたくさんいる。

気性や振る舞いが似てるならまだしもかも知れないが、レーヴェとフェリスでは性質も全然違う。

レーヴェは陽気で人懐っこい面倒見のいい性格で、道端に誰か倒れてたら、ディアナの民だろうとなかろうと、何なら人だろうと魔物だろうと、助けるだろう。

フェリスは同じ貌でも、人や世界にどう対していいか、戸惑ってしまう内向的な性格だ。

生まれた時から三界に怖れるものなし、の自由な気性の神様と比べられても困る、とは思うのだが。

最近はフェリスのところでのんびりご隠居しているレーヴェだが、いまもなお、ディアナで竜王陛下の威力は絶大であり、毎回嫌がらせされてる本人だからあんまりだとは思っているが、義母上のあの病的な警戒も仕方ないのかもしれない。

レーヴェが王として采配を揮ったのは千年も前の話だから、いま生きてる人で、本当に竜王陛下を知る人なんて誰もいないのだが、ずっとレーヴェがこの地を守ってくれている、という感覚がディアナ人の心の根幹にある。

（過ぎた偏りは、人も物も歪める。いい加減なくらいが、ちょうどいい）

誰かをあんまり愛しすぎること、その人に全てをかけること、は、苦しい。

義母上を見ていると思う。

フェリス自身は、申し訳ないが、接する機会が少なかったせいか、父にあまり思い入れがないのだが、義母上はよほど父が好きだったのだろう……。

だから、父を奪ったフェリスの母を許せないし、フェリスの事も許せない。

あるいは、父王への思いもさることながら、自分の人生そのものを肯定したいのかも知れない。

ステファン王と結婚して間違ってなかったと。

こんなことを言ったら何だが、父が王でさえなかったら、義母上は離婚して、あらたな人生も選べたんだろうか？　自分を裏切らない、あんなに数多くのしがらみのない男との人生を？

考えたところで、そんな仮定には何の意味もない。

そして、義母上は、いま、兄上を守ることに、全精力を傾けている。どうあがいても、フェリスは、善良な兄上を苛める敵役だ。

（は、ははうえ、フェリスは悪くありません……そ、それは僕が……！）

昔から優しい兄上。叶わぬまでも、いっしょうけんめい、義母上からフェリスを守ろうとして下さった。あまりに兄上が優しい方なので、兄上に無礼な態度をとる貴族の青年たちもいたので、悪い魔法使いのフェリスとしては、貴族の青年たちに、少し礼儀を教えて差し上げた。我が兄を侮辱するとは、それなりの覚悟はおありなのかと。

そんな風に、男相手なら、まあまあ武芸なり魔力なりでねじ伏せられるのだが、これが義母上のように女性相手になるとさっぱりお手上げだ。

義母上が間違ってるとわかってても、存在している空間を歪ませるほどの、愛情だとか哀しみだとかには、どうにも太刀打ちできないのだ。

とは言え、レティシアを迎えて、我が身だけの身ではなくなるなら、もう少しちゃんと自衛しないといけない。

変わり者扱いも、あんまり竜王陛下の生き写しとか言われてしまい、兄上に申し訳なくなってきて、半ばフェリスが自分で王弟の奇人扱いを煽ったようなところもあるのだが、流石に改めよう。

フェリスの妃の名の為に、これからレティシアが嫌な思いをしなくていいようにしてあげたい。

「フェリス様、陛下からの御使いが……！」

「ああ、早かったな。今日中に来たのか。……通してくれ」

謹慎は解かれると思う。

それについては、現時点では、ただの義母上の癇癪の爆発だろうから、そんなに心配はしてない。

メイナードを酒にでも誘って機嫌をとってやらないと、とは思うが。

二人の謹慎騒ぎで、問題の竜王剣の噂が広まらぬことを祈るばかりだ。

竜王陛下とレティシア

「竜王陛下、フェリス様の謹慎、早く解けますように」

レティシアは、お気に入りの竜王陛下の絵の前で一人でお願いをしている。流石に廊下に飾ってる絵なので出来ないが、元日本人の性質が抜けきらず、思わず美味しいパンとか御茶とかお供えしたくなってくる。

「噂の竜王陛下の剣てどんな剣なんでしょう？　もしかしてこの剣ですか？」

　レティシアのお気に入りの絵の竜王陛下も剣を持ってらっしゃるので、この剣かも知れない？

「三種の神器（じんぎ）的なものなのかなあ……？」

　前世で、日本の王様の地位の、天皇様が退位なさるとき、動画配信してた。通勤途中に、ちょっとだけスマホで配信見たけど、皇位継承のときに継承される「草薙（くさなぎ）の剣（つるぎ）」「八咫鏡（やたのかがみ）」「八尺瓊勾玉（やさかにのまがたま）」の三つの神器が紹介されていた。

　前世の神器の場合、退位される天皇様から新しい天皇様に継承されるだけで、「竜王剣が王を選ぶ」的なファンタジーな逸話はなかったと思うけど……。

「でも千年も前の剣って現役なのかな？　竜王陛下の剣だから特別仕様なのかな？」

　知らずに、レティシアは、夫のフェリスと同じことを言っている。

「竜王陛下。フェリス様は強い優しい御方だけど、……嫌なこと言われたら、他の人とおなじように、傷つくと思うんです。……何かこう……、フェリス様、御自分の痛みには無頓着そうなのが心配です」

　ごはん食べるの忘れちゃうのも、心配。

　でも、何となく、わかる気もする。

嫌なことを言われるのも日常化してくると、自分の痛覚が鈍くないと毎日が辛い。

律儀に、毎回傷つくのはしんどい。

だから、身体なり精神なりの、防御作用で鈍くなっていくのかも……。

「……王太后様は、被害妄想強すぎだと思うんです、竜王陛下。きっと睡眠足りてないんです。よく眠れるようにしてあげてください。そうしたら、少しはちゃんと……見れるんじゃないかなあ、フェリス様のこと。

」

哀しい表情をしてるんだよ、お義母様とお話するとき。

いや、普通に見ると、普通に超絶綺麗なお貌なんだけど。

でも、寂しい瞳をしてるんだよ……。

「……竜王陛下、本当にフェリス様に似てるー……」

レティシアが、穴が開くほど、じーっと琥珀の瞳で見つめていたら、何となく絵の竜王陛下が照れたような気がした（もちろん気のせい）。

「この優しい笑った感じとかそっくり……、お顔似てるから、お声も似てるかな」

こんなに似てると、王太后様が嫌がるのも無理ないの？

でもそんなのフェリス様のせいじゃないし……。

「あ！　竜王陛下、今日、フェリス様と海に行ったんです。海と空の碧がフェリス様の瞳の色みたいでした。一緒に砂のお城作ったんです。フェリス様、砂のお城作るの初めてって……」

本ばかり読んでいた、魔法の得意な賢い美しい少年にはたぶん、一緒に砂の城を作る相手がいなかったのだ。

大きくなるために、ごはんを残さず食べなさい、御菓子ばかりじゃダメ、と叱る相手もいなかったのだ。

「また、行きたいです。一緒にお出かけ。また行きます、きっと！　……とりあえず、フェリス様、夕方パタパタしてらして、またごはんサボってらっしゃるので、これから私、お夜食隊行ってきますね！　おやすみなさい、竜王陛下。早く謹慎とけますように！」

ぱたぱた、お夜食のバスケットを抱えて、月明かりの廊下を走って行くレティシアから、おやすみの投げキッスを頂いた竜王陛下は、レティシアのちいさな背中に盛大に祝福を投げ返していた。

(ほーんと可愛いったらないよ。世界広しと言えども、オレに似てるじゃなくて、フェリスにオレが似てるなんて言うのはちびちゃんくらいだよ)


「フェリス様！」

「レティシア？」

部屋のドアをノックしようと思って立っていたら、フェリスが出てくるところだった。

「フェリス様、何処か行かれます？」

フェリス様、誰かのお部屋にお話しに行くなら、お夜食どうしよう。

おいていこうかな。

うーん、おいていったら、フェリス様食べない気がする……。

フェリス様のお部屋で、帰ってくるまで待ってようかな？

お邪魔かな？

「うん。僕も、レティシアの部屋に行くつもりだったから、ちょうどよかった」

「私の部屋に？　以心伝心？　お腹すきましたか、フェリス様？」

行き先は、私の部屋！　それなら、悩む必要なし！

「ん？　空腹？　何故？」

「え？　違います？」

あれ？　違ったみたい。ディナーの時間だし、今夜は食欲いつもよりさらにないと思うけど、口当たりのいいものだけでもフェリス様が食べるように見張らなきゃー！　と思ってたら、早馬が来たり何だりで、フェリス様夕食どころじゃなくなっちゃったから、そろそろレティシアと一緒にお夜食タイムの気分なのかな？

「うん。食事のことは考えてなかったんだけど、レティシア、僕がディナー欠席したから、食べてないとか？　何か作らせようか？」

途端に、心配そうな顔になるフェリス様。

「いえ。私はちゃんと食べました！　フェリス様が食べてないので、お夜食をば……」

「あ。……そうなのか。レティシアとくまさんのお夜食隊なのか」

「はい」

くまちゃんとバスケット、両方持つのは、この小さい身体だとちょっと大変なんだけど、でもくまちゃんもいるかも、フェリス様に貸してあげなきゃいけないかも、と持ってきてしまった。

フェリス様はまだ、くまちゃんの真価に気づいてくださらないんだけど。

「ありがとう、レティシア」

わあ、極上の笑顔。なんだか、ちょっと照れたような、可愛いらしい笑顔。

フェリス様、美貌すぎて、遠めに見てるとちょっと能面みたいに見えるんだけど、吐息が触れ合うくらい近くでよく見てると、細かくいろんな表情があるんだよねー。

「いえ。私は運んでるだけで、シェフの力作です」

なので味は確かなの！　と心でドヤっている。

うう、前世の雪も簡単な料理はしたけど、社畜庶民のやっつけ簡単ごはんだからね……。

「入って。……おかげで美味しく食べられるよ」

「え、……きゃあ？　フェリス様？」

入って、と言われたので、入ろうとしたら、レティシアは、バスケットとくまのぬいぐるみごと、フェリスに抱き上げられた。

と、遠い、床が。

白い可愛らしい御寝間着ドレスの下から、前世のバレエシューズのようなベビーピンクのルームシューズが覗く。

「フェリス様、高いです……」

「レティシア、陛下から使者が来た。僕とメイナードの謹慎、解除された」

「……おめでとうございます！」

あああ、料理長ごめん！

バスケットとくまさん放り投げて、フェリス様の首に思いっきり抱き着いちゃった！

サンドイッチ、潰れてないといいけど……！

「それを一番にレティシアに言いに行こうと思ってたら、レティシアとくまさんのお夜食隊が来た」

「いまから御祝いのディナーしますか？　みんな、きっと喜びます！」

それはやっぱり、妃（予定）のレティシアも心配だけど、お仕えの人達も、当主の謹慎はとっても暗い気持ちになると思うの。

あわや、御家取りつぶしで、失業の危機、もまったくないとは、言えないんだから。

冗談みたいな話だけど、宮廷社会、いきなりほぼ完全なる難癖で、お家取りつぶされたりもするので。

「いや、夜食は、レティシアとふたりがいいよ。……皆にも気苦労かけてるだろうから、レイから全員に回してもらってるから。……ごめんね、レティシア、心配かけて」

「嬉しいです！　国王陛下に御礼の御手紙書かなきゃ。……処分のお許しのお願いの御手紙書いてて、フェリス様に添削してもらう予定だったのですが、嬉しい書き直しです！」

ぎゅーっとフェリスの腕に抱き締められると、レティシアの足先から床は遠くて心許なかった。

うーんやっぱりフェリス様も、平気だよ、って言っていつものように平気な顔してたけど、ぜんぜん平気ではなかったんだな、とあたりまえなことを想う。

レティシアはちいさな手で、フェリスの輝く金髪を撫で撫でした。

「フェリス様、私、喜びで、お夜食バスケットを投げ飛ばしてしまいした」

暫し、高い位置で、フェリスにぎゅーっと抱き締められるのに任せていたのだが、やはりそろそろお夜食バスケットの中身が心配になってきた。

「拾うよ」

いえ、降ろしていただければ、レティシアが自分で拾いに、と思ったのだが、お夜食バスケットはフェリス様の魔力で拾われたらしく、自分でテーブルの上へと移動した。

フェリス様のお貌より高い位置から見下ろす世界は、いつもと違ってちょっと不思議。

普段、ちっちゃいレティシアは、家具とか人とかいろんなものを見上げて暮らしてるので。

これっくらい背が高いと、何だかそれだけでも心が強くなれそう……（たぶん勘違い）。

「フェリス様。……いろいろ、消耗されてますよね？　私はごはんもちゃんと食べたので、いつでも私から魔力補充してくださいね！」

前世のおばあちゃんが言ってた。

腹が減っては戦ができん！　って。大変なときほど、食事と睡眠！　って。

「僕からあげるならともかく、レティシアから奪ってどうするの」

碧い瞳がレティシアを見つめて苦笑している。

「ダメですか？　何かフェリス様のお役に立ちたくて……」

だって、とっても心地よかったんだけどな。

こないだ、フェリス様が力を分けてくださったとき。

弱った身体があったかくなる感じ。

還す事も出来るなら、あげたいのに、レティシアからも。

「ダメ。そんなに心配なら、ちゃんと、レティシアの持ってきてくれたお夜食食べるから」

「つぶれてないといいのですが、サンドイッチ……」

レティシアはどんなヴィジュアルになってても食べられるけど、フェリス様につぶれたものは……。

「？　つぶれてても、食べたら、栄養は変わらないよ」

竜神様に生き写しの美貌の王子様が、大胆なことを言っている。

「……フェリス様らしくていい感じです」

さすが、フェリス様。

チョコレートでも肉でも、熱量さえとれれば動ける、働ける、の思考な人だけある……。

（お菓子と主食は一緒にしちゃダメだけど！）

「いまの、僕、何かダメだった？」

「ダメじゃないです。王子様なのに、サンドイッチつぶれてても食べてくださりそうなところが、とても好きです」

落としたものは下げて、別のものを、とは言わないところが、推せる。

「……？　よくわからないけど、レティシアに好かれて何より……」

「フェリス様、降ろしてください」

「……うん」

なんでちょっとフェリス様、残念そうなの？　このままの姿勢じゃ、ごはん、食べられないから！　フェリス様より高い位置から見下ろせるのはちょっとは楽しいけど、ずっとこのままは不便だから！

「レティシア、薔薇水といちご水、どっち飲みたい？」

「うーんと……、じゃあ、いちごで」

どっちも美味しいんだけど……と、悩んだ末に、いちご水にする。

乾杯の赤！　と思って。

フェリスが白い指を動かすと、いちご水のボトルとフルートグラスが現われ、真っ赤ないちご水が華奢なフルートグラスに注がれる。

「フェリス様？」

「……魔力は貰わないけど、癒されるから、レティシアを膝に乗せてていい？」

御寝間着ドレスの裾をさばいて、レティシアが長椅子に座ろうとしたら、フェリスにねだられた。

「……？　それで、フェリス様が癒されるのですか？」

ことりと、レティシアは金髪を振って、首を傾げる。

甚だ、疑わしい。そんなのレティシアの体重分、フェリス様は重いだけの気がするが……。

「うん」

尋ねたら、頷かれてしまった。それならいっそ遠慮せず、レティシアからいっぱい魔力を持っていってくれればいいと思うのだが、それはフェリス様的にはダメらしい。

なんて、美貌の、意地っ張り。

「……んしょ」

これ大人としてどうなの？　と思ったけど、そうだった、いま大人じゃないから、大丈夫！（？）とレティシアは思い直した。

小さい姫君としてもどうなの？　と思うんだけど、謹慎は解けたものの、元気のない婚約者殿のリクエストは叶えるべきでは？　と御膝に乗ってあげることにした（御膝に乗るのに、何故か偉そう）。

「フェリス様」

「ん？」

「謹慎解けたのに、落ち込んでるようにも見えます」

レティシアは、フェリスの膝の上で、うまく落ち着ける場所を探してから、フェリスの白い頬に指で触れてみる。

「ううん？　喜んでるよ。ただ、兄上が僕を庇って下さったから、義母上、また機嫌損ねてるだろうなあ、と」

「う……。難しいですね」

「うん。ただ、僕にしてもメイナードにしても、あくまで陛下の臣下だから、本当は義母上が、陛下のものに、横から勝手なことしちゃいけないんだけど、ね……」

陛下のものだから、っていうフェリス様が、なんとなく不思議。

この誰のものにもなりそうにもない、綺麗な神獣のような人も、ちゃんと、ディアナの国王陛下のものなんだあ、と。

「フェリス様と兄上様は仲良しですか？」

まだ会ったことないけど、国王陛下、フェリス様の無実を信じてくれてありがとう。

陛下、そんないい方なのに、どうして竜王剣抜けないなんて、変な噂でてきたの。

「うん。僕と兄上は仲悪かったこと一度もないんだけど。まあ、周りは勝手なことを言うし、……何より、義母上にとって、兄上は奪われなかった父上だから……、あまり兄上が僕に肩入れすると、また義母上の心が壊れる……」

「フェリス様。虐められてるのはフェリス様です。王太后様の心配しちゃダメ」

「……あ。うん」

この期に及んで、王太后様の心配してるフェリス様、なかなかのお人好しなのでは……。

あ、そもそもがこの人、この美貌で五歳の花嫁貰ってしまう、底抜けのお人好しだった。

「僕がちゃんと義母上とうまくやれないから、レティシアや僕の家の者に、迷惑かけてごめん」

「全くの冤罪で処分されたのに、フェリス様が謝らないで下さい。……ディアナの国王様は、罪なきフェリス様と一緒に処分された方の為に、正しい裁可を下されました」

フェリス様が陛下の悪い噂撒いたとか、完全に義母上様の妄想であって、フェリス様、まったくの無実なんだから！

兄弟仲がいいから、兄上様がフェリス様を依怙贔屓したとかじゃないもの。

やってもいないことで、謹慎にされたのが、おかしいのー！

「陛下は、ディアナの法の正当性を守ってくれたからね。愛憎で、法が曲がる国では、誰も安心して暮らせない」

レティシアと額を寄せて、フェリスが言う。

そうなの。

そうなんだけど、愛憎や欲得や、誰かの強い思惑で曲がりまくるの、法も政治も国家も王家も。

それをちゃんとしっかり守っていくのは、なかなか骨が折れるの。

「……？　レティシア、このバスケット重かったんじゃない？」

膝に乗せてるレティシアの背中を支えながら、ぎゅうぎゅうに詰まってるお夜食バスケットの中身に気づいて、フェリスが心配している。

「竜王陛下のタペストリーのとこまでは少し重かったんですけど、竜王陛下とお話してからはとっても軽くなりました！　どうしてでしょう？」

「レーヴェ……。レティシア、レーヴェと何かお話してたの？」

フェリスが少し微笑する。

「フェリス様の謹慎が解けますようにって！　もう叶いました！　竜王陛下ありがとうございます

ー！」

きゃっきゃっと、レティシアは、フェリスの膝に乗ってることも忘れて、はしゃぐ。危うく膝から落ちかけて、落っこちないで、とフェリスに抱き寄せられる。

「それから、フェリス様と海に行って楽しかった話。また一緒に行きたいですって」

「うん。また一緒に行こうね。今度はもう少し、うまく作るよ、お城」

眩しそうにレティシアを見下ろして、フェリスは言った。

「砂が髪に入ってますよーって帰ってきたら、リタとサキに、お風呂でわしゃわしゃ洗われました。お外で遊んだの、とっても、……とーっても、久しぶりでした」

何なら、最後にレティシアが外遊びしたのは、お父様とお母様がご病気になる前かも知れない。それくらい、いつもの日常とか、他愛ない遊びとか、そういうものが、ぜんぶ、遠いものになってた。ずっと長い間、泣いても泣いても泣いても癒えることのない哀しみだけがレティシアの傍らにあった。

「今朝、せっかく楽しかったのに、ごめ……」

また謝ろうとしたフェリスの薄い唇に、レティシアは指をかざす。

「わたしは、病めるときも健やかなときも。喜びのときも悲しみのときも。フェリス様と一緒にいるために、ここに来ました」

とはいえ、ホントは、逢った途端にこんな子供いらん！　って無視されたらどうしよう？　それはそれで、御邸のすみっことかに、お飾りの妃として安住の地を約束してもらえればいいのかな？

とか斜めに思いながら来たんだけど。

こんなにフェリス様を大事に思うとは、レティシアにも想定外。

だってフェリス様、推せるんだもん。

めちゃくちゃに。

妃だから、もあるんだけど、妃じゃなくても、きっとこっそり庇ってあげたくなるよ。

お貌も立ち姿も綺麗だけど、放っといたら、なんかいろいろ特殊能力過多なのに、うっかり飢え死にしそうな、自分には無頓着なとこが、放っとけないよ。

「なので、大変なときは、フェリス様と一緒に頑張りたいです。……まだ、何も出来ませんが」

こないだひどいめにあったけど、やっぱり、よさげな御茶会には行かねば。(王太后様系以外で)

社交を！　決して得意ではないけど、社交をしなければ！

まだまだ小さすぎて、何もできないけど、一人でもお知り合いを増やして、問題が起きたときに、頼れる人など増やしていかねば。

「何も出来なくないよ。レティシア、お夜食持ってきてくれるよ」

「お料理制作は厨房の方々ですが……」

「でも他の者に食べろって言われても、僕はきっと食べないと思うよ」

「……フェリス様、そこは威張るとこじゃないです」

これって、天然なの？　我儘なの？　王子様気質なの？

「レティシア、砂のお城の作り方も教えてくれた」

「砂のお城の作り方は、誰でも……」

「そんなこと、誰も教えなかったよ、僕には」

海岸を、手を繋いで、二人で歩いてたの。

朝の時間のせいなのか、人がいなかったから、碧い空と碧い海が交わる世界には、フェリス様とレティシアしかいないみたいだった。

意地悪な波に攫われて、せっかく二人で作った砂のお城が壊れたら、また作ろう、今度はもっと壊れにくいものを、ってフェリス様が言ってくれた。

でも、砂のお城は、何度、波に壊されてもいいの。

また一緒に、海に行けるなら。

お父様ともお母様とも、もう一緒に何処かに行けないけど、フェリス様は生きてるから。

「そして、ディアナでは誰もが怖れる、僕の義母上に食ってかかってくれた」

「す、すみません」

人生二度あわせても、なかなか、あんな大胆なこと、したことない。

あんな怖そうな義母上様に、文句の言える雪じゃない。

だけど、あのときは、必死だったの。

何故かわからないけど、お義母様に言われっぱなしにしてたら、隣にいるフェリス様の心が壊れてしまいそうな気がしたの。

「ううん？　嬉しかった」

「反省してます。次は……」

「次は？」

「えっと、えっと、もう少し、優雅に、言い返します！　お義母様がひどくご不快になられないように……か、可愛らしく、華麗な感じに反論を！」

「でも、言い返すんだ」

フェリスが笑いだした。レティシアの肩に顔を埋めるようにして笑っている。なので、レティシアはくすぐったい。

「レティシア」

「はい」

「大好きだよ」

「……私も、大好きです、フェリス様」

とっても自然に言われたので、とっても自然に返してた。

「もう少し、ちゃんとした大人になるね、レティシアを不安にさせないような」

「……？　フェリス様は十七歳なので……、十七歳は、まだ子供でいいと思います」

日本だと、高校生だもん。

フェリス様は王弟の公務や、当主やってらっしゃるから大人びてるけど、そんなに凄く大人じゃなくていいと思うの。

十七歳はまだ成長途中だから、お肉もお魚もお菓子もたくさん食べなきゃダメだし、学校の帰り道に寄り道とかしなきゃ（学校はスキップで卒業されてしまったみたいだけど……）。

だいたいレティシアが超小さいんだから、そんなに急いで大人になってもらっても、さらに落差が……。

「お嫁さん貰っても？」

「私がまだ小さいので、一緒に大人になって欲しいです」

だから、何も、私に謝ってくれなくていい。

フェリス様がお義母上様からの攻撃に弱いのは、誰だって親族には無敵じゃないから。

完全な他人より、敵としては、だいぶ辛い。

「……一緒に？」

「はい。私がフェリス様に、我儘の言い方や、甘え方を教えます。フェリス様はちょっと、急いで大人になりすぎですから……」

「レティシアから、砂のお城の作り方から、学びなおすべき？」

「はい。ふたりで」

砂のお城は作れなくてもいいと思うけど、フェリス様の笑いのツボに入ったみたいなので、そのままにしておくね！

「フェリス様、えびとアボカドのサンドイッチと、サーモンとフェンネルのサンドイッチ、どちらになさいますか？」

サンドイッチは、食の細いフェリス様のやる気をなくさないように、ちいさなサイズ。厨房の方々の細やかな心遣いなの。

「エビかな？　レティシアは？　おなかいっぱい？　いちごは食べる？」

「はい。おなかはいっぱいですが、いちごは食べます」

本日のお夜食バスケットには、摘まみやすいようにと、いちごやベリーもたくさん入っている。

これは、食事を食べないときに、フェリス様がよく摘まれるアイテムとのこと。

（基本、軽く摘まめるものが好きみたいなのね、フェリス様……）

「謹慎解除、おめでとうございます！」

「ありがとう」

お夜食の前に、フェリス様が出してくれた、いちご水で乾杯！

「フェリス様。私にいちごを食べさせるんじゃなくて、フェリス様が召し上がって下さい」

銀のフォークでいちごを掬って、フェリスがレティシアの口元に持ってくるので、何だかとっても楽しそうな王弟殿下の指を拒みかねて、いちごを頬張りつつ、レティシアは文句を言う。

「僕はレティシアに食べさせる方が楽しいよ」

「じゃあ、フェリス様が何か召し上がって下さるたびに、私、フェリス様から、いちご一個ずつ頂きます」

「……？　レティシア、それ、僕が不利じゃない？」

「そんなことありません。とても公平です。一個と一個です。等価交換です」

うん！　我ながら名案！　フェリス様も栄養摂れて、レティシアも食べ過ぎない！

「ずっと私を御膝に乗せてて、重くありませんか？」

フェリス様の御膝の上にもだんだん慣れてきたけど……。

「重くない。どちらかというと、食物より、レティシアを抱いてる方が、力が湧く気がする」

「……？」

もしかして、フェリス様があんまり食べないのは、食べ物以外からも栄養が摂れるからなの？

竜王家の人って、そういうこともできるの？

そのへんちょっと謎だけど、身体は人なんだから、食べ物からも、栄養は摂ったほうがいいよね。

「でも、きっと、ラムゼイ料理長や厨房の皆様が、フェリス様を心配して作られたお夜食にも、優しい魔法がかかってます。……はい、どうぞ」

レティシアは、いちごのお礼に、鹿の肉のサンドイッチをフェリスの口元に運ぶ。フェリスの碧い瞳がレティシアを見つめ、薄い唇が素直に、レティシアの差し出したパンを食む。

「……レティシア、明日、兄上にお逢いするのに、一緒に行ってもらえる？」

「国王陛下にですか？」

「うん。兄上は僕に迷惑をかけた詫びを一言、と言ってるけど、僕は御礼に伺うつもり、そこで兄上にお逢いして、可能ならば、義母上の御機嫌を伺って……これは無理ならかまわないけど、レティシアと二人で楽しそうに王宮を歩いて、……そのまま領地の花祭りに行こうかなと」

「……謹慎はあけましたが、お休み、おとりになるんですか？」

「うん。もともと、結婚準備に休暇を奨められてたけど、そんなに男は支度にかからないだろうって休んでなかったんだけど……、レティシアに花祭りも見せたくなったし」

「私とフェリス様は、できるだけ楽しそうに王宮を歩いて、婚前旅行に出かければよいのでしょうか？　王太后様の下した謹慎の裁可や、竜王剣の話など、初めから何処にもなかったごとく？」

「……うん。謹慎と竜王剣の噂より、どうやら僕がちいさな花嫁殿にひどく夢中らしい、って話のほうが、お喋り好きな方々には楽しく広まりやすいかなと……」

「……フェリス様の不名誉になりませんか？」

「僕が、正式な婚約者殿に夢中なことが、どうして不名誉に？　でも、レティシアが目立つの嫌だったら、この案は却下する。兄上には僕が一人で逢って来るから、そのあと、二人で出かけよう？」

「いえ。嫌ではないです。少しでも悪い噂を書き換えるのに、お役に立てるのは、嬉しいですが……ちょっと、緊張します……」

「何も緊張しなくていいよ。いつも通りに、誰よりも可愛いレティシアでいて」

誰よりも可愛いレティシアは、かなりフェリス様の身贔屓が……。

まあでも、可愛い王女でも微妙な王女でも、フェリス様とレティシアが陛下のもとにご挨拶に行って、それから二人で婚前旅行となれば、確かに、とっても、御婦人方の話題にはなりそう……。

うーん、フェリス様のファンの方に、呪われないかな……。

「レティシア、いちご」

「ん……、ちゃんと食べましたか？」

「チキンと香草のパイ詰め食べたよ」

「偉いです！」

はむっと、レティシアは、フェリスの指からいちごを食んだ。

不慣れなほどの、幸福について

「フェリス様は、王太后様もお守りする御心ですか？」

「義母上というより、兄上かな。……竜王剣の噂を早く消したい。義母上の対応では逆に騒ぎになると思うけど、そんな噂が大きくなるのは、確かに陛下の治世に芳しくはないと……」

レーヴェらしくもなく、言いにくそうに、竜王剣は、オレに似た者を選び続けてる、とレーヴェは言った。

それなら、不本意ではあるものの、義母上が癇癪起こしたのも、納得もいくというか……。

竜王剣は何も顔で選んでる訳ではないだろうが、無意識にレーヴェの気配に似たものを探してるんだとしたら……。

（フェリスはオレによく似てるからなあ）

その神の剣が何を好むにしても、噂を流す者は、べつに神剣の神意に準じてる訳ではなかろう。

陛下に悪意をもって、そんな噂を流す者がいるのだとしたら、早急にそれに対抗しないと……。

「フェリス派は私だけで、噂なんて流してません。フェリス派の望みは、フェリス様との穏やかな暮らしですし、フェリス様は兄上様のことも義母上様のことも大切にしておいでです、ってどうやったら、王太后様に、真意を伝えられるでしょう？」

「………」

膝に乗せてるレティシアが、真剣に言い募る様子が可愛すぎて、フェリスはまた笑ってしまう。うちのフェリス派が、可愛すぎて困る。

「フェリス様、いま何か笑いのツボに入りました？」

「うん、ちょっと可愛すぎて……。レティシア、これで最後だよ」

「ぜんぶ召し上がられましたね！　偉いです！」

僕が夜食を食べただけで、こんなに幸せそうな表情をしてくれる人がいるなら、サボらずに何でも食べようかな、と思ってしまう。

「はい、フェリス様も、いちご」

今夜のフェリスは、レティシアにいちごを食べさせるのが楽しくて食べたのだけれど、主食類を完食したら、御褒美なのか、レティシアが銀のフォークでいちごをフェリスの唇に運んでくれた。

「私も大好きなのですが、フェリス様もいちご大好きですか？」

「うん。食べやすくて、栄養価が高い。とても効率がいい」

「可愛いからとか、美味しいからじゃなくて？」

同じ食べ物が好きで嬉しい、という様子だったのに、それでは少し悲しいかも、という顔をさせてしまった。

もしや、いまの僕の発言は、レティシアの愛するいちごに対して無礼だったのだろうか？

「い、いや、美味しい。とても」

「……ホントに？」

「うん。レティシアとこうして食べてると、いつもより、美味しいよ」

「よかった。私も夕食で一人で頂いた時より、フェリス様と食べたほうが美味しかったです」

それもそうだ。

僕が同席できないと、レティシアが一人で食事することになる。

さすがに、今日は、各所から使者がやたら来て、夕食に同席できなかったけれど、食事の時間は、これからもっと気にかけよう。

僕に我儘の言い方を教えるのだと、レティシアは言っていたが、レティシア本人が我儘上手にはとても思えないので、ちゃんと気づいてあげられるようにしたい……。

「……レティシア？」

僕が夜食を食べ終えたら、安心したのか、膝に乗せてたレティシアがすやすや寝息をたてだした。

さっきまで話してたのに、こてっ！　と寝てる。

ちいさなからだの体力の限界のように。

「とんでもない一日になって、ごめんね、レティシア」

レティシアの金色の髪を撫でて、白い額に軽くくちづける。

「……フェリス様」

「レティシア？」

起こしてしまったかな？　と思ったら、ぎゅーっと抱き着かれた。

「また、海、一緒に行きましょうね」

「うん。また行こう、レティシア。……二人で」

「やくそく」

小指に小指を重ねられた。

これは、何だろう？

可愛らしい、サリアの風習だろうか？

「明日、陛下、怖いから、レティシア、もうねるの」

「義母上と違って、兄上は怖くないよ、レティシア。優しい方だよ」

「ん……、そうなの……？」

こくん、と頷いて、可愛らしいたった一人のうちのフェリス派は、また眠りに落ちてしまった。

眠りに落ちる寸前まで、フェリスの心配ばかりしてくれる、ちいさなレティシアの身体は温かい。

「病めるときも、健やかなるときも。嬉しいときも、悲しいときも。優しいレティシアと一緒にいられるように、僕が、ふさわしいものになれますように」

誓約の呪文を、あんなに優しい声で誓ってもらって、こんなに可愛いひとが、大変なときには、ふたりで一緒に頑張りたいと言ってくれる。

あまりにも、慣れない幸せに、熱でも出そうだ。

竜の愛した国を継ぐ者

「陛下、フェリス殿下からの御手紙です。陛下の寛大な御沙汰に深い感謝を。明日必ずお伺いすると」

「大儀であった。退ってよい」

渡された手紙には薔薇の封印が押してあり、淡く薔薇の香りが馨る。

几帳面な美しい文字は弟自身の筆跡だ。

謹慎を解いてくれたマリウスへの感謝の言葉。

謹慎を賜って、初めて竜王剣の噂を知ったこと。

疑惑をかけられた、自身の関与についての否定。

街で、ディアナの竜王陛下を邪神と謳い、人心を惑わそうとしていたリリアの僧のこと。

偶然かも知れぬが、同時期に、竜王陛下が貶められ、竜王剣の噂が出ていることが気にかかるので、内々に調査して、早急に真相解明に努めますが、兄上とルーファスの周辺には、くれぐれも身辺警護を増やしてほしいとのこと……。

「謹慎になった己の身より、余の心配ばかりしている」

馬鹿なフェリス。

可哀想な、愛しい弟。

余は、そなたさえも、ずっと謀っているのかも知れぬのに……。

（陛下、王太后様が、王弟殿下とメイナードに謹慎の御沙汰を……！）

（何故だ。ことと次第によっては、母上でも許さぬ）

（竜王剣に関する……よからぬ噂が……流布されており……、王太后様は王弟殿下をお疑いに……！）

足元から力が抜けていくとは、あの瞬間のことだ。

不審な噂の出所より何より、母上、それではまるで、何かあると自分で言っているようなものです……。

「竜王陛下、母上はフェリスを誤解して、その上で、我が弟の力を見縊っておいでですよね。もし私の弟が、真実にディアナの玉座を欲しがっていたら、私はもう玉座にいないでしょうに」

玉座に座す、竜王陛下の絵に、マリウスは話しかける。

母は女性だけど、マリウスよりもフェリスよりも、ディアナの玉座を愛してる人だ。

母にとってのディアナの玉座は、失われた父との絆なのだろうか？

マリウスは、子供の頃、一人で寂しそうな母をよく見てたから、忙しい父に代わって、母を守ってあげなくては、と思っていた。

だけど……、それは、こんな形でじゃない。

「おかしいですよね。私は凄く困ってるのに、何処かでほっとしてるんです、竜王陛下。……ずっと、私が一人、たったひとりで、悪夢に魘(うな)されるほど、疑問に思っていたことを、言葉にしてくれた誰かがいるんだなって」

あのとき、竜王剣は抜けたのか？

竜王剣は、マリウスを、本当に承認したのか？

「……なのに、フェリスは、母も私も竜王剣の判定も疑いさえしない。我が弟は頭はいいのに、身内には随分甘すぎるところが、少し心配です……」

フェリスが兄だったらよかったんだろうか？

そうしたら、……いや、ダメだな。

フェリスが兄だったとしても、母上は、玉座にはマリウスを座らせたがるだろうな。

「竜王陛下、私は拙いながらも、己に課せられた務めを懸命に果たしているつもりですが、ときどき、この王冠は私にはひどく重いです……そして、どうしても、もう、愛する母の言葉を信じることが出来ません……」

竜王剣はあなたを選んだと、母は言った。

だが、その母は、犯してもいない罪を弟に着せようとした。

……いったい、それは、誰の為だ？　何の為だ？　誰の、何の嘘の為だ？

「…………、…………」

マリウスには見えないが、暗闇からそっとレーヴェが姿を現し、一人で嘆くディアナの国王の柔らかい髪を白い指で撫でる。そうすると、ディアナの王の部屋の中で、ひどく凝（こご）っていた夜の闇の深さが少し薄くなる。

（あのとき、竜王剣は、己を扱えぬ者を主には選べなかった。どうしても、それを許せなかったマグダレーナは、竜王剣はマリウスを選んだと、嘘をついた。だが、あのとき、フェリスは十歳の子供だった。マリウス、おまえはちゃんと、母と幼い弟と国を守ってきたんだ。……おまえ自身が、望んだ嘘じゃなかったのにな）

竜の血を汲む王家も、千年も経てば、レーヴェの血の薄い者も、いくらでも生まれる。

レーヴェは、子供たちを、王家にも王冠にもディアナにも縛りつける必要はないと思っている。

何なら王様なんて、オレの血なんて一滴も入ってなくていいから、王様家業にむいた奴にやらせとけ、と思っているが、子孫たちには子孫たちのそれぞれの望みもあるだろう。

ただ、玉座への妄執のあまりに、無理なことをすると、ひずみが出て、いろいろなものがひどく歪んでしまう……。

初恋は、ほろ苦いオレンジの味がする

「おばあさま、フェリス叔父上が謹慎ってどういうことですか!?」

「王太子ともあろう者が、その出で立ちは何ですか、ルーファス」

脇息に凭れたマグダレーナは神経質そうに眉を顰めていたが、庭園で侍女たちと遊んでいて、フェリス謹慎の話を聞くなり、王太后宮までまっすぐ走って来たので、ルーファスにはいま自分がど

んな出で立ちなのかはさっぱりわからない。

たぶん、ひどいだろうが、この際、そんなことはどうでもいい。

「僕の恰好はどうでもいいです！　取り消してください！　何かのお間違いです！　叔父上もメイナードも、陰で、父上の悪口を言うような人ではありません！」

「子供のそなたに、何がわかるというのか」

呆れ半分、苦笑半分。

これが大人の誰かなら厳罰ものだが、マグダレーナは秘蔵っ子の王太子ルーファスに甘い。

「何もわかりませんが、叔父上、もうすぐ結婚式なのに、謹慎はあんまりです！」

結婚式が来ると、ふわふわのあの金髪のちびが本当に叔父上の花嫁になってしまうので、それをルーファスが待ち望んでいるかどうかというとだいぶ謎だが、それにしても謹慎はいますぐ取り消してほしい。まるで罪人みたいではないか。

「息子が息子なら、孫も孫……、あなたたちは何故そんなにフェリスを信じてるのです？　フェリスはあなたに何をしてくれると言うのです、ルーファス？　あなたを愛するおばあさまより、フェリスがあなたによくしてくれるとでも？」

「……」

この危急のときに、およそ至上最悪の問答で、ルーファスは真綿で首でも絞められてる気分になった。

「お、叔父上はいつも」

落ち着け。いつもみたいに、おばあさまの怖い瞳に呑まれちゃダメだ。
ちゃんとしろ。

「知らない誰かの言葉などに惑わされてはいけない、ルーファスは王太子だからね、と仰います。け、敬愛するおばあさまにも、た、正しい御判断を……」

ルーファスは、フェリスと初めて逢った時から叔父上が大好きになったのだが、なかなかフェリスには遊んでもらえなかった。

叔父上は私が嫌いなんでしょうかと、母に泣き言を言ったら、そんなことはない、王弟殿下は子供慣れしてないだけでしょう、と宥められた。

めげずにフェリス叔父上と遊びたい運動を続け、途中で気が付いたのだが、誰もいないと（とくにおばあさまの臨席がなかったりすると）、叔父上はルーファスに優しいのだ。

フェリス叔父上はおばあさまに遠慮して、滅多に遊びには来てくれないが、父様はフェリス叔父上が来た日はいつもちょっと嬉しそうだ。

父様は、ルーファスが生まれてからずっと、誰にとっても「国王陛下」なのだけれど、フェリス叔父上が来たときだけは、「兄上」なのだな、と何となく理解した。

ルーファスの目から見ても、父と叔父はちっとも似てない兄弟で、ルーファス自身もフェリス叔父上が大好きだが、本当にこの人と僕は血は繋がってるんだろうか？　と首を傾げるくらい、叔父は家族の誰にも似てなかった。

唯一無二にして、最大の親族、始祖、竜王陛下には、そっくりなのだけれど。

異質な存在で、ひとしく誰にも優しかったけれど、誰からも遠く、常に孤独の影があった。

「出来のいい弟、優しい叔父。お美しい王弟殿下は……私の孫まで誑かす」

「?・?・?　たぶらかされてなどおりません、僕はただ」

おばあさまはきっと知らないのだ。

侍女にしろ、貴族にしろ、誰かが、おばあさまを悪く言おうとしても、叔父上は決してそれに乗らないのに。

お気の毒なフェリス様、とおばあさまの陰口を叩こうとする者を、いつも「いいえ、いつも、私が不作法なので」といなすことを。

そういうところを尊敬しているのだが、それを説明しようとすると、若干、おばあさまを悪く言おうとした侍女などの身が危うくなる。

「僕はただ、おばあさまも叔父上もどちらも大好きなので、喧嘩してほしくないのです！」

もっといいことが言えたらいいのだが、ちっとも浮かばなくて、なんだか泣きたくなってきた。

ルーファスが泣いてる場合ではないのに。

それに、叔父上と、約束してるのだ。だからあんまりひどいことは言えない。

（男と男の約束だよ、ルーファス、もし私のことで何か義母上ともめたりしたら、義母上を庇ってあげなさい、義母上はルーファスに嫌われたらいちばんお辛いから）

あの呪文を何とかして欲しい。

こんな大変なときくらい、ちゃんと僕も叔父上を助けたいのに。

「喧嘩などしておりません。フェリスの謹慎なら、あなたの父上がお解きになりましたよ」

面倒そうだったが、どちらも大好きなので攻撃が少しは効いたのか、おばあさまの表情は少し和らいだ。

「父上、ありがとうございます！」

「あなたがたは何もわかっていないのです。この婆が、どれほど、あなたがたのことを思っているかを……」

深い深い、溜息ひとつ。

ルーファスは、いったいどうやったら、おばあさまはフェリス叔父上と仲良くして下さるんだろう？　と花びらまみれで考えていたが、とにもかくにも、謹慎解除にほっとしたので、王太后宮の女官に身繕いをしてもらい、おばあさまと、オレンジのパウンドケーキを頂くことにした。

よかった。

あの異国から来て、叔父上しか頼る者のない、金髪のちびも、きっといまごろ安心してるだろう……。

レティシアの安眠効果について

もふもふ、きもちいいー……。

やっぱり、くまちゃんよね！

みんなも、くまちゃんのもふもふの偉大さを知るべし！

竜王陛下か、くまちゃんか、という安眠の守り神よ！

あ、でも、くまちゃん、昨夜、フェリス様に貸して来ようと思ってたのに、持って帰って来ちゃったのかな？

昨夜、よーし！　フェリス様ちゃんと完食！　と安心したあたりで、なんだか記憶が……、フェリス様寝かしつけてから、自分のお部屋に戻るつもりだったのに……。

「……う、にゃ……」

気持ちいいから、もう少し、眠ってたいけど、起きなきゃ……。

今日、フェリス様と一緒に、陛下にお会いするってお話だったし、どんなドレスで行くか選ばなきゃ……。

「……ん……」

あれ……？　くまちゃん、あったかい？

いつのまに保温機能まで？

「きゃ……！」

くまちゃんあったかいな、と瞼閉じたままペタペタ触ってて、あれ？　でも、くまちゃんはレティシアの腕のなかにいる？

このあったかいの、何？　と瞳を開いたら、物凄く近くに眠るフェリスの貌があって、悲鳴あげかけて、慌てて、レティシアはお口を押さえた。

フェリス様、せっかくよく眠ってるのに、起こしたら、可哀想。

「また、二人で、眠っちゃったんだー」

そりゃそうだよね。

いろいろあったもの、フェリス様だって、疲れて寝ちゃうよね。

レティシアがくまのぬいぐるみを抱いて、そのくまごとレティシアを抱いて、フェリスが眠っている。

親亀の上に子亀的な……？

「……レティシア」

「ごめんなさ……、フェリス様、起こしちゃいました？」

さっきのレティシアのプチ悲鳴がよくなかったかな。

疲れてるだろうし、もう少し寝かせてあげたかったな。

「ん……、起きる……つもりなんだけど、気持ちよくて……」

「ね！　くまちゃんの安眠効果あったでしょ？」

フェリス様にも、ぜひくまちゃんの真価を評価して頂きたい！

「くまちゃんというか、レティシアの安眠効果……。レティシアは？　よく眠れた？」

それにしても、フェリス様って、ホント、寝起きから綺麗な人だ……。

「はい。いちごたくさん食べさせてもらったせいか、いちごの夢を見てたような……？」

よく覚えてないんだけど、なんだか幸せな夢だった。

あ。レティシアは、いちご食べてただけとはいえ、歯、磨いて、寝たかった……。

「ほんと？　いちごの夢楽しそう」

「笑っちゃダメ」

また、フェリス様が、お腹抱えてる。

レティシアは、絶対に、日々の笑いでフェリス様の寿命延ばしてると思う……。


「フェリス様、お目覚めですか？　女官たちから朝の御仕度のお尋ねが来てますが、レティシア様もこちらにおいでですか？」

ノックの音と、レイの声。

「は、はい！　レティシア、ここにおります！」

わーん。

邸内だけど、朝帰りの常習犯になってしまった。

「大丈夫だよ。昨夜は、サキに、レティシアはこちらで寝かせるから、ってメッセージ送っておいたよ」

「ホントですか？　それなら、よかった……」

朝起こしにきてくれて、いない！　と心配かけてたら、申し訳ないので。

「フェリス様と、お部屋がもっと近かったらいいのになあって思いながら、昨夜、夜の廊下歩いてたんですけど……」

「……、……」

「そんなこと思うくらい、フェリス様と仲良くなれて嬉しいなーって」

嫁いできたレティシアが私を嫌ったら、部屋が遠いほうがいいかと……と言ってたフェリス様。レティシアも、似たような後ろ向きな心配はしてた。

「あと、廊下で竜王陛下とお話しするのもお気に入りです」

「レーヴェ、きっと喜んでるよ。レティシア、すっかりうちの子になって、って」

不思議。

竜王陛下のお話するときのフェリス様って、お義母様やお兄様のお話するときより、ずっと気安そう……。

まるでよく知ってる仲のいいお友達の話でもしてるみたい……。

「そうかも知れません。すっかり竜王陛下のうちの子気分なので、竜王陛下の絵が燃やされそうになったのは、凄く嫌でした……思わず、おうち帰って来て、私のお気に入りのタペストリーの竜王陛下の無事を確かめました」

「レティシア、そんなにレーヴェを甘やかさなくていいから……」

「え？　フェリス様、何か仰いました？」

「御二人とも。仲がよろしいのは結構ですが、そろそろ起きてお支度なさいませんと……、レティシア様、女官方が、レティシア様が、初めて陛下に御目文字するドレスを選ばなくては、と朝から大騒ぎしておりましたよ」

こほん、とレイが控えめに咳払いしている。

「……ホントだ！　頑張って御仕度しなきゃ！　……フェリス様、陛下にお会いするのに、気をつけたほうがよいことは何かありますか？」

「いや、何も。いつものままの可愛いレティシアで大丈夫だよ」

フェリス様、身贔屓の引き倒し……うう、それではまったく参考になりません。

「レイ。フェリス様は御優しいからこう仰るけど、私、何か不作法があっては……」

「ご心配には及びません、レティシア様。先日の王太后様の御茶会ほど、余計な気を遣わずとも大丈夫です。陛下は公正な御方です。女官方と楽しく、レティシア様らしい、可愛らしいドレスを選ばれてください」

「部屋まで送ろう、レティシア。僕が引き止めてごめんね。……そんなに早い時間のお約束ではないから、ゆっくり支度したらいいよ」

「はい、フェリス様」

フェリス様から、大丈夫、と髪を撫でられる。

うう、でも、やはり、緊張はする……。

「おはようございます、フェリス様、レティシア様」

「おはよう、サキ、リタ……戻るの遅くなってごめんなさい」

「とんでもありません、レティシア様。御二人でゆっくりして頂いてよいのですが……、私共も少しレティシア様の御仕度にはしゃいでしまって」

　レティシアの私室のほうへ、フェリスに送ってもらうと、本日の為の候補なのか、華やかに可愛らしいドレスが広げられていた。何といっても貴婦人の装いの支度は、男子の戦支度のようなものなので、女官達も力が入る。

　婚約者として付き添うのだから、フェリス様の瞳の色とあわせて碧いドレスもいいかなあ、とレティシアも戻りながら、考えていた。フェリス様は、謹慎を解いて頂いた御礼に参上する、と仰ってたので、あんまり派手じゃなくて控えめなドレスがいいかな……？

「フェリス様は、何色がお好きですか？」

「色？」

「はい」

「……琥珀かな」

「琥珀色」

琥珀のドレスかあ……、可愛いのあったかな……？

婚礼支度は、本人がどんより沈んでるあいだに全て完了していたので、レティシアは嫁入り道具にどんなドレスが入っているか、ちっとも把握してないのだ。

サリアから運んできたものと、お会いする前に、フェリス様からまだ見ぬ花嫁へと送って下さったドレスがあるはずだが……。

「では、レティシアの支度を頼む」

「かしこまりました、フェリス様」

目が覚めてからずっとご一緒してたせいか、フェリス様が帰ってしまわれるのがなんだか寂しい。

「フェリス様」

「ん？」

「先日の御茶会のような御無礼のないように気をつけますね」

反省してる。

あのとき言い返した内容には、ちっとも反省してないけど、とはいえ、世の中、何処で揚げ足とられるかわからないのだから、もっと隙のない振る舞いを心掛けねば。

「……先日も、義母上と異なる、結婚への僕達の見解を述べただけで、レティシアは礼儀に恥じるところなど、何もなかったよ。……ディアナでの最初のパーティーが楽しくないものになって、本当にすまない」

にこっと、フェリス様が微笑んで、レティシアの額にキスした。

「……フェ、リスさま……」

「今日、レティシアにお願いしたいのは、婚約中に謹慎になるような困った、変わり者の王弟と結婚してくれる、無邪気で幸せな姫君の役だよ」

「優しい王弟殿下と結婚出来て、私が幸せなのは本当のことなので、いつものようにしてて大丈夫ですか？」

くまのぬいぐるみを抱えて、レティシアはフェリスを見上げた。

バスケットは後で持ってきてくれるというので、くまさんだけ持って帰ってきたのだ。

「うん。いつものままのレティシアで」

うちの氷の美貌の王子様は、こう仰るけれど。

王宮の人みんなが異国から来た王女のレティシアに、フェリス様ほど優しいとは、無邪気な(？)レティシアも思っていないので、王弟殿下の小さな妃として、礼儀にかなった、品の佳い振る舞いを心がけよう……。


「レティシア様、フェリス様は御夜食召し上がられましたか？」

「うん。綺麗に召し上がったの」

「まあ……、フェリス様は本当にレティシア様にお弱いこと……」

サキがふふふっと満足そうに笑っている。

そうなのかな？

食べずに、次々訪ねて来られるいろんな人と逢っててらしたから、フェリス様もお腹減ってたんだと思うけど……。

レティシアにいちご食べさせるのが楽しいとも仰ってたけど……。

ああ、思い出してたら、なんだか、お口のなかが、いちごの味になるー。

「いつもでしたら、王太后様がらみで何事かありますと、私どもが何と申し上げても、数日ろくに召し上がりませんよ」

「そうなの？　何日もお食事抜きはダメよ」

「ね」

でも、人間、あまりにも悲しいと、あらゆる意欲が削げることを、今生では齢五歳のレティシアも知っている。

死にたいとか、生きたくないとか、じゃなくて、お父様とお母様の大事な娘なんだから、頑張って生きなきゃ、生きる為にはまず食べなきゃ、という気持ちはあっても、いかんせん身体の方がついていかないのだ。

食べ物を口からいれるだけじゃなくて、からだの中で生きていくための力に分解するにも、パワーがいる。

心が滅んでしまうと、それが機能しない。

「レティシア様、御髪が光り輝いてますわ。昨日も何かフェリス様から魔法で御力頂きましたか?」

いつもの鏡台で、レティシアの髪を梳いてくれながら、リタが不思議がっている。

「ううん。何も。私が眠ったあとに、フェリス様が何かして下さったんでなければ、何もしてないと思うけど……」

でも、良質な睡眠はとれてる……気がする。

未来の旦那様の謹慎騒ぎの夜なのに安眠するなーって話だけど。

フェリス様と一緒だと、よく眠れるみたい……。

くまちゃんか竜王陛下かフェリス様かってくらい、三大安眠アイテムかも（アイテム扱いしてごめんなさいフェリス様、生きてるのに……竜王陛下は神様だから、お守り扱いでもいいような……）

「ご一緒にいらっしゃるだけでも、フェリス様のご寵愛深いレティシア様は、竜気を頂いてるのかも知れませんね」

「……ご寵愛？　竜気？」

ご寵愛。

それは、前世では、後宮小説やドラマでしか聞いたことのない単語だ……。

恐らく、もっと、バストが成長した貴婦人に使われるかと思われる……。

いや、それより、竜気のほうが、気にかかる……。

「リタ、竜気って何?」

「レーヴェ様の血を受けた方々が持つ竜の気ですわ。始祖のレーヴェ様から千年も経つので、ディアナ王家の方々も人がましくおなりですが、昔は不老不死の竜の血が欲しい、と、万能薬でも欲しがるように、婚姻したがる他国の王族もいたそうですよ」

「不老不死！　でも、フェリス様のお父様亡くなってるよね？」

「もちろん伝説です。普通にディアナ王家の方も、人の子として、年老いて天に召されます。ただ、レーヴェ様の血がとくに濃いと言われた方は、他の方よりいつまでもずっと若くいらしたり、傷を受けてもすぐ治られたりとかあったそうですよ。……配偶者の方も影響を受けられるみたいで、ずっと若いままの御夫人とかいらしたとか……そういう意味でも、竜族の血を強くひく方と結婚するのは女性の憧れですね」

「私は成長が止まったら困るわ。フェリス様の隣にいて変じゃない位に、早く大きくなりたいの……」

　確かに成人してたら、ずっと若くは男女ともに魅力的なお話だと思うが、レティシア的には、この五歳のヴィジュアルで固定されても困る。

「もちろんですわ。レティシア様。これ、リタ、朝から、レティシア様をびっくりさせないの。リタの話は、ずっと昔の話ですわ、レティシア様。昔々、レーヴェ様の血がもっと濃かった頃の……」

「す、すみません、レティシア様。成長が止まったりは、決してないと思いますので……」

「あ、ううん。不思議なお話聞かせてくれて、ありがとう、リタ。もっと、おっきくなってからなら、ずっと若いままはいいとおもうな。……それに、フェリス様が私に力を分けて下さったとき、とっても元気になったから、きっと竜気って、本当に不思議な力のある気なんだと思う」

（そうそう。万能薬ではないんだけど、やや特殊な気ではあるから、フェリスみたいに、人の子のちびちゃんのなかに勝手に入れたりしたら、本来はダメだけどね。まあ、配偶者なら、ぎりぎり許容範囲かなー）

女官の語る、竜の血の物語を寝惚けながら聞いてたレーヴェは、鏡の中できらきらと輝くレティシアの金髪を見下ろしながら、苦笑していた。

「わたし、早く大きくなりたい」

「レティシア様……」

「今日も、わたしを連れて行ったら、フェリス様がきっと陰で何か言われる」

「そんなことは……」

「……わたしはフェリス様といられて幸せだけど、きっとフェリス様はあんな子供を妃にさせられて可哀想って言われるわ」

風変わりな、竜の血を継ぐ美しい王子様といられて、とても幸せだけど、人がどう見るかくらいは想像がつく。

「王宮の誰が何を言おうと、そんなことをフェリス様は気にしたりなさいませんわ」

「そうですわ。伊達に、変わり者の氷の王子様やってらっしゃいませんわ、我が主は」

異口同音に、サキとリタが言う。

「本当なんですよ。フェリス様は義母上と諍いがあると密かに傷つかれますが、世間の噂などはほとんど気にかけません。もう少し世間も気にかけましょう、フェリス様、と心配になるほどです」

「そうですよ。気になさるんなら、謂れなき風評被害にも、もう少しは対策されてると思いますよ。必要な公式のパーティーにはちゃんと顔を出してらっしゃるのに、我が主が変人の引き籠り扱いされるのもまったく解せませぬ」

レティシアを励まそうという気持ちとともに、普段のフェリスの振る舞いも心配してるらしく、言い募る二人。

「フェリス様の御心は誰にも測れませんが……少なくとも、レティシア様がいらしてから、フェリス様はずっと楽しそうですよ。フェリス様は、感情の起伏のわかりにくい、美しいお貌でいらっしゃいますが、ずっと仕えておりますので、私共にはわかります」

「生活も規則正しくなってますね。レティシア様にあわせて起きたり、食事したり、眠ったりと」

「……そうなの？」

そんなに気にかけて頂いてるんだろうか。

それはフェリス様の負担じゃないのだろうか。

「レティシア様は幼いことを気になさいますが、フェリス様はレティシア様が幼いからこそ、御自分が母君を亡くしたときのように寂しい思いはさせまいとしてるのかと……」

レティシアと同じ、五歳の頃に母を亡くした、とフェリス様は言ってた。

王太后様はともかく、レイもサキもリタもこの宮の方々も、これからお逢いするフェリス様のお兄様も、優しい方々だけれど……。

きっと、この美しい竜の宮殿で、あの美しい王子様は一人だったのだ。

レティシアが、サリアの王宮で一人だったように。

「いろいろとおかしな噂がかき消えるくらい、二人で楽しそうに王宮を歩こうね、ってフェリス様仰ったの」

竜王剣の噂を早く消したい。義母上というより、兄上の為に……と言っていた。

竜王陛下に似たお貌の、優しい魔法使い。

御自分の為にも魔法を使えばいいのに……、御自分のことにはとんと無頓着なうちの王子様。

「フェリス様の小さな花嫁は、うんと幸せそうだったって王宮で噂になるくらい、綺麗に着飾りたいの、リタ、サキ」

「もちろんでございます、レティシア様」

「わたしは本当に幸せだから、どうかその気持ちをドレスや髪にも込められますように」

「レティシア様の明るい笑い声やお優しい仕草からは、幸福が匂いたつようですわ。……それが遠目にも伝わるくらい、私達も腕によりをかけますね」

結婚式は、もう少し先だけれど。

齢五年の人生で、一番綺麗に見えればいいなあ、と思う。

話題の竜王剣がディアナの王を選ぶなら、ディアナの大事な王子のところにお嫁に来た子として、ディアナの神剣にもちゃんと認めてもらえるくらい、可愛く美しく。

姿形の造形のことではなくて。

凛と見えれば、いいなあと。

本当は泣いてばかりの、泣き虫王女だけどね。

一番大好きな、大事な推しのフェリス様を、いわれなき悪意から守ってあげられるくらい、今日は、華やかに美しく装えますように。


「とても綺麗だね、レティシア」

レティシアに手を差し出しながら、フェリスはレティシアを見下ろした。

フェリスの手を借りて、レティシアはドレスの裾を捌いて、六頭立ての馬車に乗り込む。

「リタとサキとみんなが頑張ってくれた成果です。少しでも可愛くなってたら嬉しいです」

レティシアがそう言ったら、女官達が微笑み、フェリス様に髪を撫でられた。

いっぱい頑張ったー!!

得意分野ではないので、途中でちょっと燃え尽きそうになった……。

いやいや、燃え尽きちゃダメ、お洒落と言うか戦術だから、と気を取り直して頑張った。

「今日もとても綺麗だけど、レティシアは、いつもお人形さんみたいに可愛いよ、喋らなかったら。

……喋って動いたほうが、ずっとおもしろいけど……」

「フェリス様、わたし、褒められてます？　からかわれてます？」

たいがい、レティシアといると、フェリス様はずっと笑いっぱなしなんだから、可愛い子より面白い子がぜったいに正解だとは思うけど……。

「ぜんぶ褒めてる、つもりだが……。……僕の表現方法が伝わりにくかったら、すまない。もう少し、学習する」

言語学習中の、前世のＡＩのようなことを言われてしまった。

この世界にはないけど、人間が、人間に似せて、ＡＩを作ったんだから。

ＡＩの言語学習も、幼児の言語学習とおなじ。

あらゆる『言葉』を、たくさん聞いて、読んで、話して、習得していく。

ＡＩなら、入手可能なかぎりのサンプルデータから。人間の幼子なら、周囲の者の話す言葉から。

当然、親や、それに似た、ごく近くにいる存在の、よく話す言葉を、たくさん習得する……。

親からたくさん愛されて、優しい言葉に包まれ、褒められて育った子供は、存在の核に、自信をもつ。

それでは、親から褒められる機会の少なかった子供は……。

「……レティシア」

「はい？」

「僕が誘っておいてなんだが、今日、見世物になるようで嫌だったら、無理には……」

「わたし、今日はどうしても連れて行っていただいて、陛下に御礼を申し上げないと」

本日のレティシアは、リタにお願いして、ちょっとだけ、眉も強めに書いてもらった。

もしかして王太后様にもお会いするかもだからって。

「陛下、わたしの大切な方を、助けてくださってありがとうございます、って」

馬車の中で、今日は絹の手袋に包まれた指で、フェリス様の指に触れてる。

うーん。

やっぱり、素手で、手を繋ぐほうが好き。

海に行ったときみたいに。

朝の、人の少ない街を、二人で散歩してたときみたいに。

とはいえ、手袋越しでも、フェリス様と手を繋いでいられたら、少し強い気持ちで、いられる。

「そして、可能なら、お義母様にご挨拶して、先日のわたしの非礼を詫び、また御茶会に呼んでくださいとお願いすること。わたしの大切なフェリス様は、いつもお義母様とお兄様を愛してらっしゃいます、とお伝えして、信じて頂けるくらい、お義母様と、仲良く……なれるように……がんばる……こと」

後半、だんだん、語尾が弱くなっていく。

そんなこと、現世も前世も、社交上手でもないレティシアに難易度高すぎだが、人間、高すぎても、目標は持たなければ。

「レティシアの性格どうこうでなく、僕の妃の時点で、それはちょっと無理だと思うけど、……でも、ありがとう」

無理すぎる攻略目標を掲げて、だんだん綺麗な眉が寄ってくるレティシアを見ていて、フェリスが宥めてくれた。

「レティシアが隣にいてくれるだけで、百万の兵を得た気分だよ」

優しい声で耳元にそう囁かれたので、うん、がんばろう、お義母様に好かれなくても悪意がないことくらいは伝えられたらいいのにな……、と、可愛らしいドレスの下で、魂には気合が入った。


「陛下。この度の御力添え、感謝致します。私の不徳により、御手を煩わせて……」

レティシアが初めて見るディアナの国王陛下は、弟のフェリスとは少しも似ていなかった。

二十七歳の筈だが、若者というよりは、落ち着いた印象だ。

母のマグダレーナ王太后と同じ茶色い髪と、茶色い瞳。

対峙する二人を隣で見ていても、兄弟どころか、親族の趣きさえ見えない。

まるでフェリス様は、弟というより、陛下の凄くお気に入りの美しい騎士のようだ。

「来てくれて嬉しい、フェリス。そなたが詫びなくてよい。母上は驚きのあまり、ひどく動転していたようだ。そなたにもメイナードにも、まるで身に覚えのないことで、いらぬ苦労を掛けた」

陛下。

レティシアの心の中で、フェリス様推し同盟にそっといれときますね（畏れ多い）。

澄ましてフェリス様の隣に並びながら、レティシアはそんなことを思っていた。

「陛下に差し上げた書状でも触れましたが、街で、竜王陛下の肖像画を燃やそうとしていた僧たちもおりました。……竜王剣の噂と同時期というのが、平和なディアナの民の心を不安定化させようとしてるのでは、と気にかかるので、私のほうでも少し調べて参ります……」

あ、昨日のレティシアとのデートの時のお話だ。

竜王剣の噂と、竜王陛下の肖像画を燃やしていた僧たちが、同じ犯人によるものでは、とフェリス様は疑ってるってことなの？

昨夜、くまちゃんとレティシアを抱っこして眠りながら、そんなこと考えてたの？

それは、ちょっと、レティシアにも聞かせてほしかったな……。

聞いたからって、レティシアが何ができるわけでもないけど。

「竜王剣の継承への不信もだが、ディアナで、竜王陛下を燃やすなど何よりありえぬ話だ。そなたが気にするのもわかる。……そなたが、余と同じように、如何にディアナを大切にしてくれているかを、聡明な母上が気づいて下されば な……」

陛下の、溜息一つ。

「……、………」

フェリス様は返す言葉に困って、無言。

お話聞かせてもらえなかったの、ちょっと拗ねてたけど、陛下のフェリス様愛に癒される。

嬉しいな。

フェリス様のご親族で、フェリス様のこと大事にして下さる方に逢えて。

「気の沈む話はひとまずおいて、フェリスよ、余に隣の美しい御令嬢を紹介しておくれ」

わ！

つい、聞き耳頭巾レティシアと化してた。

ちゃんとしないと！

「私の大切な婚約者、サリアの王女、レティシア殿下です」

「……陛下。拝謁の機会をえて、光栄です。麗しのディアナに参れて、私はとても幸せです。そして、このたびは、フェリス様のまことを、陛下が信じて下さって、本当に本当に嬉しく思っています」

いけない。

本当に、心から感謝してるため、力が入り過ぎてしまった。

言わない方がいいのかもだけど、どうしてもどうしても、一言、陛下に御礼言いたくて。

ありがとうって。

お義母様に濡れ衣着せられたフェリス様のこと、お義母様の言葉に惑わされず、信じて下さって
ありがとうって。

「……なんと可愛いちいさな姫君に、余の大切な弟のことを頼もうと思っていたら、さきに御礼を言われてしまったよ」

陛下は、楽しそうに、笑った。

たぶん、この為だよね、フェリス様がレティシア連れてきたの。

お義母様からの濡れ衣という、大変に微妙な話題の、話をそらすというか、和ませ役的な……。

「レティシア姫。姫の歳で、一人こちらに参り、心細いことだろうが、……我がディアナ宮廷でどんな美女にも心動かさぬと言われた我が弟フェリスが、レティシア姫をいたく気に入ったと余に申して、先日、たいへんに余を驚かせたよ」

「………、フェリス様が？」

いつのまにご兄弟間でそんな話が？

隣のフェリス様をちょっと見上げたけど、フェリス様の鉄壁の美貌では表情が読めない。

おうちにいたら、すぐ笑って教えてくれそうだけど、いまはお外モードなので隙が……。

「さよう。姫が小さいので、余は少し夫婦仲を案じておったが、我が弟から誰かを気に入った等と実に人生初の発言を耳にしたよ」

「……兄上」

わあ。

陛下にからかわれて、赤面するフェリス様。

可愛いっ!!

御前でジタバタする訳にもいかないので、心の中で一人で騒いでる！

「レティシア姫はフェリスを見てどう思った？　うちの弟はレティシアのお気に召したかい？」

「フェリス様を初めて見たとき……」

レティシアは五歳の子供らしく、ことりと小首を傾げた。

たぶん、国王陛下は風変わりなフェリス様じゃないから、大人のようなことを言う王女でなくて、外見通りの、可愛らしい子供と話したいと思うの。

「私、こんな美しい方を見たのは生まれて初めて、と思いました」

「美男であろう？　竜王陛下ゆずりの美貌じゃ。余は我が弟を見ていると、我が王家は本当にレーヴェ様と共にあるのだ、と信じられる……」

陛下は、最初、レティシアを茶化すのかと思っていたけれど、後半、レティシアでなく、何処か遠くへ語り掛けるようだった。

竜王陛下ゆずりの美貌を陛下から讃えられて、フェリス様は微妙に困っている。

ああそうだ。

同じ貌なんだけど、絵姿の竜王陛下は、そうだろ？　男前だろ？　って感じの自信に満ちた笑顔で、フェリス様はいつもちょっと戸惑い気味なんだ。まあでもフェリス様は立場的に、国王陛下より竜王陛下に似てるせいでお義母様に憎まれて、居心地微妙だから……。

お兄様の陛下まで、それを理由に、フェリス様を憎まないでいてくれてよかった……。

どころか、陛下のフェリス様を見つめる瞳は、まるでディアナの人が憧れの竜王陛下の絵姿を見上げるときみたいに、愛し気……。

「……わたしは、フェリス様が、どんな方なのか、とても怯えていたので、お会いしたら、優しい方で、とても嬉しかったです」

隣にいらっしゃるフェリス様的には、美しい方、より、優しい方、に照れるらしい。

ちょっとこそばゆそうな気配。

「ずっと、長いこと、誰も私の気持ちなど気になさらなかったのに、フェリス様は私の気持ちを尋ねてくださいました」

「そう、余の弟は、余に関する噂のせいで謹慎にまでなったのに、余の心配ばかりしているような男だ……」

「私の謹慎は、陛下のせいでは……」

レティシアと陛下の王弟殿下お惚気推しトークには言葉を控える様子だったフェリス様が、一言、小さく、言葉を挟む。

「竜王剣を覚えているか、フェリス？」

不意に、陛下が話題を変えた。

「……いえ。七年前、父上が亡くなり、兄上の戴冠の儀があって、子供心に初めて見る戴冠式に目を奪われておりましたが、私にはそのとき、竜王剣の記憶はなくて……」

七年前。

戴冠式を珍しがる十歳のフェリス様。

可愛かったね、きっとー。

レティシア、まだ、この世に生まれてもいないね！

雪が、夜遅くまで社畜として、ばりばり、日本で働いてたね！

「そうか。フェリスは覚えていないか。……常の折には、竜王剣は、神殿の奥にあって、儀式のときぐらいしか動かさない。レーヴェ様なら、それは剣なのに仕舞い込んでたら意味がないだろう、とお笑いになりそうだ……」

陛下の御声は、なんだか寂しい。

（あれはいい剣だが、使い手の魔力に呼応するだけで、剣自身が何かするタイプの剣ではないからなあ。神殿なんぞに千年も飾られて、アイツもずっと困惑してるだろうよ）

いつもの空耳が聞こえて来て、レティシアはきょときょとしそうになる。しないけれど。

竜王陛下の剣……。

どんな剣なんだろう……？

それはディアナを守る剣なんだろうな……。

「ディアナを守護する神剣の名を用いて、陛下に仇為す噂を流す者を、とても放置できません。疾く捕縛できるように、追及を……陛下、万全を期して、陛下と王太子の身辺警護も増やして下さいましたか？」

「……ああ。そなたの言うたように。増やした増やした。……フェリス、余の事ばかり心配してお らず、そなたの身辺警護も増やすのだぞ？」

「私ですか？　私は……」

「そなたは、王太子につぐ第二王位継承者であり、民の人気も高いであろう。竜王陛下を焼くほど、ディアナ王家に悪意を持つ者がいるとしたら、余、ルーファス、そなたの身が狙われて当然であろう？　レティシア姫の為にも、これまでより厳重に警護をつけるように。よいな？」

「……はい。我が身と我が妃にまでお心遣い、ありがとうございます」

「余が、余の弟家族の身を案じるのは、とうぜんのことであろう……」

ラブラブだわ、陛下とフェリス様！　と嬉しいのだけど、陛下、何となく元気がないような気がするんだけど……大丈夫かしら？　公務が重なっていらっしゃるのかな……今日の拝謁も、今回の謹慎騒ぎで、急に都合して下さったんだし……。

「レティシア姫」

「はい、陛下」

「あまり芳しくないことが発端だったが、フェリスの可愛い妃と話せて、とても楽しかったよ。……フェリスを頼む。可愛らしいあなたがいつか成長して、一人で無理しがちな余の大切な弟を傍らで支えてくれたら余は心から嬉しい」

「身に余る御言葉、私こそ、陛下とお話出来て、感激に堪えません」

陛下とフェリス様推しトークできて、本当に感激してるのですが、陛下、なんだかお身体が心配なので葛根湯でも飲んで下さいとも言えず、レティシアは優雅に姫君らしくお辞儀するに留めた。


「お疲れ様、レティシア」

「フェリス様こそ」

陛下の御前を辞して、控えの間に戻って、二人で御茶を頂いている。

なんだか、この御茶、緑茶味！　色も綺麗なグリーン！　ディアナ、緑茶もあるのかしら……？

「フェリス様、謹慎解除おめでとうございます。本日から少し休暇に入られるとのことで、いくつか書類に目を通して頂く事は叶いますか？」

「うん。ありがとう。王太后宮のお返事を待つ間に目を通すから、こちらへ運んで？　……レティシア、かまわない？」

「はい。もちろん」

こくこくと、レティシアはフェリスの問いに頷く。

フェリス様は謹慎は解かれたけど、少し休暇をお願いしたのだ。陛下は、無論だ、婚儀の準備を怠るでない、もとより休むように言っていたであろう、とのことだった。

「退屈しないように、何か御本持ってきてもらおうか？」

「大丈夫です。ゆっくり御茶頂いてます」

「レティシア殿下。ご無理をお願いして、申し訳ありません」

「いいえ。お役目ご苦労様です。わたしは、フェリス様がお仕事されてるの見られるの楽しいです」

にこっと、レティシアは、詫びてくれた背の高い青年に微笑む。

本日は社交日である。笑顔も振りまき放題である。

ディアナ王宮では、『王弟殿下の婚約者』という興味津々の視線は感じるけど、レティシアは嫌われてなくて嬉しい……。サリアでは、やっかい者の不気味な王女扱いになってしまってたので、笑顔もだいぶ枯れ果ててた。

「お噂のフェリス様の愛しの姫君の御尊顔を拝せて、本日は私、大変な役得です」

「……そ、そうですか？」

それって、どんな顔してたら、いいの？

「はい。御二人の控えの間に私が行くといったら、みんなから羨ましがられました」

そーなの？

お仕事仲間の人も、フェリス様が連れて来たちっちゃい花嫁に興味津々？

「お噂のレティシア姫が、こんな可愛らしい方だとは、フェリス様、少しも教えて下さらず……！」

「アルノー。レティシアを怯えさせない」

「いた、フェリス様、いたいです」

何か書状で、アルノー青年はフェリスに小突かれている。

「レティシアはまだこちらに慣れてないから、驚かせないように」

「もちろんです！　正直、もう少し年齢が近いほうが、とか、いろいろ余計な心配してたのですが、フェリス様とレティシア様は兄妹のように雰囲気が似てらして、お似合いです！」

そんな似てない兄妹……と思うけど、全力で笑顔で言って下さったので、御好意に、にこっとレティシアは微笑み返す。

いまはともかく、もっとずっと一緒にいたら、雰囲気が似てきたりするのかなー？

そうだといいなー？

「御二人ともお人形のようにお美しいですから、結婚式、ほんとうに楽しみですね！」

「……わかったから、アルノー、早く書類とっておいで」

手を振って、フェリス様が青年を追い出す。

「何かごめん、レティシア、うるさいのが……」

「いいえ。フェリス様のお仕事仲間の方が明るい方でよかったなーと……」

ホントにそう思ってる。

何といっても、最初にお会いしたのが王太后様だったので、今日は、陛下といい、いまの方といい、フェリス様に優しくしてくれる方に逢えて、とっても嬉しい。

推しのフェリス様に優しい方は、みんなレティシアの心の友！（勝手に）。

「フェリス様、王太后様のお加減、いかがでしょう？」

「そうだね。お悪くないといいが……」

王太后宮も可能であれば訪問しようとお伺いを立てたのだが、取次の女官いわく、どうもあまりお加減がよくないらしい。

フェリス様とメイナード伯を勝手に謹慎にしたのを、陛下に咎められたので、その傷心で体調不良なのか、ばつが悪くてフェリス様と逢いたくなくて仮病なのかは不明。

「体調悪いときに、僕と逢って、悪化したらいけないから、今日はお逢いしないほうがいいと思うけど、陛下のところに参上してるから、義母上にも御声はかけないと……」

そんな訳で、お返事待ちしている。

たぶん、お会いするのは無理な気がするけど、この待ってることが大事。

ちょっとした不幸な行き違いはあったけど、王弟殿下は、王太后様にお怒りではなかった、本日もお義母様をお見舞いされるおつもりだった、と女官達が確認してることが大事。

「お逢いできたら、きちんと、誤解して悪かったと、フェリス様に謝って下さるでしょうか……」

「それは無理な気がするけど、兄上の為にも、僕にはまったく身に覚えのない話だし、僕は派閥など組んでおらず、今後も義母上にそんなおかしな誤解をさせるようなことのないように、よりいっそう身を引き締めて陛下にお仕えする、とお伝えするしかない」

フェリス様は困ってるけど、さきほど陛下と和やかにお話ししたばかりのせいか、このあいだの御茶会のときみたいに寒々と凍てついた様子ではなかったので安心した。

「叔父上……！　こちらにいらっしゃると……！」

何か外でにぎやかな声がする、と思ったら、少年が部屋に飛び込んできた。

「ルーファス？」

「王太子様」

先日の王太后様の御茶会でお逢いしたルーファス王太子だ。

「王弟殿下、レティシア殿下、申し訳ありません」

「ルーファス様、まず、先触れを出しませんと……」

ルーファスの後を追いかけて来た女官達が、フェリスとレティシアに詫びている。

こないだに引き続き、王太子殿下の女官は体力が要りそう……！

「そんなの待ってたら、どうせ、叔父上たち、帰ってしまわれるじゃないか！」

ぷく！　とルーファス王太子は可愛らしく頬を膨らませてる。

「ルーファス、僕はいいけど、女官たちに謝りなさい。ルーファスが作法を破ると、彼女たちが後で叱られる」

こら、とフェリス様が、ルーファス殿下の頬をつついている。

「お、叔父上、こ、子供扱いしないでください！」

フェリス様に頬を突かれながら、レティシアに気づいて、ルーファス王太子は真っ赤になっている。同じ年頃の女の子の前で、子供扱いされて、恥ずかしかったのかな？

「案内もなく、部屋に飛び込んで来るのは子供じゃないの？」

フェリス様は不作法を宥めながらも、あきらかにルーファス殿下が飛び込んで来て嬉しそう。

「だって、お会いしたかったのです。おばあさまが意地悪したと聞いて、心配だったので」

「意地悪……」

フェリス様も、王太子つきの女官たちも、レティシアもちょっと笑ってしまう。

「ルーファス様は昨日、王太后様にも直訴に行かれたんですよ」

「王弟殿下の謹慎をお解きくださいって。既に、陛下が謹慎解除済みでしたが……」

「いつも王太后様には弱くていらっしゃるのに、大好きなフェリス様の為に勇敢でいらっしゃいました」

「その話はするな。だから嫌なんだ。うちの宮はいつも情報が遅い。僕はかかなくていい恥をかいた」

唇を尖らせて、ルーファスは拗ねていたけれど、聞いてるレティシアのなかで、フェリス様の為に直訴してくれるなんて、王太子様ちっちゃいのに、いい人！　とポイントがいっきに跳ね上がった。

「おばあさまは、何でも悪く誤解しすぎなんだ。だいたい王太后宮は常から雰囲気が暗い。もっと明るい女官でも増やしたらいいんじゃ……」

「ルーファス。……めっ。……だけど、僕の為に、ありがとう」

「お、叔父上の為というか、ぼ、僕が、叔父上に逢いたいからであって……そ、それに、もうすぐ御二人の結婚式で、お、御祝いごとなのに、……」

フェリス様に額を寄せて御礼を言われて、ルーファス様は発火しそうに真っ赤になっている。

そうなのよ。

レティシアちょっと慣れてきたけど、間近で見ると、フェリス様、破壊力高いの。

思考力を奪われる美貌というか……、そこは御本人なにも考えてないと思うけど。

「王太子殿下、ありがとうございます」

レティシアも、感謝を込めて、可愛らしく、御礼の御辞儀をした。

なんていい人なの。

優しいルーファス殿下のために、朝摘みの薔薇でも摘んでくればよかった。でも、王太子殿下はお会いする予定じゃなかったから（なので確かに飛び入りしないと会えないかも）。

「と、当然のことだ。叔父上が、おばあ様の言うようなこと、する筈がない」

耳まで真っ赤になってて、可愛いー。

こんなにシャイなのに、フェリス様の為に、おばあさまに文句言ってくれたのね、殿下！

推し友として、殿下に何かあったときは、レティシアもきっと御力になりますからね！

いつか、同い年の叔母として、殿下の初恋の相談とか乗っちゃうかも？

ちょっと楽しみ！


ひとしきり歓談した後、ルーファスは、殿下、語学の教授がお待ちです、としぶしぶお勉強に連れ戻され、フェリスはアルノーが持ってきた書類を確認している。

レティシアはその隣で、機密書類ではないから読んでもかまわないと言われた書類をめくって見ている。

「ルーファスはずいぶんレティシアの様子が気になるようだったが……」

書類にサインしながら、フェリスが呟く。

「ルーファス様は、フェリス様が大好きなので、フェリス様の花嫁が気になるのでは？　お眼鏡に適ったか心配です」

ストロベリーのマカロンを頂きながら、レティシアは答える。

美味しい、これ。幸せ。

今日のレティシアはいつもよりお洒落だいぶ頑張ってるけど、どうかな？

叔父上大好きな王太子殿下の厳しいチェックに堪えるといいけど。

「そういう様子でもなかったと思うんだけど……」

フェリスが言葉を濁す。

そうかな？

フェリス様の心配して、話すとすぐ真っ赤になってらして、とっても可愛かったけどな！

「レティシア様はとてもお可愛らしいので、王太子殿下は、これからご結婚なさるフェリス様が羨ましいのでしょう。いつも叔父というより兄のように、フェリス様と同じことをしたがるところがおありですから……」

出来上がった書類を整理しつつ、にっこり、随身のレイが言葉を挟む。

「本当なら、ルーファスと似合いの年頃なのに、ずいぶん老けた結婚相手ですまない、レティシア」

ただ歩くだけで、その美しさで、王宮の人々に感嘆の溜息をつかせていた美貌の王弟殿下が、そう言ってレティシアに詫びてくれる。

あんまり萎れて見えると話が面倒になるから、と仰ってたせいか、今日のフェリス様はオーラましましで輝いてらした（あれって御気分で調整できるものなの⁉）。

「……？　私こそ申し訳ないです！　小さいこともですが、私に強い後ろ盾がなくて、フェリス様をお守りできない……」

王太后様は、フェリス様を弱くする為に、サリアでやっかい者扱いされてた王女のレティシアを花嫁に選んだのだ。それをお勉強途中の雑談で気づいて、へこんだ。フェリス様を守る強い実家の力を持たない娘を。

「……？　そんなこと、小さなレティシアが気にしないで。……そもそも、嫁の実家の権力あてにして生きるくらいなら、もうおまえの人生諦めとけ、ってレーヴェなら笑うよ」

「竜王陛下……」

この地には何もない、と嘆いたディアナの民に、何を言う、ないなら作るぞ、サボるなよ、相棒、と笑ったと伝えられる竜王陛下。……まあ確かに、嫁の実家に限らず、この世のどんな権力もあてにしそうな方ではない。

竜王陛下のお話にレティシアが笑うと、フェリスも微笑んだ。

「こんなに可愛いレティシアに、ルーファスが真っ赤になっても仕方ないね」

「……？　王太子殿下はフェリス様に真っ赤になってらしたんだと……？　それに、私、フェリス様やリタやサキのおかげで、綺麗にしてもらって、可愛いと言っていただいてますが、ついほんの少し前まで、哀れな不気味な痩せた王女でした。婚姻前なのは変わりませんが、誰も可愛いなんて言ってくれませんでした」

自分でも、鏡に映るサリアの小さな王女の顔を不幸そうだ……と思ってたくらいなので、それは他人も可愛いとは思うまい。

「たぶん、私が可愛く見えるとしたら、それはフェリス様といるからではないかと……フェリス様といるとおかしなことを言う娘だと言われなくて、わたし、いつも安心できて……楽しいので」

父様と母様が死んでから、うまく笑えなくなって。

もともと大人のようなことを言う娘だったんだけど、それも不気味だと悪評極めて、だんだん何も話せなくなってしまって……。

でもフェリス様は、おそらく御自分が小さい頃から難しい本とか読んでらしたせいなのか、小さなレティシアが何を言っても、驚かないし、不気味がらないし、引かない。

凄く嬉しい。

フェリス様の美貌もほかでは見たことないけど、一緒にいて無理をせずにお話しできるのが一番嬉しい。

「フェリス様？」

さっきのルーファス様もびっくりなくらい、フェリス様が真っ赤になっている。

？？？

どうしたのかしら？

「フェリス様、手元の署名が乱れていらっしゃいますが……」

「………！」

ホントだ。

フェリス様が手元で記入してらしたお名前のサインが謎の文様になってしまっている。

大事な書類、レティシアがお話してたから、お手元を乱しちゃったかも……？

「……謹慎の次は、公文書偽造の罪に問われそうだ」

うーん、と書き損じた書類を見下ろしたフェリス様は、その紙に何か囁いた。

程なく、インクがまるでそれ自体、意志のあるもののように浮き上がって来た。

さっきの謎の文様は消えて、浮き上がったインクが、空中で綺麗にフェリス様の署名を象って、書類の署名の位置に戻っていく。

……!?

これができるなら、フェリス様、何も一通ずつ、自分でサインする必要ないのでは？　あ。でも、反省してるみたい？　この魔法、あまり、使っちゃダメなのかな……。

「フェリス様、ごめんなさい、私がお話してたから……」

「いや、慣れないことを言ってもらって、思考が停止した。……レティシアは何も悪くない。……レイ、全部目を通したから、これ、アルノーに届けてやって」

「かしこまりました。本当に愛らしい花嫁様がいらして、ようございましたね、フェリス様」

何だかとってもニコニコしながら、レイが処理済みの書類の山を抱えていく。

レティシアも何かお手伝いしたいな……。

隣でゴロゴロしてて吃驚だったんだけど、フェリス様、異様に処理速度が速いの……！

日本のオフィスにいらしても、きっと神だわ……！

「慣れないこと？　……う、うにゃ？」

長椅子に二人で座っていたのだけれど、フェリスに腕をひかれて、レティシアはフェリスのほうにだいぶ傾く。

「僕といると安心するなんて、本当に僕に似て、レティシアは変わってる」

「え？　そうですか？」

ちなみに、フェリス様は、レティシアと僕が似てると言って下さるけど、何なら、人類であることぐらいしか似てない気が……。

それすら、竜王家の人、やや人類以外も入ってる気も……。

変わり者なところを似てると喜んで下さってるのなら、稀有な話で、有難いけど……。

「たいがいの人は、僕といると、落ち着かないらしいよ」

「どうして？　フェリス様が綺麗すぎるからですか？」

たしかに、フェリス様は、近くで見ると落ち着かなくなるような美貌の方なんだけど。

「その点はおおいに疑問だ。だってみんな、同じ貌のレーヴェの絵の前では、心が落ち着くとレーヴェを拝んでいる」

「フェリス様、絵姿と生とはだいぶ違うような……」

拗ね方が変なんだけど、フェリス様的には真面目に拗ねてるっぽい。

可愛い。

竜王陛下と安心度で真面目に競うフェリス様……、それは、神様相手ではちょっと分が悪いと思うの。

「うん。でも、レティシアが僕といて、安心して幸せでいてくれるなら、レーヴェも他人の評価も気にならない」

「他の方も仰らないだけで、フェリス様といて、安心されてると思います。フェリス様が優しい方なので。……竜王陛下は神様なので、安心度はまた別格だとは思いますが……」

なんだか、フェリス様、近すぎる気がするけど、気のせい？

いまにも御膝に乗せられそうな勢いなんだけど、ここ、おうちじゃないから……。

「レティシアもレーヴェ好きだよね。……僕より安心する？」

「いえ、私はどちらかというと、フェリス様に似てるから、竜王陛下が好きなので……」

これは内緒だったんだけど、フェリス様が謎の拗ね方してるので、申告しておこう。

「僕に、似てるから？　レーヴェに僕が似てるからじゃなくて？」

「はい。私はディアナの民ではないので、もともとの竜王陛下信仰がなくて……、フェリス様の御先祖様、フェリス様と似てて慕わしいなあって……」

あれ？

なんか変かな？

フェリス様固まってるけど……。

「竜王陛下ご自身も好きです。困ったときにお話聞いてもらえるっていうか……、竜神様なせいか、なんだか日本の神社の神様みたいっていうか……、あんまり厳格そうじゃないところとか……」

「……ニホン？　ジンジャ？」

「あ！　えっとえっと……、以前、お話した本の中の国の名前です。神社は神殿のことです」

「ああ。レティシア、そのレティシアの大事な本、僕が探してみようか？」

「……！　ありがとうございます。でも、タイトルも、作者も覚えてないんです。大好きだったことしか……」

嘘ついてごめんなさい！　もともと、この世界のどこにもない本なのです！

ここじゃない世界に、日本って島国はあるんですけど。

その島国に、神社もいっぱいあるんですけど。コンビニより神社がたくさんあって、どんな神様も大切に敬うけど、宗教心は薄いかもという、謎の国なんですけど。

異世界旅行ができるものなら、フェリス様に御案内したいですけど。

「本当に？　探してみるよ。レティシアが、その本の話するとき、とても懐かしそうな、優しい表情するから」

「もう読めないと、いいことばかり思い出すんです……」

たまに、おでん食べたくなる。おでんとか、肉じゃがとか。あ、肉じゃがっぽい、煮込み料理はこっちにもあるんだけど。他愛ないもの食べたくなる。

家族は失ってしまってたから、向こうに残してきて、泣かした人はいないけど。

いろんな、他愛ない普通の暮らし、故郷の習慣を思い出して、似たようなことをしてみたくなる。

いまの暮らしがダメとかじゃなくて。

そんなにいい暮らしはしてなかったけど、ただ切なく愛おしく懐かしくて。

大変さは、いまも昔もそれなりにどっちも大変かな？　人生は。

でも、いま、嘘をついてるレティシアの為に、この世の何処にも存在しない、架空の本を探してくれようとする、ディアナの神様と同じ貌をした、優しい王子様を守ってあげたい。

「ああ、そうかも知れないね。もとの実際の本より、記憶の中で、自分好みに書き替えてしまう……」

「ね。あ、あと、私ね、竜王陛下の話されてるときの、フェリス様、自然な感じで好きなんです」

「僕？」

「はい。レーヴェが……、って話すときのフェリス様は、仲のいいお友達か兄弟の話してるみたいで、なんか無理してないって言うか……」

「ああ……」

やっぱりお貌が似てるから、御本人も慕わしいのかなあ。

だって、陛下やルーファス王太子はいい方々だけど、外見はフェリス様とは、家族感ゼロだものね……。

幼いころ、家族の誰とも似てない、独りぼっちのフェリス様が、どんな気持ちで、瓜二つの神様の絵姿を見上げてたかと思うと……。

もう、余計に、竜王陛下、大事にしたくなっちゃう！　あったら、いいお線香焚きまくっちゃう！（ここにはないけど！）竜王陛下、フェリス様の心を守ってくれてありがとうなの‼

「フェリス様？」

「ありがとう、レティシア。陛下や、ちいさなルーファスにまで心配かけて、やっぱり僕が義母上に逢ってご機嫌を……とれた記憶が人生で一度もないけど、皆に迷惑かけぬよう、何とかしないと……と気鬱だったんだけど、レティシアのおかげで凄く元気でた」

フェリスの額とレティシアの額がくっつく。

あ。ホントだ。フェリス様の瞳の碧が、明るい碧だ。レティシアの金髪に触れる手の気配もすごく優しい。

なんか凄いフェリス様、距離近い、と思ったけど、近くにいるほうが、元気になるのかな？

「そうですか？　日本の神社の話よかったですか？」

「レティシアがレーヴェ好きな理由が、レーヴェが僕に似てるからって聞けたから」

「………？」

それはレティシアとしてはとっても当然な気がするけど、フェリス様の元気がでたなら、よかった！

ああ、いつか、日本の八百万の神様の話とか、フェリス様にしてみたいな。

興味持って聞いてくれそう……。

フェリス様も竜神様の子孫なんだから、レティシアは異世界から転生して参りました。ってお話しても、そんなに気にされないのかなあ……？


「王弟殿下、レティシア殿下、こちらでございます」

だいぶ待たされて、これはもう今日は無理だろうね、と二人で話してた頃、王太后様のもとへお伺いすることになった。

待たされ過ぎて、薔薇のマカロン食べ過ぎた……。

つい、惰弱な私とフェリス様、王太后様、逢えないなら逢えないでホッとしちゃうところだったけど、そうは言っても、嫌でも、お逢い出来てたほうがいいよね……。

「義母上、御気分が優れぬとのことですが……医師はなんと申しておりますか？」

「王太后様、お加減はいかがでしょうか？」

ちょっと仮病も疑っちゃったけど、顔色はお悪いかも。

「大事ない。少し疲れた様じゃ。王弟殿下にもレティシア殿下にも、見舞い、感謝する」

お見舞いのご挨拶はよいのだけど、このあと、どう進めたらいいんだろう？

普通なら、王太后様が軽くでも詫びるところだと思うんだけど、そんな気配はかけらも……。

「王弟殿下、お見舞いありがとうございます。王太后様は、昨日から高い御熱があったのです。そのため、メイナード伯とのお話が行き違ってしまったようで……、王弟殿下には大変なご迷惑を……」

なるほど!!

だいぶ無理感じるけど、その設定でいくのですね!!

王太后様より、口上述べてる王太后付きの御年輩の白髪の侍女殿が気の毒過ぎる……。

「義母上、そのようにお加減が悪いのに、我が身の為に時間を作って下さってありがとうございます。昨日、私も初めて、竜王剣に関する悪質な流言のことを知り、大変に驚きました。無論、私は、その悪しき流言に、いっさい関与しておりません。私の陛下への心は、陛下が即位されて以来、ずっと変わりません。数ならぬ身ですが、少しでも、ディアナと、陛下の御役にたちたいと思っています。……その気持ちを、誰からも疑われたりせぬように、これからも励みたいと思っております」

フェリス様は穏やかに陛下へお気持ちを語り、王太后様を一言も責めなかった。

王太后様はわからないけれど、あきらかに、その口上を聞いて、王太后宮の女官方がほっとしている気配だ。

「陛下はの、フェリス、熱に浮かされて、この母がおかしなことを言うたと、大変にお怒りじゃった」

まるで武装のように、きつい化粧の施された王太后様の貌が歪む。

「……マリウスはいつもそなたに甘い」

「王太后様」

「マグダレーナ様」

フェリス様はただ王太后様の言葉に顔を少し上げただけだったけど、王太后付きの女官達が、このまま丸く収めましょう、と言いたげに、王太后様に御声をかける。

「昨日も、他の者ならともかく、フェリスは自分を裏切ったりしない、と大変な怒りようじゃった。あのマリウスが妾に意見しようとはな」

陛下、ありがとうございます！

心より、お慕い申し上げます！

「だが、そんなに妾のいうことはおかしいかの？　フェリス、たとえ、そなたが二心なく兄に仕えていても、優秀なそなたを盛りたてたい貴族はおろう？　民はきっと、マリウス陛下に抜けなくても、レーヴェ様にそっくりな王弟殿下なら竜王剣を扱えよう、と言うであろう？」

「マグダレーナ様、そろそろ薬師がおいでに……!!」

「いいえ、義母上。ディアナに王位簒奪を画策する不忠な貴族など、一人もおりません。竜王陛下の絵姿に似ているからといって、神剣が扱えるなどと勘違いする、愉快な愚か者もおりません。……もし、私の振る舞いに、何か少しでも、義母上を不安にさせるところがあったなら、幾重にもお詫びいたします。……竜王剣の話など夢にも知らず、……私は、いま、ちいさな花嫁との婚姻の支度に夢中で……」

……そうでしたか？　それは初耳です。とフェリス様の貌を見上げたら、なんとも、婚約者のレティシアが愛しくてたまらない、と言いたげなお貌で見返された。

「新しい家族が増えることに浮かれてしまっていて、義母上への親不孝があったかも知れません。レティシアとこうして逢えましたのも、すべて義母上のおかげ。本当に感謝致しております」

物凄く強引に、フェリス様は婚姻話に話をそらすつもりらしい。

それならば……。

「私も。フェリス様とお逢い出来て、王太后様に、とても、とても、感謝しております」

うんと可愛らしい、高い、子供らしい声で、フェリス様に声を重ねた。

勘違いでフェリス様謹慎にするなんて、王太后様なんか滅べばいいのに！　と思ってたのは内緒！

そして、王太后様のおかげで、フェリス様にお会いできたのは本当だものね。

「これから暫く、婚儀の準備をかねて、レティシアとともに王宮を離れますが、義母上、どうかお許しください。……陛下も、いくら言っても、フェリスが姫との婚儀の為の休みをとらぬから、義母上はフェリスを休ませたかったのかも知れぬな、と笑っておいででした」

おお。なんだか無理やりだけど、まとまりそう。

「王太后さま。先日は大変、失礼いたしました。私、フェリス様が好きすぎて、ほかのお妃様が増えるのがいやで、大変な御無礼を……。どうか、また、御茶会にお呼びください」

可愛らしく、お辞儀する。

ホントはあんまり行きたくないけど、そういう訳にもいかない。

こんど、ルーファス様におばあさま懐柔法でも聞きたい……。

「レティシア姫は、フェリスの心を、永遠に一人で所有する自信がおありなのか？」

ふと、初めて存在に気づいたとでもいいたげに、王太后様がレティシアを見た。

ふん、と鼻で笑われてしまった……。

永遠に？

ひとりで？

いや、いまも、フェリス様の心を所有してるなんて、レティシアはかけらも思ってはいないけれど……。

「私、まだ、フェリス様について知らないことだらけで……、もう少し、フェリス様と二人だけで、いろんなお話がしたいなって……」

あえて、レティシアが少したどたどしいぐらいに告げると、王太后宮の女官たちがやんわり微笑みながら、王太后に、あまり長時間のお話はお身体に障ります、と、切り上げることを促していた。

「もちろん、私の心は、永遠にレティシアただ一人のものです」

フェリス様がそう言って、とても大切そうにレティシアの手にくちづけする。

王太后宮の女官達が、麗しの王弟殿下のその美しい仕草にほうっと溜息をついている。

………？

あ、そうだった！

謀叛（むほん）とか夢にも縁がなさそうな（いやホントにないんだけど）、幸せそうな二人を皆様に印象づけるんだった。

じゃあ、レティシアも、もっとラブ度の高い発言するべきだったかな……？

（何分、ラブ度の高い発言にはぜんぜん詳しくないんだけど……）

「私は、異国から嫁してくれるレティシアを守る身でありながら、逢って早々に彼女に心配をかけて、本当に心苦しいかぎりなのですが……、こんな私なのに、レティシアは私といると、一番、安心できると言ってくれました。氷の王子などと悪評高い私にそんな言葉を言ってくれたのは、我が花嫁だけです。……私の大切なレティシアや、義母上を失望させぬよう、これからは、いままでにもまして、我が行いに気をつけたいと思っています」

あれ……？

どうしてだろう？

フェリス様が、レティシアの手をとって、夢のような美貌でそう語ってらっしゃると、王太后宮の女官方はうっとりしてらしたけど、王太后様は、怒っていると言うよりは、何故か、少し傷ついた少女のような瞳をしておいでだった。

……………？

なさぬ仲の、苛めてばかりいる義理の息子でも、よそから来た嫁には、ちょっと盗られたような気分にはなるものなのかしら？

「謹慎は陛下が解いて下さいましたが、私の普段の行いを反省し、暫し自戒を込め、公務からはひかせて頂き、レティシアとともに婚儀の準備に、我が領地に戻ります。何かございましたら、すぐ戻りますので、義母上、私に何か御下問の際は、他の者ではなく、私自身をお呼び下さい」

アルノーさんが、王太后様は密かにうちの職場仲間の恨みを買いますよ、フェリス様のお休みは大損失です、でもまあもちろんレティシア姫との婚姻準備のお休みとあれば、お話はべつですが、と笑って言っておいでだった。

フェリス様的には、陛下の御差配を感謝しつつ、謹慎処分を取り消されて御不快であろう義母上の御顔をたてて、暫く自主的に公務を休む、気持ちみたいだけど……。

王太后様は、義理にも、私の誤解で騒がせてすまなかった、って言うべきなのにー！

大人げないと思うの！　ぷんぷん！

「……フェリスは、ディアナ宮廷の誰にもなびかぬと言われていたのに、異国のちいさな姫にはずいぶんご執心じゃな」

「……似ているからかも知れません。私もレティシアと同じ歳に、母を亡くしました。……あれからずっと私が失くしていたものが、戻ってくるような気持ちでいます。私が食事を食べないと、レティシアが怒るのです。彼女に怒られるのが、楽しくて仕方ありません」

怒ってないけど、夜中にお夜食抱えて、フェリス様の部屋、突撃してるのをバラされなくてよかった……、さすがに王太后様の前で話されたら、ちょっと恥ずかしい……。

ぎりぎり、と音がしそうなくらい、扇を握りしめて、レティシアを睨みつける王太后様が怖かったけど、これは何の怒りなんだろう？

レティシアがフェリス様の食事の心配したから？

それでフェリス様が嬉しそうだから？

こんなにレティシアが睨まれる理由が、かなり、謎過ぎる……。

王太后様的には、フェリス様がレティシアを気に入らなくて、私達の仲が悪かったら、嬉しかったの？

わりとひどいよね、私達の縁結びのお義母様……。


「お疲れさまでした!!」

帰りの馬車の中で、ぱふっとレティシアはフェリス様に抱き着く。

ちょっと最近、フェリス様とスキンシップ過多なせいか、こんなことも自然に！

というか、レティシアのパワーがフェリス様に移りますように！

雪なら五歳当時でも、おうちの人以外にこれはちょっと無理だな。

（あ、でも、フェリス様、レティシアのおうちの人だ……）

「レティシアこそ。お疲れ様。ありがとう、諸々、そんな楽しくない謁見につきあってくれて」

「そんなことないです！　楽しかったです！　密かにオタ友さん発見してオタ充もしました！」

陛下は、フェリス様推し仲間の大事な大手さんだわ……。

大手パワー（この場合、影響力、発言力のある人を指す）で、フェリス様を守ってくださいね！

「おた、とも……？　おた、じゅう……？」

フェリス様が、聞きなれない言葉に、美しく小首を傾げている。可愛いー!!

「何でもないです！　陛下にお逢い出来て、陛下やルーファス王太子様が、フェリス様心配してくれてて、とっても嬉しかったです」

ほらね。

王太后様のところへお伺いしてから、それこそ本当に雪みたいに白い、と思ってたフェリス様の頬に、こうしてレティシアが触ると、少し赤みがさす。

まるで、冷たい陶器で作った美しい人形が、人間に戻るみたいに。

なので、ちょっと、フェリス様に、ぺたぺた触っちゃうの。

白い雪に足跡をつける、小さな子供みたいに。

「……御二人で歩く道々、たくさん人にお会いしましたし、今日のことが伝わるでしょうから、レティシア様に贈り物がたくさん届くと思いますよ」

にこにことレイが言っている。

「私に？　どうして？」

「フェリス様がレティシア様を凄くお気に入りで連れ歩いてる、って話が回るでしょうから……。御二人の御年齢の乖離ですとか、フェリス様のふだんの御振舞だとかで、いままで皆様、フェリス様はこの御結婚に本当に乗り気なのかどうか様子見、というところでしたから……」

「フェリス様がお気に入りの花嫁だと、御菓子とかたくさんやってきて、それほどだとこない……？」

それはどーなの、って感じだけど、まあフェリス様とレティシアが仲が悪いと思われるより、嬉しいかな。

「王太后宮の女官たちも、今日は、レティシアがいてくれて、場が明るくなって、喜んでたと思うよ。僕と義母上二人だと、何ともだから……」

「王太后様……王太后様、一言は、フェリス、私が悪かった、があってもよかったと……」

むむむ、とレティシアの眉がちょっと怒り眉になってしまう。

「レティシア、変な顔に……」

「もともと変な顔なんですー」

「そんなことないよ。レティシアは、いつも可愛いよ。……義母上とはね、僕がもっとうまく話せたら……と、いつも思うんだけど」

「フェリス様、ちゃんと、お話されてました」

「うん。でも、おまえはいつも硬すぎなんだって、レーヴェが……」

「竜王陛下が？　フェリス様、いつも、硬いって？」

？？？

言いそうだけど、タペストリーの竜王陛下。

なんていうか、フェリス様と同じお貌なんだけど、繊細そうではなく、大口あけて大笑いしそうな男っぽい方なんだよね。

「……！　う、うん、僕の夢の中で」

「竜王陛下の夢を見るフェリス様……」

だいぶ可愛いな!!

「そう。もっと、うまく甘えればいいんだよ、って夢で、レーヴェに言われたんだけど、僕には誰かに甘える才能が全然……」

「それは、夢の中の竜王陛下が、無理言いすぎです。フェリス様じゃなくても、意地悪ばっかりしてくる人には、甘えられないです」

「レーヴェが悪い？」

「いえ。悪くはないですけど、無理です。もしかしたら、竜王陛下は神様ですからできるかもですけど、フェリス様は人間なんだから、そんな無理、だめ、絶対！　意地悪な人に甘えてたら、もっと意地悪されそうです！」

「僕は人間だから？　レーヴェみたいに無敵でなくても、レティシアは幻滅しない？」

「？？？　しません。竜王陛下は神です。普通の人間は、無敵ではないです。フェリス様は、いまでもじゅうぶん、神様みたいに優しい方だなと思ってますが……。お義母様に……言葉が届かなくても、それはフェリス様がうまく話せないんじゃなくて、お義母様が何か心にいろいろおありになって……、話の内容を拒んでらっしゃるからです……それは、フェリス様のせいじゃないです」

いっしょうけんめい、たくさん、話しても、届かないことはある。

レティシアだって、サリアで、叔父夫婦から、いっぱいそんなめにあった。

たぶん、内容じゃないのだ。

話し方でも、きっと、なくて……。

「……レティシアは、こんなに、ちっちゃいのに」

ふわふわと、猫の仔のように、フェリス様に髪を撫でられる。

「僕の王女様は、レーヴェみたいなことを言う」

夢の中の？

竜王陛下？

「竜王陛下が？　なんと？」

「フェリスは悪くない。それは、おまえのせいじゃないって」

さすが、竜王陛下！

夢の中でもイケメンです！（性格が）

「そうですよ。嫌われる人には何しても嫌われるのです。話せばわかる、なんて、あの諺は嘘です」

「コト、ワザ……？」

「あ、なんでも……、フェリス様？」

レティシアは、フェリスの膝の上に乗せられる。

「ちょっと疲れたから、レティシア、少しだけ、こうしてて。邪気払っていい？」

「じ、邪気？　……これ、私の体重分、重くなって、余計疲れませんか？」

「ううん？　昨夜も思ったんだけど、レティシアに触れてると、こう何か、暗く淀みかけるものが、浄化される感じだから……」

あ。でも、それは、そうなのかも？

何かね、うまく言えないけど、フェリス様の気配が悪くなるんだよね、王太后様のとこ行くと……。

それで、さっきから、無駄にぺたぺたフェリス様に触ってたんだけど……。

「今日、王太后様、フェリス様が私のこと話してらっしゃるとき、とてもお嫌そうでした。……もしかして、フェリス様の御心が、お義母様から遠ざかっていくのがお嫌なのかも？」

「まさか。僕がレティシアと気があいそうなのが不愉快とかだと思うよ。……ずっと嫌いだった、出来の悪い玩具でも、他人が楽しそうに遊んでたら、嫌なのかも知れないけどね。……ああダメだ。性格が悪くなってる……。レティシア、教育によくないと思うから、僕、ちょっと黙るね」

「はい」

レティシアを膝に乗せて、抱っこしたまま、フェリスは瞼を閉じてしまった。

自粛中、兼、浄化中、らしい。

「……フェリス様。偉かったです」

なでなで、とフェリス様の髪を撫でながら、レティシアはお耳に囁いてみる。

「そんなに僕を甘やかしたら……」

瞼を閉じたまま、フェリス様が微笑ってる。

うん。

レティシアの浄化（そんなのあるのか……我ながら、胡散くさい……）効いてるかも？

さっきより、フェリス様の気配、柔らかくなってる。

「レティシアを、何処にも帰したくなくなるよ」

帰るところは何処にもないから、フェリス様のおうちにはおいて欲しいんだけど、御膝抱っこはレイの居る前では、ちょっと恥ずかしい！　とレティシアは密かに困っていた（でもフェリス様、弱ってたので、されるがままになっていた）。

王太子宮にて

「王太子殿下！　フェリス様の為にお義母様に御口添え、ありがとうございました！」

叔父上の瞳の碧を溶かしたようなサファイヤブルーのドレスを着て（………）、妖精みたいにルーファスの耳元に囁いて、仔猫のように叔父上に呼ばれて走っていった。

ルーファスの口添えは、何の役にも立っておらず、父上はそれ以前に叔父上の謹慎を解除していたのだが、レティシア的には、フェリス様の為にルーファス様は頑張ってくださった！　というので、大変な好意の対象だったのか、咲き匂う花のような笑顔を頂いた。

「あいつ、なんで、あんな、叔父上、大好きなんだ……逢ったばっかりの癖に」

「まあ、ルーファス様、横恋慕」

「その若さで、三角関係は頂けませんわ、殿下」

「それは仕方ないと思うんですの。ディアナの娘で王弟殿下に恋をしない者がいるだろうか？　と謳われるフェリス様ですもの。フェリス様御自身は、全くご興味抱かれない方ですけど。ルーファス様だって、フェリス様大好きじゃないですか」

三人いる王太子付きの若い侍女たちが、きゃっきゃ言っている。

「それはそうなんだけどさ……」

そりゃあそうだ。

フェリス叔父上は、創始のレーヴェ竜王陛下の現身のように、気高く、賢く、美しい。

あの美しい叔父上が、なんでそんなちびを嫁に貰ってやらなきゃいけないんだ、とルーファスだって、当初思ってた。

でも、ちび、逢ってみたら、意外と、可愛い……。

「それにしても、逢う度、お可愛らしくなる気がしますね、レティシア姫」

「やはり、フェリス様のご寵愛が深いので、尊い竜気を受けていらっしゃるのでは」

「ホントですねぇ、最初、王宮にいらしたばかりの頃にお見かけしましたけど、それは暗い御顔をされてて、あんな可愛いお姫様には見えなかったような……あ、申し訳ありません」

ルーファスがそうなのか？　と見上げると、不敬なことを言ってしまった、と侍女が謝っている。

「叔父上に好かれると可愛くなるのか？」

何だそれ、とルーファスが問い返す。

「伝説ですけど、強い竜気を持つ王家の方に愛された御方は、いろいろとご寵愛の恩恵を被るみたいですよ」

「それに、竜王家の王子様からでなくても、優しい婚約者から大切にされて、幸福な方は美しくなるものですわ」

「アリシア妃が、レーヴェ様に愛されてお美しくなったようにですかねぇ……」

「アリシア妃より、ちびのほうが……何でもない」

だいぶ元がいい気がする、と言いかけて、ルーファスは口を押さえる。

それこそご先祖に不敬だ。アリシア妃愛の竜王陛下の雷でも落ちてきたら怖い。

じゃあ、あの娘があんなに可愛いのは、叔父上のおかげなのか、と思うと、何とも変な顔になる。

「ルーファス様にだって、そのうち可愛いらしい婚約者がお出来になりますよ」

「いらない、そんなもの」

つまらなそうに、ルーファスは答えた。

べつに婚約者が欲しいわけではない。

なんとなく、あの、ちびが気になるだけだ。

「レティシア妃の同い年のお友達として、御相談役にはなれるのではありませんか？　レティシア妃は、こちらにはお知り合いも少なくて心細いでしょうし」

「友達にはなってやってもいい」

「ルーファス様。それはルーファス様だけで決められることではありません。レティシア妃にもお友達のお好みというものがあります」

「そうですよねぇ。やはり、女友達が欲しいでしょうしねぇ……」

「なんでだ。男友達でもいいだろう」

「でも、ルーファス様は王太子様でお立場もありますし、ルーファス様相手では、気軽に恋話もできませんわ。フェリス様とのことを相談しようにも、お役立ちできないじゃないですか」

「……恋話……」

無論、相談に乗れるような経験はない（あたりまえだ）。それにそんな相談されてもイラッとしそうだ。

「おまえたちは僕の侍女なのに、何故、僕の味方をしないんだ」

「あら、私共はいつでもルーファス様の味方です。でも、恋話の聞き手にルーファス様はお勧めできないというか……」

「そもそもルーファス様に実らない恋はお勧めできません」

「レティシア妃は諦めて、同い年くらいの御令嬢の遊び友達を探されてはいかがですか？　金髪に琥珀の瞳の可愛い方もいらっしゃると思います、ディアナにも」

「勝手に僕を叔父上の婚約者に片恋させて、勝手に失恋させるな！　僕は、あのちびのことなんて何とも思ってないぞ！　ディアナに慣れてないだろうから、ちょっと気にしてやってるだけだ！」

「さようでございますか。それならば、よかったです。主が辛い片恋をしてなくて」

「いくら私共の自慢のルーファス様でも、相手がフェリス様では全く勝ち目がございませんからね」

「ルーファス様のお優しさに、レティシア姫も感激してらっしゃいましたね。本当にお可愛らしかったです。フェリス様をとても大切に思ってらっしゃるんでしょうね」

そうだ。

べつにあいつの為に、叔父上の謹慎取り下げ願いにおばあさまのところに行ったわけではないが、レティシアも喜んだのはよかった。

それだけの話だ。

レティシアが近くに来た時に、薔薇の匂いがしたような気がするとか、あれは何処の香水なんだろうとか、そんなことは思ってない。

寂しい瞳のあの子供について

（僕の心は、永遠にレティシアただ一人のものです。……レティシアは、僕が食事をしないと怒る。僕は彼女に怒られるのが楽しくて仕方ない）

神話の神を現代に写した、けれど竜王陛下よりやや柔和な美貌の少年が、これまでに見たこともないほど幸せそうな顔で語る。

あれは、寂しい子供だった。

ずっと、マグダレーナも、そしてマグダレーナ以外の、あの少年に竜王陛下の面影を求め続ける人々も、誰も、あれを助けようとはしなかったけれども。

この竜の王宮で、あの子はずっとひとり、いなくなった美しい母親の面影を探してた。

天に召された美しい母の面影は、この世ではもう、見つかりようもなかったけれど。

子供の頃から強い魔力を持っていたが、それに驕る訳でもなく、年長の優しい兄マリウスを慕って立て、あなたのほうがずっと王に相応しいのに、と囃し立てる、どんな大人達の誘いにも、首を縦に振ることはなかった。

そんな欲得ずくの甘言では、フェリスの孤独は埋まらなかったのだろうと。

聡明で優しくて公平で、非の打ちどころのない少年だったけれど、あの少年はずっと寂しい瞳をして、まるでひとりで、この世にはない、天上の何かを探してでもいるようだった。

マグダレーナにはできなかったけれど、彼女があの寂しい瞳をした子供を愛せていたら、それこそ彼女は世界さえ手に入れられたかも知れない。

彼女は失敗し、あの異国から来た琥珀の瞳の少女は、竜王陛下譲りのフェリスの力のすべてを手に入れるのかも知れない。

「マグダレーナ様、ようございましたね。此度のことを宮廷雀は好き放題言うておりますが、王弟殿下は、マグダレーナ様に強く御不満を述べることもなく……」

「フェリスは妾に不満など言ったことがない」

成長するに従って、フェリスが竜王陛下に似ていくのが不安で、他愛もない意地悪をするようになったが、フェリスは怒るでもなく、ただ戸惑うように彼女を見ていた。

フェリスは、人より竜王陛下に似ているぐらいなので、人間らしい嫉妬や悪意を、にわかには把握しかねていたのかも知れない。

「さようでございますね。王弟殿下は、いつも王太后様に敬意をはらわれて……」

「どんな悪意を向けようと、どんな理不尽を言おうと、いつもただ、流れる水のように、受け入れている。あれの母親もそんな娘だった」

フェリスの母のイリスもそんな娘だった。

イリスは、王の寵愛に驕って笠に着るような性質でもなかった。

むしろ居心地悪そうだった。

ステファンは、空を飛ぶ小鳥に恋焦がれて、自由な気性の鳥を、王宮という鳥籠に閉じ込めて、その息苦しさで殺したのだ。

それをマグダレーナの責任にされた、誰にも言えぬ腹立たしさよ。

さんざんマグダレーナに呪い殺されたなぞと言われたが、マグダレーナはあの美しい娘自身が憎かったわけではない。

誇りや信頼を裏切られ、踏みにじられ、マグダレーナが許せなかった相手はイリスではなく、夫であるステファン自身だ。

もっとも、街の花屋の妻なら、堂々とそう言えたかも知れぬが、ディアナの王宮で、許せないのは麗しの寵妃でなく、ステファン王自身だとも言えぬ。

だから、やり場のない怒りはマグダレーナのなかに籠り続け、彼女を歪めた。

フェリスが竜王陛下に似てくるのも、フェリス自身の責任ではないとわかっていても、運命がマグダレーナを嘲笑っているようで、どうしても受け入れられなかった。

「それにしても、王弟殿下があんなに花嫁を気に入られるとは……」

花なら盛りの頃の十七歳のフェリスに、よい縁談は、それこそ降るようにあった。

国内からも国外からも。

国内の妙齢の娘を持つ錚々たる貴族からの縁談は、マグダレーナをひどく憂鬱にさせた。

縁談に乗り気でないフェリス本人やマグダレーナよりも、弟を可愛がるマリウスに話を匂わす者もおり、マリウスもフェリスも年頃だし、そろそろ本格的に話を勧めようかという気になっていた。

幼い頃からフェリスに好意的であった名家もあれば、子供時分は王宮の孤児のフェリスなど眼中にもなかった癖に、レーヴェ様に似てきた途端に掌を返した家もあった。

縁談希望のリストを見るだけでも、眩暈がした。

ディアナの高位の貴族であれば、ある程度、みな竜王家との婚姻歴があって、レーヴェ様の血が入っている。

そして少しでも、我が身に竜王陛下の血が入っていることを誇りにして生きている。

フェリスとの婚姻を結びたがるディアナ名家には、あわよくば政権奪取をという野心家の家もいれば、もっとレーヴェ様の濃い血が欲しい、フェリス様と縁組して我が娘にも竜王陛下の血の濃い子を、という名家もいる。

遺伝子のレベルで竜王陛下を愛するディアナの人間にとって、そのそっくりな外見だけでも充分フェリスは魅力的だし、フェリス本人も激しい性格ではないので、高貴な血を求めて婿にするにはこの上ない良物件だった。

サリア王家にしてみれば、レティシアの釣り書を送りはしたものの、ディアナ王弟のフェリスとは、家格も年齢も釣りあうとは思えず、まさか選ばれるとすら思っていなかったろう。

何よりも、その釣りあわなさが、マグダレーナは気に入った。

フェリス本人でさえ、扱いかねているのに、結婚してフェリスに子供でもできたら、と悩む必要も、レティシアなら暫くない。

もしも十年後に、二人に子供ができたとしても、その頃には、ルーファスは立派な青年になっているだろう。

レティシアは前王の娘で、いまのサリア王朝からは、手厚い後援もまったく期待できない。

それもまた大変ちょうどいい。

フェリスにレティシアとの縁談を薦めたら、そんな幼な子に縁談など気の毒だ、と驚きあきれていた。

（そなたが嫌なら、この娘は、そなたの叔父の後妻にする）

我ながら歪んでるとは思うのだが、マグダレーナの言葉に、フェリスがひどく傷ついた顔をすると、何処か勝ったような気分になる。

自分と同じ五歳で親を亡くした娘に同情して、フェリスは婚姻の話を受けたのだ。

せいぜい嫌われて怖がられて、我儘娘の子守りにでも手を焼くがいい、と思っていたのに、何なのだ、あれはいったい。

「寄る辺ない身の、あどけない王女に頼られて、王弟殿下は愛らしく思われたのでしょうか」

「ずいぶん気の強い、あどけない王女よの」

泣いてばかりの少女が来ると思いきや、なんと賢し気な可愛げのない娘であろう。

あんな小娘なぞ、妾に睨まれたら、ずっとすみっこで泣いていればいいのに。

だが、見るたび、あのサリアの王女が美しくなる気がするのはどういうことなのだ。

昨日と今日ですら違う。

フェリスと繋いだ手の先から、流れる金の髪の先から、きらきらと何かが溢れて零れるようだ。

「竜気の強い方に愛されると、美しくなるとか強くなるとか、そう言えば御伽噺に伺いましたね……。それを思い出すような、フェリス様の守護をうけてレティシア妃は匂い立つようなお美しさでしたね」

「お人好しのフェリスの同情か、ただの王弟の気紛れであろう？　まことに愛されてなどおるまいよ、あんな子供が」

「こ、これは、御無礼致しました。もちろんでございますわ、王太后様。フェリス様はどなたも愛したりなさいませぬ、恋や愛などに興味の薄い氷の王子でいらっしゃいますから……」

ふん、とマグダレーナは鼻で笑った。

そうであろう、そうあるべきだ、と。

妾など、竜王家の王妃まで務めたが、竜気の恩恵など一度も感じたこともないぞ、とは言わなかった。

そもそも竜気が強くて、その力に強く守られていたなら、ステファン自身、病気で早死になどしまい。

子供のころには憧れたレーヴェ様のあまたの竜の血の不思議な逸話に、ちかごろでは、嫉妬することばかりだ。

何より大嫌いなフェリスとはいえ、我が義理の息子が、あんな山奥から来た、不釣り合いな小娘を愛するなど、あんな小娘の機嫌を伺っているなどと、耳にするだけでもひどく不愉快だ。

「陛下。フェリス様とレティシア殿下は、無事帰られたようです。つつがなく、王太后様とのお話を終えられたようで、よろしゅうございましたね。陛下は、王太后様の御機嫌伺い行かれませんの？」

ポーラ王妃は、夫であるマリウスに声をかけた。

ルーファスが抜け出して王弟殿下夫妻（予定）に逢っていたと言うので、抜け出しちゃダメですと叱りつつ、王妃の宮でも、王太后様がフェリス様夫妻に何かまた爆弾発言されないといいけど……と密かに心配していたのだ。

「大人げないとは思うけど、暫く、母上のところは遠慮したいな……」

長椅子に座した夫が珍しいことを言っている。

「きっと、お義母様、沈んでらっしゃいますわよ。珍しく陛下に叱られて」

「……僕の弟と僕の臣下に処罰を下す前に、母上は、僕に相談してくれるべきだったと思うな。それ以前に、もっと問題があるけれど……」

「それはもちろんですが……」

マリウスがずいぶん沈んだ様子なので、ポーラも強く言うつもりはない。

お義母様はマリウス陛下を愛するあまりに、時に行き過ぎてしまう。

そして、マリウス陛下を愛するあまりに、フェリス様へのあたりが強くなってしまう。

ポーラはディアナの公爵家の娘で、マリウスとは幼馴染だし、フェリスのことも、マグダレーナのことも、子供の頃からよく知っている。

なので、フェリスがマグダレーナにひどく辛く当たられるのを見ていると哀しい。

ポーラは、マリウスの妻であるから、義母であるマグダレーナの気持ちも少しはわかる。

フェリス王弟殿下は、成長するに従って、驚くほど竜王陛下に似てきて、それに伴って、貴族や国民の反応も変化した。

フェリス本人は、昔から野心とはほど遠いお人柄だが、お義母様が神経質になる程度には、王弟殿下の存在に野心を絡めたがる人々もいる。

優秀な王弟でいるというのも、難しいものだな、と傍で見ているポーラも思う。

「お義母様は陛下を思うあまりに……」

「そうだな。母上は『陛下』が好きなのだよ、恐らく」

「陛下？」

「母は、僕ではなく、『国王を務めてる愛しい息子』が好きなのだよ」

「……何を言ってるの、マリウス」

ポーラは、諫めるように、彼の名を呼ぶ。

「……もし、僕が国王でなくなったとしても、ポーラは僕が好き？」

「……？　もちろんよ。どうしてそんなこと聞くの？」

どうしたのだろう？

竜王剣の噂とやらにマリウスはひどく傷ついているのだろうか？

「本当に？」

「ええ。私は家格がちょうどよかったから、王太后様に王の妃として選ばれて、王妃なんて大変そう、と思ったけど、あなたと結婚できるから嬉しかったわ。それは昔から、優しいあなたが好きだったからで、何もあなたが王だから好きになった訳じゃないわ」

子供の頃からマリウスは王太子だったけれど、ポーラはそんなに野心的な娘でもなかったので、王様の妻よりは普通の貴族の妻のほうが楽なのではないかしら、と思う不埒者だった。

この国で一番の男の妃になりたい、というタイプではなくて、夫にするなら気が合う人がいい、と思っていた。

マリウスの妃に選ばれて喜んだのは、王の妃になれることより、優しいマリウスの性格が好きだったからだ。

「……僕が好き？　フェリスよりも？　竜王陛下よりも？」

「当たり前でしょ。私は年下好みでも年上好みでもないし、この世のすべての女が、そんな手のかかりそうな人ばかり好きな訳じゃないから」

「手がかかりそう？　フェリスも？　竜王陛下も？」

「どちらも夢のように美しい方だけど、御相手するには激しく熱量が必要では？　私なら、もっと地に足のついた方がいい。……国王陛下相手に、地に足のついた方も変かもだけど、その御二人に比べたら、マリウスは私の近くにいてくれる人だわ。ずっと子供の頃からよく知ってる、そばにいてくれる優しい男の人だわ」

珍しくフェリス様と比べて落ち込んでるんだろうか？　マリウスはそんな比較に自分を卑下したりしない人で、そんなところも大好きなんだけど……、とポーラは不思議に思った。

「よかった。僕の妻は変わった好みで」

「変わってないです。そうね。ディアナのたいがいの娘は、竜王陛下やフェリス様が好きだけど、実際、毎日一緒に生活するってなったら、脱落者も多いと思うわよ。レティシア殿下は小さいけど、とっても大物よ。あの幼さで、あのフェリス様を乗りこなしてるもの」

「フェリスは馬か。……女の人にはかなわないな」

フェリス様を乗りこなす、に、マリウスが少し笑った。

「でも、ポーラが、僕を一番好きでいてくれるなら、僕は生きていけるな」

「……？　そうね。いつでも、私がここにいるわ。マリウス、もし何か辛いことがあるなら、私に話して？」

「うん。……いつか、君に話せたら、いいな。それは、いまではないけど……」

灯りの影の落ちるマリウスの頬を、ポーラはそっと指を伸ばして撫でた。

マリウスをこんなに悲しませるようなことを、何か義母上は言ったのだろうか？

それとも、王位について七年、一人前になった夫が、母の越権行為を疎ましく思っているだけなのだろうか？

「マリウス、あとで、ルーファスを叱って、そして褒めてあげてね。勝手に義母上のところへ談判に行ったあの子はいけなかったけど、証拠もないのに処罰など正しくない！　と怒ってたちいさなルーファスは、あなたに似て賢くて勇敢だと思うの」

僕は父にはそんなにかまわれなかったんだ、とこっそりいうマリウスは、息子のルーファスをとても大切にしてくれる。

義母上がどんなにフェリスとマリウスを比べて意味不明に苛立とうと、ポーラはマリウスが夫で幸せだし、フェリスとマリウスを比べてどうこうなどと本当に思ったことがないのだ。

ディアナの騎士たち

「あーあ。謹慎解けたのに、フェリス様はお休みかぁ」

「仕方ないだろ。レティシア姫との御婚儀の準備とあっては。……まあ実際は、王太后様にお気を遣われたんだろうが」

はあ、とため息が漏れる。

「職場に華やぎがなさすぎる……どっち向いても武骨な男ばっかりなんて……」

「やかましいわ。おまえ、我らが王弟殿下をお花扱いはよせ。不敬罪で罪になるぞ」

「だってさあ、やっぱりいらっしゃると華やかじゃん。そんなに笑顔振りまくとかいう方ではないんだけどさー」

カインは二年ほど、フェリスの下で働いていて、いまではすっかり王弟殿下の信者である。

当初は、気難しいと噂の、自分より年下のフェリスと働くのに抵抗を感じていたが、いまでは配置換えされたら寝込むこと確実な程度には信奉している。

フェリスは優しいいし、理不尽なことも言わないいし、何より、仕事がしやすい。

「まあね。そりゃそうなんだけどさ……」

「アルノー!! レティシア妃殿下はどんなだった⁉ 可愛かったか？」

唯一、フェリスの婚約者と接してきたアルノーに話が向けられる。

「フェリス様って歳より大人びてるけど、そんな幼い姫と、話あうんだろうか？」

「でも、凄いレティシア姫の事、大事にしてらっしゃるんだろ？ オレの知りあいの姫が、王太后様の御茶会行ったら、フェリス様がそれはそれは婚約者大事にしてらして、羨ましくて眠れないってボヤいてたぞ」

「まあ、お優しい方だから、そんな年端もいかない姫さん、邪険にはするまいと思うけど……」

皆して、好き勝手なことを言っている。

「どうだったんだよ、アルノー？」

「ん？ レティシア妃、めちゃくちゃ可愛かったぞ！ なんかきらきらしてた！ いまでも可愛いから、大きくなったら、とんでもない美人さんになるだろうなー」

「そうか。まあそれはよかった。美人さんじゃないと、フェリス様と並ぶのは気の毒だ」

「御二人の様子はどんな風だった？」

「なんていうか、家族っぽかった。仲の良い兄妹みたいに見えた。何よりフェリス様が……」

「フェリス様が？」

「フェリス様、いつもより優しい雰囲気だったな」

アルノーのよく知ってるフェリスは、山積みの仕事を淡々と片づけていってくれる神がかった人だ。騎士仲間と談笑してるときも、やはりこう他の者とは違う印象の方だ。

いつも実年齢より大人びた印象だったが、レティシア妃と内緒で話してる様子は、年相応というか、少年らしい横顔だった。

「いーなー。オレも見たかったな、噂の御二人!!」

「ついてきゃよかった」

「ふふん。いいだろー。オレなんか、レティシア妃に、いつもフェリス様がお世話になってます、なんて可愛く言われちゃったもんねー！」

「おまえ、いたいけなレティシア姫を騙すなよ。アルノーがフェリス様に御世話になってるだけだろ」

「言えてる」

「うるさい奴らだなー！　まーそうだけどー！」

うん。でも、なんか、フェリス様幸せになれそうでよかった。聡明だけど、色恋関係は噂も聞いたことなかったし、そんな幼い方と結婚ってどうなるんだろう、って心配だったんだよね。幸せになってほしいなあ……。

愛しの姫君について

「……フェリス様、レティシア様は私が」

「いや？　レティシアは僕が連れて行く」

「かしこまりました。では、姫君はフェリス様にお任せを。フェリス様に長年お仕えしておりますが、やはり婚姻ともなると、さまざまに新しい発見があるものですねぇ……」

「レイ、何が言いたいんだい？」

「いえいえ、我が主が大変に愛情深く、そしてなかなかに嫉妬深いことを、私、今月初めて学び、大変楽しく……ちょ、フェリス様、蹴とばさないで下さい！」

「あいにく手が塞がってる」

「そんなことなさってると、レティシア様に怯えられますよ」

「……、それはいやだ」

「主よ、わかりやすすぎます……」

んんん？

いま、誰か、レティシアの名前、呼んだ？

ううん、起きなきゃ……。

でも、眠い～……。

王宮からね、馬車に乗ってね、フェリス様とたくさんお話してたんだけど、けっこう距離があったから、だんだん眠くなってきて……。

レティシアが寝ちゃったら、フェリス様が退屈になるから……、と思って起きてようと思ったんだけど……。

サリアから馬車に乗って、長い旅をしてきたけど、ディアナに来るときは怖かったなー。

レティシアの想像の中の王弟殿下が、陰鬱な吸血鬼と意地悪な大人の男の人を足した感じの、どんどん怖い映像になっていったし……（失礼すぎる）。

フェリス様にお会いしたら、フェリス様の方が生贄にされそうな綺麗な人でびっくりしたなー。

想像の中の王弟殿下が怖くなりすぎたせいもあって、ちょっとだけ、旅の途中で逃亡も考えないこともなかったんだけど、レティシアが逃げたら、レティシアのお付きの人たちが罪に問われるだろうし、もう少し大きいならまだしも、この年齢で一人で働いて生活は完全に無理だろうな……って挫折したんだよね。

人生ってわからない。

いまはフェリス様が隣にいてくれると、とっても安心する……。

「……んー？」

「レティシア起こしちゃった？」

「フェリス様？」

フェリス様のお貌、近い！

うん？　フェリス様の御膝の上で寝ちゃったのかな？

「……ここ、は？」

「うちの領地に着いたよ。今日はもう遅いから、明日、レティシアに周辺を案内するね」

違った！

馬車の中ではなかった。

なんだか雅な宮殿の前だった。何、これ、離宮⁉

ご領地で過ごすとは聞いてたけど、随分、優雅な……。

レティシアはフェリスの腕に抱かれて移動している。

ええー？

なんでー？

目的地に着いたなら、起こして欲しかったの！

（寝ちゃってたレティシアが悪いのだけど……）

「フェリス様、降ろしてくださ……、わ、わたし、じぶんで歩きます」

「ん？　このまま僕が運んであげるよ。レティシア軽いし……」

「い、いえ、重いし、子供っぽくて恥ずかしいので……」

「レティシア、子供じゃない？」

そりゃそうだ。じゅうぶん、子供だ。

でも、そんなこと言うなら、フェリス様だって、子供だもん！

「う……。子供ですが、フェリス様の妃ですから！」

そんな優しくおでこにキスされたって誤魔化されないもん！

ちゃんと自分の足で歩きたいもん！

二人だけのお部屋で、フェリス様がパワー不足のときはフェリス様のパワー補充に抱っこされていいけど、レティシアだって、人前ではちゃんとしてたいのー！

「僕もあまり詳しくはないが、夫と言うのは、花嫁を抱いて運ぶものではないか？」

「う……？　でも、それはなんだか違うような……」

それは初夜とか、もっと最高潮な場面の話なのでは？

わかんないけど！

「ちゃんと、自分の足で歩きたいです」

「……わかった。レイ、レティシアの靴を」

なんでちょっと残念そうなんだろう!?

でも納得してくれたらしく、降ろしてくれるみたい。

寝ている間に、靴を脱がしてくれてたらしく、レイが靴を持ってきてくれた。

貴婦人の靴は本当に華奢。たくさん歩くのには向いてないけど、見た目はとても可愛らしい。

「レティシア様。フェリス様はとても、本日のレティシア様のお働きに感謝なさっていて、レティシア様の為に、何でもしてさしあげたくて仕方ないのですよ」

「……私、フェリス様に感謝されるようなこと、何もしてないですが……？」

感謝することはいっぱいある気がするけど、されるようなことはした記憶が……？

せいぜい、夜に夜食持って押しかけて、安眠の邪魔を……。

「レティシア、今日はずっと、僕の用事に付き合ってくれたよ？　大変だったでしょ？」

「……………？　いいえ？　フェリス様こそ。お疲れだったでしょう？」

少々、肩は凝ったけど、それはぜんぜん大変じゃないよ。

役に立てたかは謎だけど、ちょっとくらい、レティシアが、場の空気を和ませるお役に立ててたらいいなー。

フェリス様は、僕がきっとレティシアを守るから、って最初に逢った日に言ってくれた恩人だもの。

あのとき、密かに心で誓ったように、レティシアも全力でフェリス様をお守りするよー！


「フェリス様。お待ち申し上げておりました」

「お帰りなさいませ、フェリス様。此度は、我らが花嫁様と共に御戻りいただけるとお伺いして、我ら一同、首を長くしてお待ちしておりました」

フェリス様に降ろしてもらって、ちゃんと自分の足で床を踏んで、邸内に入ると、ずらりと並んだ人々が出迎えてくれた。

我らが花嫁様。

そうかあ。

御領主様の花嫁になるんだから、レティシア、こちらの花嫁でもあるのかあ……。

こ、こちらのことも勉強しなければ……!!

「ただいま、皆。こちらが、サリアからいらした、僕の妃になるレティシア姫だ。僕が、この世の何よりも大切にしたいと思っている姫だから、皆もそのように遇しておくれ」

………?

フェリス様のレティシアの紹介、だんだん大袈裟になってない？

気のせい？

ここは王宮じゃなくて、ご領地だから、もうラブラブを装って、人心を欺く必要もないのでは……？

遠くから来たレティシアのこと大事にしてあげてね、って言って下さるのは、凄く有難くて嬉しいんだけど、そんなに盛りまくって下さらなくてもいいような……。

「初めまして。どうぞよろしくお願いします」

フェリスの言葉で集まったたくさんの視線を受けつつ、レティシアは優雅にお辞儀をして、にこっと微笑ってみる。ディアナだと『フェリス王弟殿下の噂の花嫁』として、微笑うと可愛いとか言ってもらえるから、幸せなの。

気味が悪い姫とかサリアで貶されていたレティシアとは、夢のような扱いの違いだもの。ぐすん。

「ようこそ、いらして下さいました。レティシア様」

「私共はようやく、フェリス様の奥方、我らの女主人をお迎えする夢が叶いました」

やはり、ここでも、皆に幸福そうな笑顔で迎えてもらえる。

「お若い花嫁様の御姿に、フェリス様がこちらの領主に就任された頃を思い出します」

「そうなのですか？」

え？　とフェリス様を見上げてしまう。

「うん。ちょうどレティシアくらいの頃に、僕、ここの領主になったから」

「そんなにお若い領主様？」

「母を亡くして王宮にいるのも目障りなほどどうっとうしく暗かった僕に、父が……」

フェリス様が説明しながら苦笑している。

「十二年前でございます。思いがけず、私共は大変に若く聡明な領主様を頂きまして、そのときから、きっとディアナで一番幸福な領民となりました」

「私と同い年のフェリス様……私もお会いしてみたい……」

いいなあ。ここの人達はみんな、レティシアと同い年のフェリス様に逢ってるんだ。

レティシアも逢いたかったなあ。お母様を亡くしたばかりで寂しかっただろうフェリス様と逢って、二人で好きなだけ、一緒に泣きたかったなあ。

フェリス様のところはどうかわからないけど、レティシアの国では、お父様が亡くなられて、すぐに叔父様が新王として立たれたから、いつまでも先王の死を悲しむのは不忠だと言われてしまっ

た。叔父様の即位に不満とかではなくて、ただレティシアは父様と母様の為に悲しんでいたかった
だけなのに。

生きている者は、みんな、前に進まなくてはいけないから。

いつまでも後ろを振り返ってはいけない、と言われた。

それはわかるのだけど。

だけど、レティシアはたった一人の娘だったから、他の人は、新王とともにどんどん前に進んで
くれてかまわないけど、レティシアくらい、ただ父様と母様の為に泣いていたかったのだ。

まだうんと若かったのだ。

やりたいこともいっぱいあったと思うのだ。

レティシアは、二度目の人生を生きているというのに、どうしてまた同じことで泣いているのだ
ろう。

どうして大事な家族を、今度こそ守れなかったのだろう……。

「……？　姿だけでいいなら、こんどちいさく化身してみようか？」

「……え？　そんなこと、出来るんですか？」

レティシアがひどく悲しいことを思い出してたら、何か、フェリス様が楽しいことを言って下さ
ってる。

「試したことはないけど、不可能ではないと思う」

「じゃあ、お暇なときにぜひ！　可愛いフェリス様、逢いたいです！」

それはもうレティシアと一緒に泣いてくれるちいさい王弟殿下じゃないだろうけど、お姿だけでも、とーっても可愛いと思うので逢いたい！

フェリス様ってやっぱり癒し系（恐らく御自分の意図してないところで）。

「ちいさい僕だと可愛いの？　大きいいまは可愛くない？」

「いまもお可愛らしいですけど……、ちいさい殿下にも、逢ってみたいなって」

何といっても、竜王陛下と真面目に張り合うとこが、可愛らしいです、フェリス様。（普通、御先祖の神様とは張り合わないと思うの）

「フェリス様、いまは皆をねぎらってやって下さい。レティシア様とはあとでゆっくりお部屋で語らわれて下さい」

こほん、とレイが白々しく咳ばらいをしている。

いけない。レティシアがちいさいフェリス様に逢いたがったりするから、大脱線しちゃった。

「いえいえ。御二人のお仲のよろしさに安堵致しました」

「まことに。好みの難しいフェリス様のお眼鏡に適うような姫君はいらっしゃるのだろうかと、私共、老婆心ながら案じておりましたが、無用の心配でしたようで……」

フェリス様って、好み難しいのかなあ。

何かと挙動不審なレティシアにも優しくしてくれるから、だいぶ博愛系だと思うけどなあ。

貌はね、たしかに氷の美貌系だから、実際より、怖がられてるだけだと思うの。

レティシアの影の守護者

「ちいさく擬態してまで、レティシアに好かれたいフェリスの必死さよ。氷の美貌の王弟殿下も形無しだな」

「レーヴェ。わざわざ僕をからかいについてきてるんですか？」

フェリスがレティシアを女官達に任せて、自室で一人になると、ふわふわと空間に寝っ転がったレーヴェが浮かんでいた。

「いやだって、うちの家系、オレを筆頭に執着がひどいから。心配になるじゃないか、うちの可愛いレティシアが」

「僕のレティシアであって、レーヴェのレティシアじゃありませんから」

「何を言う。我が家系の末の王子の嫁。うちの嫁。……すなわち、オレの可愛い娘。年端もいかないオレの可愛い娘に、不埒な事したら、うちの可愛いフェリスといえどオレがシメる」

「……！　なんか変じゃないですか、その論法？」

「ぜんぜん変じゃない。オレはいつもちいさいほうの味方」

「まあ、レーヴェはいつも子供の神様ですよね……」

フェリスは誰よりもその恩恵にあずかってるので、そこは否定できない。

「そう。フェリスが可愛い嫁と仲良くなるのはめでたいが、レティシアの純潔は、年頃になるまでは、オレが守る」

「……！　僕を何だと思ってるんです！　レーヴェがわざわざ守らなくても、レティシアが大きくなるまで何もする訳ないでしょう！」

「それならいいんだが。フェリスがレティシアにメロメロすぎて、最近、じいちゃん、心配に……いいか、おまえ、弱ってるのを盾に、人の好いレティシアに甘えて好き放題するなよ」

「……しません!!」

「そうかあ？　あんな魔力の強い娘に、魔力が減ってたら、どうぞ遠慮なく私から食べて下さいね！　なんて言われたら、純情なフェリスじゃなくても、そこいらじゅうの精霊も魔物も総落ちだよなー。コワモテのフェリスの嫁だからいいけど、うちの可愛い嫁、危なっかしすぎる……」

「コワモテって……僕の貌、レーヴェの貌ですけど」

「………。フェリスはフェリスでこんな天然だしな」

はあ、とレーヴェは溜息をつく。

我が先祖ながら、投げやりにしてても、レーヴェはとても美しい。

フェリスは自分の貌を鏡で見ても全く何の感動も覚えないが、レーヴェの貌については、子供の頃から、いつも、凄く綺麗だなあ、と思っている。

図に乗るから、レーヴェ本人には言わないだけで。

「……レティシアに優しくされて、ちょっと僕が図に乗ってるのは、認めます……」

「わかってるなら、よろしい。おまえはオレの血が強いし、おまえの最愛となると、いろいろあの娘の身体に影響でるかも知れないから、可愛がるのはいいけど、レティシアには負担かからないようにするように」

「はい……」

素直に、フェリスはレーヴェの言葉に頷く。

いままで強く誰かに心を動かしたことがないので、フェリスが強く思いをかけることで、レティシアの身に何か影響があるのだろうか、と少し怖い。

傷が治りやすくなるとか、いいことならいいんだけど……。

「それにしても、謹慎解けてよかったな、フェリス。マリウス兄ちゃん頑張ったな」

「兄上には、感謝に堪えません。……ただ、陛下がフェリス様を大切にして下さってる、と無邪気に喜んでくれたレティシアには言いにくかったのですが、兄上の顔色が優れぬように思いました。やはり、僕の為に、義母上の意に反したことで、優しい兄上は御心を痛めておいでなのではと……。大人しく僕が謹慎しておいたほうがよかったのでは……」

「うーん。でもそうすると、フェリスがやってもいないのに、竜王剣の噂を撒いたみたいになっちゃうだろ。……それに、マリウスが沈んでるのは、フェリスのせいじゃないから」

いつもご機嫌なレーヴェらしくもなく、微妙な顔をしている。

「レーヴェ。物凄く基本的なことを聞いてもいいですか？」

「うん。何だ？」

「義母上はどうして僕が王位を狙うとあんなに思い込んでらっしゃるんでしょう？　僕が王位を奪って、早世した母の恨みを晴らすとでも？　生きてても死んでても、我が母はあまり王位を欲しがるタイプではないのですが……」

そんなことを言ったら怒られるかも知れないが、こんなにずっと恨まれてるのに、フェリスは、なんで義母上があんなにフェリスの謀叛を恐れているのか、正直わからない。

いまも昔もフェリスは謀叛を企んだことはないし、義母上が神経質になってるからと、極力、有力な貴族などと懇意にならぬように努めてるつもりなのだが。

「うーん。そこがなあ……、マグダレーナは、フェリスがオレに似てるって腹立ててるけど、竜族の気性を全然把握してないからな。マグダレーナなりにはオレを愛してるけど、マグダレーナの夢見る竜王陛下だからな。……オレたちは、基本、国家や権力に憑く訳じゃないからなあ。愛する者が望めば、国も興すし、守護もするけど、権力自体に興味があるタイプじゃないんだよな。……フェリスだって、レティシアが何処かに新しい平和な国が欲しい、って言ったら、レティシアが望むなら国を興すか、って性質だろう？」

「はい。レティシアがそれを望むなら、可能です。僕が自分の為に、兄上が平和に治めてる国を乗っ取ろうとかいうのは、何故そんなことを、とちょっと理解できないのですが……」

淡々と、フェリスは答える。

国家建設にしろ、王位簒奪にしろ、やろうと思ったことがないだけで、能力として、やれるかやれないかと言えば、恐らく、やれるとは思う（こんな性格だから、義母上に疑われ続けるのかも知れない……)。

「マグダレーナは、ステファンと不具合が生じてから、ディアナの王冠に命かけてるから、王の血を引く者はみんな王冠が好きだろう、って思っちゃうんだろうなあ……。やっぱりあのとき、オレが雷でも落としてやればよかったのか？　でもオレがそこに干渉するのもなあ……」

「雷？　がどうしたのですか？」

いつも呑気な竜神様とはいえ、レーヴェに雷落とされたら死ぬのでは？

「何でもない。人間、歳食うほどに、人の言うこと聞けなくなるから、それはよくないやり方じゃないか？　って諭すなら、若いときがよかったよなあって話」

その言葉を聞いてるフェリスに、レーヴェの物憂げな表情の意味は測れなかったのだけれど。

竜王陛下の愛しい娘（本人知らず）

「……！」

レティシアは王宮仕事を終えておうちに帰ったら、

（竜王陛下ー、フェリス様とレティシア、二人で王宮で頑張ってきましたよー！）

とお話を竜王陛下に聞いてもらうんだ～！　と心に決めていた。

しかし、いま、大事なことに気が付いたのだが、ここはいつものおうちではなかった。

こちらの邸宅には、レティシアのお気に入りの竜王陛下のタペストリーがない。

「ううう。私の竜王陛下が……」

レーヴェが聞いたら、さすがオレの愛しい娘、やはりフェリスじゃなくてオレに聞いて欲しい話があるよなあ、と悦に入り、フェリスが聞いたら、ショックで眩暈を起こしそうだ。

「レティシア姫。いかがなさいました」

「レティシア様、何かお探しですか？」

沈むレティシア姫を、この家に仕える者達が案じる。

「あ、いえ。あの。何処かに、竜王陛下の絵があったらいいなと……」

目の届く範囲にレーヴェの姿がないと、落ち着かないあたり、レティシアもすっかりディアナの娘の風格である。

「まあ。レーヴェ様でしたら、レティシア様のお部屋にもいらっしゃいますよ」

「本当ですか！」

やったー！

お部屋にいらっしゃるなら、安心ー！

やっぱりなんだかフェリス様のおうちには、竜王陛下がいてくれないと落ち着かないの……。

フェリス様お忙しいのか、なかなか本宅のレティシアのお部屋に竜王陛下の絵を飾ってくださらないんだけど、やはり年季の入った竜王陛下担当のフェリス様的には、新参のレティシアにはまだ早いのかしらん……？

レティシア、いわゆる『にわか（推し活においては、突然ファンになった者。新参のファンを意味する）』だものね。いいんだけどね、タペストリーあるし。竜王陛下、フェリス様の次の二推しだし……。

宗教と推し活がだいぶ曖昧になっているレティシアではあるが、無邪気にレーヴェを慕っていることに関しては、竜神レーヴェの自惚れではなく事実である。

「レティシア様は竜王陛下をお好きなのですか？」

異国から輿入れしてきた姫が、ディアナの守護神の姿を探し求めてくれる様子は、ディアナ人としてはやはり嬉しい。

「はい。こちらに参りましてから、フェリス様とそっくりな竜王陛下がとても慕わしく……、あ、いえ、救国の英雄、ディアナの守護神、ディアナを守り続ける竜の神、……その竜の血を継ぐ王家に嫁げる幸福を、竜王陛下に感謝しております」

いけない。

フェリス様とそっくりだから竜王陛下だーい好き！　とか言いかけちゃった……。

（でも、よく考えると、レティシア、ちっちゃいから、それでも許される⁉）

「きっと竜王陛下、フェリス様の花嫁のレティシア様からそんなに慕って頂けて、とても喜んでおられますよ。竜王陛下は恋の神様でもあり、子供好きで、子供たちの守り神とも言われる神様です」

「そうなのですか。恋の神様は成程ですが、こんなに華麗な御顔で子供好きって、竜王陛下、何だか可愛らしいですね」

「…………」

きゃー！

もしや、レティシア、また変なこと言っちゃったのでは⁉

最近ずーっとフェリス様とお話してて、フェリス様は、レティシアが何言っても不思議がらないし怒らないから、会話のガードが緩くなっちゃってて……。

「何やら……、レティシア様のお話になる様子は、フェリス様の幼い頃を思い出させますねぇ。昔からフェリス様もとても少年とは思えぬような大人びた会話をなさる御方でした。きっと、竜王陛下は、御自分に似たフェリス様にぴったりの特別な花嫁を選んで下さったのですね」

そうかなあ。

それは怪しいと思うけど。

竜王陛下が選ぶなら、もっとちゃんとした王女様なり御令嬢を選んでたかも？

少なくとも、中身は一般の日本人娘の転生（特に付加魔力や付加加護なし）、本体は両親を失って後ろ盾なしの王女ではなかったのでは……？

でもフェリス様が天才少年だったおかげで、フェリス様のおうちでは、幼い娘が大人びたことを言っても気味悪がられないのは、本当に助かるの……フェリス様、ありがとう、大好き‼

「こちらでございます、レティシア様。御探しの竜王陛下の絵姿はこちらに」

「ありがとう！　素敵なお部屋ですね」

わーい。

竜王陛下！

こちらは戦場の絵姿でなくて、優し気に微笑んでらっしゃる肖像画だった。

こちらの絵姿も変わらずグッドルッキング!!

というか、何だか、安心感。

ディアナの人が何処にでも竜王陛下の絵を飾りたがる理由、何となくわかる。

竜王陛下の絵姿があると、レティシアも、初めての部屋でも落ち着くから。

（順応しすぎ……？）

「レティシア様。本日は、フェリス様と御二人で大変でいらしたとか……、お疲れ様でございました。夕食はもう少し後になりますが、御茶とお菓子をご用意しております」

夕食前に大丈夫かな？　でもちょっとだけ甘いもの摘まみたいかも。

「私はハンナと申します。レティシア様、ドレスのお召し替えはいかがでしょう？　フェリス様のお申しつけで、こちらで過ごす用のドレスを取り急ぎいくらか……」

「……わー、綺麗。だけど、凄い、数……レティシアが五十人くらいいそう……」

フェリス様……、女の子のドレスがわからないからって、これは積み過ぎでは……。

「あの、こちらの仕立て屋で……、御婚儀後にレティシア様とフェリス様がいらっしゃるかもと……御好みがわからなくて、たくさん揃えてみたのですが……」

「どれも可愛い！　でも、こんなには着られないから、いくらか同じ年頃の子に貰ってもらうといいかも？」

こちらにどのくらい逗留するのかフェリス様に聞いてないが、このワードローブいっぱいのドレスを着つくせるとは到底思えない。

「それは、御二人の御婚礼の下賜品とあれば、福があって、喜ばれると思います」

「では、そうしましょう。いまは、これを着ようかな。……たくさん可愛いドレス、用意して下さってありがとう、です」

ふんわり。優しい桜色のドレスを手に取る。

これ可愛いから、フェリス様に見せたいな。

「いえ。あの。フェリス様に、可愛い姫様がいらっしゃると聞いて、私共浮かれてしまって……姫様がとてもお若いと聞いて、まだフェリス様とお話が弾むまでお時間かかるかも知れないから、それまできっと大切に大切にお守りしようと思っていて……」

ハンナは白いパンのようなむくむくした可愛い手で、レティシアを王宮用ドレスから手際よく着替えさせてくれながら、緊張しつつ、説明してくれた。

「私共は、王太后が攻めて来ようと、王が攻めて来ようと、たとえディアナから独立してでも、フェリス様とレティシア様を、ここでぜったいお守りしますからねっ」

「………！　だ、だいじょうぶ。攻めてこないよ。そ、そんな心配しなくて大丈夫」

わあ。ハンナさん熱い。うーん、サリアとか、小さな国だから、あんまり各地方の独立性高くないけど、ディアナみたいに広い国だと、それぞれの領土の方々も独立心高いのかな……？

「す、すみません。出過ぎましたっ。何か、また、王太后様がフェリス様をひどくお扱いになったと聞いて、怒りのあまり、御無礼を……」

「フェリス様の領土の方が、フェリス様を熱愛していて嬉しいです！　王太后様とは、ちょっとした誤解があっただけですので、安心して下さいね」

ここにもフェリス様の推し友が……！

陛下とか王太子様では、家族になるとは言っても、身近な推し友とは言い難い！

フェリス様に近しい領民さんラブだわ！

「優しい御言葉、ありがとうございます、レティシア様。……フェリス様は、この地で暮らす私共にとって、何よりも大切な、恩人なのです」

「恩人？」

「はい。昔からここは高級な薔薇の産地でしたが、ずっと、あまりよい領主には恵まれず、私共は外国の王侯貴族が奪い合うほどの高級な品を作りながら、毎日の生活にすら苦労しておりました。その頃は、栄養や休息が足りなくて、病気になる者も多かったのです。……ステファン王が、第二王子のフェリス様にこの地を与えたときも、またきっと口の上手い、王子の部下の中間の者に搾取されて、ひどい暮らしが続くのだ、何も変わることなどない、と皆思っておりました」

「……そんな……」

「でも、びっくりするほど綺麗な王子様が、重たそうな本を抱えて、一人でこの地にやってきて」

重たそうな本を抱えて、に、思わず、レティシアは笑いそうになってしまう。

子供の頃から、僕も本ばかり読んでいた、ってフェリス様言ってたよね。

「数日こちらでお過ごしになると、ここには、痩せた者、暗い顔の者が多いように思うのは、何故なのか？　ディアナでもとても豊かな地のはずなのに、様子がおかしくないか？　とお尋ねになりました。そして帳簿を見せよと……。砂の城を作って遊ぶ御歳の、五歳の王子様が、帳簿をお読みになると言うので、幼いフェリス様にはまだ読めないでしょう、そんなものよりさあ乗馬でも……と皆が笑ったら、無論読んだことはないが、読みながら学ぶので何の問題もない、僕が何歳であるかなどどうでもいい、僕に属す土地の状態を、僕が把握してないのはおかしい、と、仰りました」

うちのフェリス様、ちいさいころから、偉い……。

伊達に、竜王陛下と張り合ってない……（ちょっと違う）。

「幼いフェリス様は帳簿を読み解き、うんざりするほど不正がある、とひどくお怒りになりました。長い年月のあいだに、あちこちにダニのように入り込んで、中間で搾取していた者達を注意深く取り除き、生産者、実際に働く者達に、働いた利益がちゃんと入るように、この地を改めて下さいました。……わたしたちの富と誇りを、私たちに返して下さいました。……ですから、私たちは何があろうとも、フェリス様とレティシア様の味方なのです」

ハンナさんはレティシアの金髪を梳いて優しく直してくれながら、誇らしげに微笑んだ。

そうなのかー!!

ちっちゃいフェリス様が、ちっちゃいときから、大切にこの地を守って来たんだ……。

このレティシアに贈られた桜色のドレスの繊細なレースに至るまで、フェリス様の花嫁を喜ばせたい！　の祝福の気持ちが詰まってるんだろうなあ。

うう、大事に着ないと……間違っても、木登りして破いたりしちゃダメね……。

「美味しい、このチョコ」

ハンナが退出したので、レティシアは一人、竜王陛下の肖像画を愛でながら、ハイビスカスの御茶とルビーチョコレートを食べている。

「フェリス様にも食べさせたいな」

レティシアは、最近、美味しいものを食べるとフェリスに食べさせたくなる。

レティシアに食べさせられてるときの困ってるフェリス様可愛いので。

今日はずっと一緒だったせいか、隣にフェリス様がいないと、何か足りないような気分になる。

「竜王陛下、私さっき王太后様の勘違いって勝手に言っちゃったけど、実際、竜王剣の噂ってどうなってるんだと思います……？」

レティシアももう少し大きくて、異世界転生物語の素敵な主人公のように、魔法の加護もたくさん！　なら、フェリス様の為に街に調査に行きたいのだが、いかんせん、レティシアには何の特殊能力も……。

「うーん、転移魔法とか、変化魔法とか、いろいろ使えるようになりたい！」

やっぱりチョコレート食べて一人まったりしてないで、魔法書を読んで実習のひとつもするべきだ。

「あ。でも、魔法の本、本邸においてきちゃった……。ううん、きっと、ここにも何かあるはず、ですよね、竜王陛下！」

勉強なんてそんな焦らず、ちびちゃんはもっとチョコレートをお食べ、とレーヴェなら甘やかすこと間違いない。

「竜王陛下、私、ホントにフェリス様と結婚するんでしょうか……？」

いやもちろん結婚の為にこの国に来たんだし、みんなそのつもりだし、フェリス様だって、僕のレティシア、って言ってるけど……。

「こんなに大事にしてもらって、フェリス様、あんなにいい方で……、私がお嫁さんでいいんでしょうか？」

（何？　レティシアはフェリスが悪い奴なら、政略結婚の餌食にしてもいいつもりだったの？）

「いえ、そういう訳じゃないんですけど、噂通りの変人殿下だったら、離れかどこかにお部屋を頂いて、王弟殿下に忘れ去られた姫として、元気に生きていけたらいいかな、とか勝手なこと思ってて……」

そんなざっくりした前向きなのか後ろ向きなのか謎な人生プランだったんだけど、フェリス様、凄くいい人で、大事にして下さるんだけど……。

「あんなにいい方で、いまや私の推しなので、もっとお似合いの、相愛のお姫様と結婚させてあげたくて……」

（それ、フェリスに言っちゃダメだよ。たぶんあいつ、レティシアに愛されてないってへこむから）

「いえ。フェリス様のことは、全力で推してるんですけど、だからこそ、申し訳なくて……。せめて、私の前世の記憶のことくらい、お話するべきでしょうか？」

思い悩んでるの半分、天然半分で、レティシアは『誰』と会話しているのか、気が付いていない。

（それはオレなら拘らないけど。フェリスは、レティシアが大事な秘密を教えてくれたら、喜ぶかも？）

「私の二度の人生で、こんなに大事にして下さった方はいないので、やはり、そんな方と、結婚するというのに、隠しごとはよくないですよね……」

（あのさ……、うちの一族の寵愛って、本当に際限がないから、重いときは重い、ウザいときはウザい、って、蹴とばしていいんだよ、レティシア……）

噛み合ってるのか噛み合ってないのかわからない、ふわふわした会話をしつつ、フェリスの望むようにかどうかはともかく、レティシアに大事に想われてるようで何より、と、レティシアからお供えされたチョコレートを摘まむレーヴェであった。

「フェリス様」

本邸でフェリス様のお部屋が遠い～とレティシアが嘆いたせいか、ここではフェリス様のお部屋は隣だった。お話にいくの、楽！　嬉しい！

「どうしたの、レティシア？」

「お邪魔ですか？」

「いや、大丈夫……何かあった？」

入って、とフェリスに招き入れられて、レティシアは部屋に入る。

「魔法書があれば、お借りしたくて」

「魔法書？」

「はい。私も、転移魔法とか、変化魔法とか、いろいろ使えたら、フェリス様を困らせた犯人を街に捜しに行くのになあ……って考えてたら、魔法のお勉強しなきゃ、と思って」

「………。魔法が使えても、レティシアはそんなことしちゃダメ、危ないから」

あやすように、レティシアは金髪を撫でられる。

「でも、気になります」

「噂なんてどんな風にでも操作できるよ、きっと」

竜王陛下そっくりのお貌のせいもあって、いろんなこと言われてらっしゃるからかな？

諦めることに慣れたような微笑。

「操作してる人がいるとしたら、その人が問題ですね」

「………」

フェリス様が停止した。

あれ、なんか、ダメなこと言った？

「……いまの、何かダメでした？　フェリス様？」

「いや。レティシアはやはりおもしろいな、と思って」

「…………！　おもしろい？　私にはあまり面白味はないと……私であんなに笑う人、フェリス様だけ……」

「僕は常に驚きの連続だけどね……、レティシア、何を持ってるの？」

「あ。フェリス様のところにもあるのかな、と思ったけど、このチョコレート美味しかったので……フェリス様に食べさせたくて」

レティシアは、部屋から、ルビーチョコレートの器を抱えて来ていた。

「ううん、チョコレートはレティシア用だと……」

「じゃあ一緒に食べましょう」

フェリス様のお部屋にはなかったなら、持ってきてよかった！　とレティシアは嬉しくなる。

「レティシアはいつも僕に何か食べさせたいんだね？」

「最近、美味しいもの食べると、フェリス様と一緒に食べたくなるんです。……はい、どうぞ、食べてみてくださいね？」

「………、………」

あれ？

またフェリス様がフリーズした。

お嫁さんになるより先に、謎のお母さんマインドすぎかしら？

でもやっぱり一人で食べるより、フェリス様と食べる方が楽しい！

「王宮で着てた碧いドレスも可愛かったけど、この桜色のドレスは優しい色で、よりレティシアらしいね。こちらで揃えたもののなかに、気に入ったものはあった？」

褒めていただくと、やはり女子としては嬉しい。

しかも、フェリス様はレティシアに大甘なので……。

「たくさん、素敵なドレスを、ありがとうございます。多すぎてびっくりしました。とても全部に……袖を通せない気がするので、いくらか下賜させていただければとハンナと……」

「それはレティシアの望むように。レティシア自身の好みのものも仕立てさせないとね」

「いえ、ドレスはもう充分……。着替えを手伝ってくれながら、ハンナがフェリス様の子供の頃のお話をしてくれました」

「僕の？　昔から、好き嫌いが多かった話？　子供らしくない可愛げのない子だった話？」

「びっくりするほど綺麗な王子様がやってきて、この土地のことをきちんと調べて、わたしたちの富を私たちに返してくれました、って。……フェリス様は恩人だから、どんなことがあっても、王様が攻めて来ても王太后様が攻めて来ても、フェリス様とレティシア様をお守りしますって」

「有難いけど、そんなことは言っちゃダメ、と言ってあげて。僕の為に投獄でもされたらいけない。……それに、恩を感じるようなことではないよ。僕の前任者の仕事ぶりが、あまりにも最悪すぎただけだ」

「功績を誇らないフェリス様は美しいですけど。そこは謙遜しちゃダメな気がします。……あの切ないくらいの感謝の気持ちはちゃんと受けとめてあげてほしい、です」

ふわって、森林浴か何かみたいに、ハンナの声から、あたたかい、綺麗な波動が寄せて来るみたいだった。

「……はい、我が姫」

レティシアが琥珀の瞳をきらきらさせて、フェリスを見上げると、フェリスが従順に頷いて、レティシアの手にキスをした。

「……いえ、私にじゃなくて、ですね、フェリス様……」

「うん。わかってる。……なんだかレティシアに叱られるのが嬉しくて」

「し、叱ってはないです」

「うん。僕の為の言葉だ。叱られるのは義母上で慣れているが、それとは全く違う」

「それは、諌めると言うか……フェリス様、私の指を食べてないで、チョコを食べてください。今日はお腹空きました？」

「空腹は相変わらずあまりわからないけど、レティシアが奨めるものを食べるのは楽しい」

「私も、さっき一人で食べてたら少し寂しくて……、フェリス様と一緒に食べる方が楽しいです」

不思議だけど、気の置けない女官でも一緒にいると、それなりには気を遣うのだけど、フェリス様とは一晩一緒にお話ししてても疲れないの……いや、フェリス様が何でもレティシアにつきあってくれてるからかもだけど。

「じゃあ、僕の姫には、僕が食べさせよう」

フェリスが長椅子に腰を下ろして、レティシアをひょいと膝に乗せて、チョコレートをレティシアの口元に運んでくれる。

「……あ、の……」

魔法書は？

う？

レティシア、一緒には食べたかったけど、こんなことをしにきた訳では……？

「フェリス様……例の件なんですが、……、……う、わ、レティシア様、す、すみません……‼」

ふわっと空間が歪んで、そこからレイの姿が現われた。

レティシアが習得したがってる転移魔法だ！

伏し目がちに、難しい顔をしていたレイは、フェリスの部屋にはフェリス一人だと思っていたらしく、フェリスの膝に乗せられてチョコレートを食べさせられてるレティシアを見て、吃驚仰天している。

「レイ。レティシアが吃驚するから、ドアから入るように」

「は。行き届かず、申し訳ありません」

「レイも……魔法使えるの？」

レティシアは確かにびっくりしていた。

何といっても、元が日本生まれだし、サリアでは魔法は魔法使いだけが使えるものなので……。

フェリス様はいかにも魔法使いっぽいけど、レイには全然、魔法のイメージがなかったのだ。

「は……。私は簡単な魔法しか使えませんが」

「転移魔法、凄いと思うの……！　私にも教えてほしい……！」

転移の魔法が使えたら、行きたいときに、何処にでも……！

「はい、もちろん、レティシア様のお望みとあれば……」

「レティシア」

「はい、フェリス様？」

ん？　何だか冷気が……？

「レティシアには、僕が教えるのではダメなの？」

「……フェリス様にも教えていただきたいですが……あの……私でも出来そうな魔法を、レイにも習えたらいいかなーって……」

何となくフェリス様、拗ねモードな気がする。

何故？　いつのまに拗ねたの？　さっきまでご機嫌だったのに。

「フェリス様がお忙しい時に、私でお答えできることでしたら、何なりと御下問ください、レティシア様。……フェリス様、レティシア様がお困りですよ。貴方の従者に嫉妬しないでください」

「嫉妬ではない。僕が教えたいだけだ」

「左様でございますか。とはいえ、何事も、天才からの教えというのは、一度でわかりにくいところもあるものです。ただ人の助手も居た方が、憂いはありません」

さすが、レイ。

なんだか、フェリス様のあやし方に慣れてるー!!

そうなの。

フェリス様だと偉大過ぎて、レティシアにはわからないこともあるんじゃ？　と思ったけど、御本人にそうは言いにくかったのー。

「では、フェリス様、レティシア様と御二人でお過ごしなら、私はまた改めて参りましょうか？」

「いや、レティシアも気にしてたから、ここで話して」

「…………？」

んしょ、とフェリスの膝からレティシアはそっと降りる。

このままでもいいのに？　とフェリスの碧い瞳が不満げだったが、レティシアとしては小さな貴婦人として、お行儀、ちゃんとしていたいので。

「例の……竜王剣の噂ですが、気になる所がございまして、フェリス様をお連れしようかと思ったのですが」

「……フェリス様？　竜王剣の噂、お調べになってたのですか？」

「僕がやってるとまで言われて、僕がまるきり何も知らぬのもと……」

え？　とレティシアがフェリスを見上げると、悪戯を見つかった少年のような気まずそうな顔をしてらっしゃる。

「それはそうですね」

でも何か調べてるのなら、レティシアにも教えてほしかったかも……。

「ちょっと外して、レイと出かけてもいいかな、レティシア？」

「………？　私もご一緒したいです」

「レティシアは危ないからダメ」

「どうしてですか？　私が行けないくらい危ないところなら、フェリス様も行かせたくないです」

「……う……」

平行線。

でも、負けない！

そんな危ないところなら、フェリス様も行っちゃダメだもん！

「いまのは、レティシア様の方が理がありますね……」

「レイ、そこでレティシアに加担するな。僕はレティシアを風にあてるのも嫌なくらいなのに……」

「……？　私も婚約者として妻として、フェリス様が謹慎になりかけた原因は、とても気になります……」

風にもあてなかったら、酸欠になるのでは？　フェリス様のなかのレティシア、どんな箱入り？

と心中だいぶ不思議がりながら、レティシアは言い募った。

姫君づきの女官について

「御二人が御戻りにならないと、寂しいですねぇ。レティシア様、どうしてらっしゃるでしょう?」

リタはレティシアのドレスのチェックをしながら、しょんぼり呟いた。

「私共もお供したいですよねぇ。レイ、ずるいですよねぇ」

「仕方ありません。あちらの御邸の女官方も、きっと、レティシア様の世話をしたいだろうから、というフェリス様の配慮です。我儘を言ってはなりません」

「それはわかっておりますけど、もしかしたら長く向こうにいらっしゃるかも知れないと思うと、まるでこちらの御邸の灯りが消えてしまったようで……」

「失敬な。御邸の灯りは万事滞りなくついておりますよ」

「比喩でございます、サキ様。サキ様だって寂しいお貌なさってるじゃありませんか」

「それはまあ……、御二人ともいらっしゃらないとなると、皆、寂しくて当然です」

「はあ。竜王陛下もお寂しいですよね。いつもここで何か可愛くお祈りしてらっしゃいますものね、レティシア様。早く私共のほうにレティシア様とフェリス様お返しくださいね。……パタパタパタ!　って可愛いレティシア様の足音がしないと、私、なんだか仕事のやる気が起きません」

いや、オレはわりと大丈夫、オレ、ディアナの何処にでもいるからね、と同情された竜王陛下はレティシアのお気に入りのタペストリーの中で苦笑気味だ。

「もし、レティシア様がよほどお寂しいようなら、私共を呼び寄せるとのことでしたが……」

「本当ですか！」

「これ。優しいレティシア様はきっと向こうの女官とも仲良くなさいますから、そんな悪い期待をしてはいけません」

「そうですねぇ。それじゃまるで、レティシア様と向こうの女官がうまくいかなきゃいいって呪ってるみたいですもんね。……そんな悪ではないんですよ！　ちょっと私めが、レティシア様と毎日お会いしたいだけなんです！　毎日、私が丹精込めてお手入れしてるレティシア様の髪を、他の誰かがちゃんとしてくれるのかしら……！　とちょっと妬いてるだけです」

「リタ、レティシア様がいらっしゃるまで、そんな小さいお嫁様、大丈夫なんでしょうか……、フェリス様とうまくいかなくて、泣いて帰っちゃったりしないでしょうか、って危ぶんでたじゃないの」

「だって、あんなに可愛い方がいらっしゃるとも、あんなにフェリス様が幸せそうに一緒に食事なさるようになるとも、宮中の誰一人予想してなかったじゃないですか」

「まことにね、何事も、実際に、いらしてみないとわからないものよね」

サキは子供の頃からフェリスを見てるのだが、何なら、青天の霹靂と言っていい。毎日、フェリスが、レティシアと話すたびに、声を立てて笑い転げているのだ。よき方をフェリス様にお奨めくださって……と、王太后にサキが感謝する日が来ようとはと感無量である。

「私共はレティシア様がお帰りになるまで、ディアナの令嬢方の流行などお勉強致しましょう」

「そうですね！　私、お散歩しまくって、御令嬢方の流行りの髪の結い方や、ドレスなどを、目を皿のようにして、研究いたしますわ！　うちの大切なレティシア様に、流行遅れの悔しさなど、決して味わわせませんとも！」

「そ、そうね、頑張ってちょうだい……」

方向性がレティシア本人の意にそってるかどうかは謎だが、仕事にやる気がでるのはいいことだ。

それにレティシアはフェリスと似て、自分のことは後回し的なところがあるので、周囲の者が目を配るのはいいことかも知れない。

サキもまた早く二人に帰ってきてもらって、レティシアから「ねぇサキ、お夜食のメニューは何がいいと思う？　フェリス様は、何が好きかしら？　何ならたくさん食べたくなるかしら？　夜だから、あまり重くないもので……」という可愛らしい優しい声を聞きたいものだ。

街を歩く者たち

「お客さんたちは魔導士かい？　うちの王弟殿下の結婚式に来たのかい？」

宿屋兼お食事処のヴィロンの主人に尋ねられて、黒い魔導士のフードを目深に被ったフェリスとレティシアは返事に困る。いつのまにうちの王弟殿下に……？　しかも、レーヴェ様の神殿で愛を誓う本人なので、参列は難しいです。

「いや、だれかの結婚式があるのかい？」

一人、魔導士の装いではなく、顔も出ているレイが初めて聞いたと言いたげに問い返す。

「そうだよ。もうすぐ、ディアナ自慢の美貌の王弟殿下の結婚式があるから、仕事探しや物見遊山のお客さんが多いんだ。いろんな催しが多いし、お客さんたちも、なかなか風采がいいから、警護の仕事ぐらいいなら、すぐ見つかると思うよ」

「たいした剣の腕じゃなくてもいけるかな？」

レイがなんだか陽気な流浪の剣士風に婀娜っぽく笑ってる。普段あんないつも穏やかな人なのに。役者だわ。

「そこそこ背丈がありゃ、見栄えで、立ってりゃいいだけの仕事もたんとあるはずだよ。……そこのお客さんなんて若いのに大魔導士の風格あるよ。なあ、お付きの子、林檎のジュース飲むかい？」

「ありがとう、この子は沈黙の行をしているので、声が出せなくてすまない」

すっぽり黒いフードに覆われたレティシアは、林檎のジュースをもらって、ぺこりとお礼をする。

結局、同行を望むレティシアにフェリスが負けて、転移魔法で連れてきてもらった。

ちょっとでも何かあれば、レティシアはすぐお部屋に転送するから、と言われているので、レティシアはとてもとてもとても大人しくしている。

「偉いねえ、ちっちゃいのに。王弟殿下の花嫁様もその子くらいなのに、一人でお嫁に来たらしいよ。そんで来るなり、うちの王太后様に意地悪されて、王弟殿下の為に、怒ったらしいよ！　それを聞いて、俺はもう、見る前から、その威勢のいい、サリアのちいさい姫さんを気に入っちゃったね！　結婚式の日はうちでも祝いのケーキ出すよ！　あんたらも暇ならおいでね！」

ええええええ！

まだ見ぬレティシアを気に入ってくれてありがとうだけど、なんでおじさん、そんなの知ってるのー！

いやーん!!

「…………!!」

「ちょ、笑いすぎですよ、フェ……、フェザーン」

フェリス様の笑い上戸がこんなとこでまで発動を……。

レイが名前を変えて咎めてる。

「そんなの何処から聞くんだい、親父さん？」

「ん？　そりゃ王宮出入りの商人もいるからねぇ。何でも筒抜けだよ。イケメンのフェリス様が優しいからって、陛下のかーちゃん意地悪しすぎなんだよ」

「陛下の……か」

おじさん、笑いのツボに嵌まってるフェリス様が笑いすぎてお腹苦しくなっちゃうわ。

「俺なら義理でも、あんな竜王陛下似の息子が、あんなにかしずいてくれたら、可愛がっちまうけどなあ。女心は難しいよなあ。だからって、無実の王弟殿下を謹慎はねーよなあ」

せ、せっかく陛下が一日で解除しても、それはやっぱバレちゃってるんですか……。

「王弟殿下がよくないことでもしたのでは？」

もー、フェリス様、何で自分を悪者にするの？

額に、お人好しすぎ！　って書いて貼り付けますよ！

「ねーよ！　だいたいが王太后を怒らせた、竜王剣の噂って、何だよ？　三度の飯よりディアナの噂話が好きなオレらが知らねー噂なんてあるかよ？　そもそも誰かが、ありもしねー噂の話で、うちの気のいい陛下と王弟殿下を嵌めたんじゃねーか？」

「もともと、竜王剣の噂などない……？」

レティシアとフェリスとレイは、憤慨するヴィロンの主人の顔を見た後、三人で目を見交わした。

竜王剣の噂を、ここ数日の王宮の事件さえお見通しの、このいかにも噂好きのヴィロンのおじさんが知らない？　じゃあそれは何処で流布されてるんだろう？

もちろんディアナは広いから、ここのヴィロンのおじさんが知らなくても、別の場所で広まっているとも考えられる。

竜王剣の噂が広がることで、もし得をする人がいるとしたら、それは誰なんだろう？

『陛下が竜王剣を抜けない』『竜王剣を操れぬ者にディアナ王の資格はない』

この噂で王太后様はフェリス様をお怒りになったけど、フェリス様はそんな噂知らなかったし、王太后様の八つ当たりで謹慎の憂き目に……なので、フェリス様は得をしてない。

ヴィロンの御主人は、国王陛下も王弟殿下もはめられたのでは？　と……。

どちらにしろ、誰かの見えない悪意が、フェリス様や陛下に触れて来るようで嫌だ……。

悪意というのは気づかないところに潜んでいる。

それをレティシアは父様と母様が亡くなってから知った。

それまでレティシアの世界には悪意はそんなにたくさん存在してなかったので。

「……………」

頂いた林檎ジュース甘くて美味しかったけど、何だかしゅんとしていたら、フェリス様の手がレティシアのほうに伸びて来て、ぎゅっと手を繋いでくれた。

フェリス様の手は父様の手とも母様の手とも違う。

父様や母様の手はなんだかレティシアの一部みたいな気がしてたけど、フェリス様の手はレティシアとぜんぜん別のものでありながら、安心感をくれる。

「王弟殿下も国王陛下も嵌めて楽しい人間なんて、いるんだろうか？」

フェリスは安心させるようにレティシアの手を繋ぎつつ、穏やかにヴィロンの主人に水を向けている。

「そりゃー生粋のディアナを愛するディアナ人なら、そんな不届きな奴ぁいねーと思うけど、世の中、いろんな奴がいるから……レーヴェ様を邪神扱いする奴までいるんだぜ。あんな腹立つ奴ら、ディアナから出てってほしいわ……」

「ああ、オレたちも、一昨日、広場で、神の絵を焼こうとしてる坊さん見たな。ああいう奴ら多いのか？」

「いやな奴らだろう？　バチでもあたればいいのに。多くはないけど、最近増えてるというより、あいつら、仲間を増やそうとしてるのが腹立つわ。とっととリリアの神のお膝元ガレリアに帰ってほしいわ。この辺りにあの罰当たりな奴らの溜まり場できてて、ここらの治安が……」

「……その溜まり場というのは、どのへんにあるんだ？」

「お客さん、あんなとこに行っても、ろくな仕事見つからないぜ。あいつらも何かと人集めてるけど……詐欺みたいな仕事させられるのがオチだぜ。急場の仕事でも、もっと、いいとこで職探ししな」

「いや、ただの興味本位だ。職探しではない」


「レティシアは、そろそろ眠くない？　邸に帰って、レティシアはくまさんと眠るのはどうだろう？」

「私、ちっとも眠くありません。お留守番のくまさんには自宅警備をお願いしてあります」

ヴィロンの主人から教えてもらった、レーヴェを邪神扱いする者達の居住区へ向かう道すがら、フェリスはレティシアを家に帰したくて仕方ないようだ。

「レティシア、僕の言うことを聞いて……」

「フェリス様は私に触れてると魔力が湧いてくるって仰いました。危ない場所に行くなら、私がご一緒した方が安全だと思います」

足手まといなことくらい、レティシアにもわかっているのだけれど、レティシアとてフェリスとレイが心配なのだ（正確に言うと、レイはとても如才がなさそうなので安心なのだが、フェリス様が心配なのだ）。

「……。じゃあ、せめて僕から離れないで」

こんな鼠や、さまざまなよからぬ生き物がいそうな、薄暗い汚い路地を歩かせるのも本当は気に入らない、と言いたげなフェリスに、レティシアは肩に抱き上げられてしまった。

ええええ、どうしてなの、どうしてここで突然、地面が遠くなっちゃうの、とレティシアはフェリスの肩に縋りつく。

フェリスがこの貌で黒い衣装着て無表情でいると、本当に何というか物語の魔導士みたいだ。

「……私、我儘ですか、フェリス様」

「とてもね。でも、レティシアは僕に我儘になれと言ってたし、レティシアも僕に我儘を言っていいんだよ。……いまみたいに、危険のあることでさえなければね」

フェリス様の理論は相変わらず独自である。

「私も、フェリス様に我儘言っていい……？」

それは考えたこともなかった。

フェリス様には、もう少し我儘に生きてもらいたいと思ったけど。

でも、確かに、人生二度分あわせても、親以外に（何なら親以上に）、こんなにレティシア（雪）の我儘をきいてくれる人は見たことがない。

困らされてばかりに見える王太后様への対応を見てても、基本、フェリス様という人は自分の家族と思ってる者には、異様に甘い人なのかも知れない……。

「もちろん。レティシアは僕の妃なのだから、僕に言わずに、誰に我儘言うの？」

「……だれも、私のわがままなんて、聞いてくれないです、フェリス様以外……」

夜の闇も降りて来る、治安がよさそうに思えない路地で、赤面してる場合ではないのだが、貌が赤くなってしまった。

「そうかな？　そんなことないと思うけど……レティシアが、僕に一番、我儘言ってくれたら、僕は嬉しいけどね」

フェリスは、レティシアの足が汚れた地面に触れて汚れるのが嫌だったのか、レティシアを抱え上げてから、少し機嫌がよくなっている。

「フェリス様。こんな路地でレティシア様を口説かないでください。そういうことは、御邸にお帰りになってからゆっくりお願いします」

レイの呆れた声がする。

「口説く？　話していただけだ。……ああ、いや、ずっと、家に帰るように口説いてはいるか……」

「それは聞こえません」

ふるふるとレティシアは首を振った。リリアの僧の詠唱だろうか？　ディアナではあまり聞きなれない男たちの低い祈りの声が、夜の闇を縫うように聞こえて来て、有難いというより不気味だったけれど、フェリスの腕に抱き上げられていたので、一人で歩いていたときよりは怖くはなかった。

「フェリス様……、何か、わたしたち、透けてきました……!?」

「うん。危ないし、ちょっと他の人に見えなくしてみた」

これは、姿を隠す魔法なのかな。

レティシア、レイ、フェリス様の姿を、ここにいるけど、見えなくしたみたい。
レティシアの姿も見えなくするのに、フェリス様とレティシアがくっついてるほうが、簡単だったのかな……？

それならそうと言ってくだされば、抱き上げられても、びっくりしなかったのに？

「あっと言うまに、王弟フェリスは謹慎を解かれて、婚約者と婚礼前の旅だと……？　どうなってんだ、この国は。ディアナ王は、美貌の王弟に懸想でもしてるのか？　甘すぎるだろう！」

篝火の下で、リリア僧らしき人達が、何かボソボソ話してる。

聞きたいけど聞こえないーと思ってレティシアが懸命に耳を澄ましてたら、フェリス様が、魔法で細工したのか、急によく聞こえる音量になった。

陛下がフェリス様に懸想してたら、異母兄弟の因縁渦巻く近親相姦ＢＬになっちゃうけど、そんな闇の気配はかけらもなかったわよ（あんまり詳しくはないけど、レティシアは現代日本人だったから、ＢＬも知ってるよ〜）。

陛下のフェリス様への陽だまりみたいな溢れる愛は感じたけど。

「王太后は常に王弟に厳しいが、マリウス王とフェリス王弟の関係は良好だ。あれがずっとディアナ攻略の壁だな。この七年のあいだも、あの兄弟に亀裂さえ入れれば、もっと早くに……ディアナは……」

マリウス陛下とフェリス様が仲がいいのが、ディアナ攻略の壁……？

ん……？

この人たち、なんだか凄くとんでもないこと言ってない……？

「……フェリス様……」

「ね？　レティシアに聞かせたいような楽しい話じゃないから……」

まるでフェリス様は、今夜の薔薇のマカロンは出来が悪い、とでもいいたげな顔をしている。

「私にはお菓子の話しかわからないから？」

「そんなこと思ってないけど。これからお嫁に来てもらう大事な姫に、何か不穏な話聞かれて、怖がられても嫌じゃない？」

不思議。あのよそ者らしき男の人たちが、何かよからぬこと言ってても、フェリス様はとても冷静。王太后様に嫌なこと言われてるときみたいに、惑乱してない……。

「うーん。悪だくみをする知らない人より、王太后様のほうが怖いです」

王太后様の振る舞いのほうが、あなたをより傷つけるから。

「それは、そうだね」

フェリス様がレティシアの耳元で声もなく笑うからくすぐったい。

「あんな綺麗な顔して、しぶとい男だよなあ、あの王弟。あのおっかない王太后に、さっさと、手打ちにでもされときゃいいのに」

何言っちゃってくれちゃってんのよ!!

殴りたい、この、ガラの悪いリリア僧たち!!

「さすが邪神の僕だよなあ……、国王が竜王剣抜けないって話は、よかったと思うんだけどなあ、ディアナの国民と来たら、なかなかこっちが乗せようとしても、話に乗らないし……」

「あれって、元ネタはちゃんとあるのか……？」

「さあ？　オレはそこまで聞いてないが、嘘でも本当でも、ディアナ王家に不和を起こせさえすれば、成功だろう……」

蒼い炎が、レティシアを抱いてないフェリス様の左手の上で燃えている。

ああ、これは、マーロウ先生が、ディアナの民は苦手な人が多いって言ってた火の魔法？

フェリス様は水神の家系の王子様だけど、火の魔法も使えるんだな……。

竜王陛下とレティシアとくまのぬいぐるみ

「邪気がひどい。僕の綺麗なレティシアが穢れる」

レティシアによるフェリス様を困らせての大冒険の、その夜の最後の記憶は、フェリス様のその一言だった気がする。

フェリス様的に、レティシアの諸々の安全面での納得がいかなくなって、レティシアはくまちゃんの待つベッドに強制送還されちゃったみたい。

よく考えると、くまちゃんの安眠効果を信じないわりには、くまちゃんを本宅から持ってきといてくれたのねフェリス様……と。

（レティシア、フェリスがレティシアのお願いに弱すぎるからって、あんまり我儘な悪女になっちゃダメだよー）

（我儘な悪女！　人生二度あわせても、縁のなさそうな単語！　物語のなかの人みたい！）

おうちに帰ってきたら、笑いを含んだ精霊さんの声がした。

ふかふかのベッドの中で、くまちゃんに抱きつきながら、優しい精霊さんとお話した。

だからあれほどレティシアの部屋にレーヴェの肖像画は飾るなと……と歳若い当主は不満に違いない。

（精霊さん。我儘悪女は反省しますから、フェリス様のこと守ってあげてくださいね）

（うん。あの程度のことなら、ほっといて、あいつ、ぜんぜん大丈夫）

確かに、フェリス様、王宮から一歩も出なそうなお貌なのに、何だか慣れてたな、お忍び歩き……。

（それにしても、あの人たち、うちの大事な竜王陛下を邪神扱いして、勝手にフェリス様のおうちの不仲願って、もー!!　む、か、つ、くー!!）

むー!!　と目を閉じて、くまちゃんを抱き締めたまま、レティシアはパンチとキックを蹴りだしている。

優しいサキが見ていたら、可愛い愛しい姫の寝相とお行儀を心配するに違いない。

（レティシアの知ってる竜王陛下は邪神じゃない？）

尋ねる声は、まるで甘えるようだ。

（邪神じゃないよ！　竜王陛下、いつも優しいもの！）

（役立たずじゃない？　竜王陛下、レティシアの大事なフェリスの為にも何にもしてやれないし……）

（うーんとね。神様が全能なら、私のお父様もお母様も、界を変えてまで、二度も若くして死なないと思うの。四人とも悪のかけらもない善い人たちだったもの。……でも、竜王陛下は全能じゃなくても、そっくりな末裔のフェリス様の心を遠くから守ってくれてるよ。ディアナの普通に働く人達の心も守ってるよ。それでいいと思うの。フェリス様はいつも、レーヴェならこんな風にするかな、レーヴェならこう言うかな、って竜王陛下がお手本なんですって！　……偉大なお手本過ぎるよね。……いつもね、フェリス様、竜王陛下と張り合って可愛いの）

竜王陛下は意外に近いところで若い二人の行方を見守ってるのだが、それはレティシアのまだ知らぬことである。

（フェリス、可愛いの？）

（うん。凄く可愛いの。フェリス様、竜王陛下が大好きで、でも、竜王陛下と張り合ってやきもち妬いたりするの。神様と張り合わないよね、普通……うちのフェリス様、可愛すぎるの）

（レティシアも可愛いすぎるよ。可愛い子なうえに、うちのフェリスを可愛い扱いするあたり、大物だと思うね……）

（わたし？　わたしは可愛くも大物でもないけど、毎日フェリス様とお話してて楽しいから、ディアナに来られて幸せだよー竜王陛下ありがとうなのー）

くまちゃんとゴロゴロするレティシアの金髪を、レーヴェは愛し気に撫でた。

竜神レーヴェは優しい神様だと言われてるけど、それはレーヴェがずっと人に愛されてるからだと思う。

神というのは、人の心を写す鏡のようなところもあるから。

魔法使いの十五歳の少年は、十七歳になり花嫁を娶る

「噂は恣意的に撒いていたものの、ディアナ人はノリが悪かったというのはいいね」

フェリスは暗闇の中で微笑みを浮かべる。

瘴気が渦巻いていて、それがレティシアに近づくのが嫌すぎて、家に強制返送してしまった。

レティシアには、帰ってから、怒られよう。

そもそもこんなところに連れて来るべきではなかったのだが、レティシアにも今回の件でとても迷惑をかけてるので、彼女の願いを無下には断りにくく……。

「ディアナ人はよそ者の話にはなかなか乗りません。ましてや竜王陛下の竜王剣とあれば。たとえ真実でも、うるせぇ、勝手に俺たちの竜王陛下の愛剣の話してんじゃねーよ、帰れよ、がありそうな話です」

「レーヴェの剣、か……」

噂の剣を、一度見ておきたいな、と思う。

いやでもかまわないほうがいいのか、義母上の安らかな御心のために。

レーヴェの剣で、いまは兄上の剣。

ディアナの大事な国守りの剣だ。

「リリア僧は、リリア神殿の意図で動いてるのか、ガレリア王の意図で動いてるのか……」

「ガレリア王は一時期、フェリス様に御執心でいらっしゃいましたよね」

「僕が期待にそわなかったので、いまや憎さ百倍かもしれない」

冷や飯ぐらいの王弟などしていると、要らぬ助力を申し出てくれる人が、国内にも国外にも多々いる。

それを想うと、義母上が日夜不安におかしくなるのも無理はないのかも知れない。

二年前「あなたこそ王に相応しい。フェリス王弟殿下、余の軍はいつでもあなたの力となる」とガレリア王から謀叛を誘われたことがある。

甘言に乗れば、ディアナをガレリア王に売るようなものだ。

フェリスがいくら義母上の苛めに日々辟易していても、そんな気になる筈もない。

レーヴェ似の天才少年と囃し立てられたとて、しょせん大した後ろ盾もない十五の少年。

鬱屈も溜めていて、容易くこちらの思い通りにできるはずだ、と侮られたのだと思う。

無論、フェリスは断ったのだが、「何故だ？　愛しいディアナが欲しくはないのか？」と不思議がったガレリア王の顔が忘れられない。どうしてあんな他人から、我らの大地を、我がディアナを貰う必要があるのか。ああ、思い出しても腹が立つ。

世界はもちろん、うちのレティシアみたいに、綺麗な成分だけでは成り立っていない。

（汚いものが溢れかけたときに、たまに綺麗なものを見つけては、癒されるくらいの配分だ）

そんな個人的に不愉快な経緯もあるので、ガレリア王の動向は気にかけていたし、リリア僧の動きも牽制していたのだが……。

「捗々（はかばか）しく進まなかったものの、風説の流布は、陛下への民の不信を募らせて、僕と陛下との不仲が望みとはな……」

この瘴気は何処から来るんだ？　何かおかしな違法な香でも焚いてるのか？

と、老朽化している建物の地下へとレイとフェリスは降りていく。

「それにしても、こんなに易々と僕達に侵入されていいのか？　ここには結界を張れるほどの魔術師はおらぬのだろうか？」

他人事ながら、不用心だな、とフェリスは思う。

ちなみに、フェリス居住の邸の類は、そこまでしなくても……くらい防御の呪文がかけてある。

「お忘れかも知れませんが、我が主様はディアナで最高峰の魔導士でいらっしゃいます。ディアナでフェリス様がお行きになりたい場所に、誰がどんな結界を張っていようと無意味かと」

淡々とレイは褒めるともなしにフェリスを褒めている。

我が家の当主が性格に似合わず、最強の魔法の使い手でなければ、レティシア姫の同伴など、危ないので絶対に反対する。

「そうかな？　でも僕の魔法はどちらかというと、戦闘用より探究用だから……」

少年のころ、わからないことだらけのこの世界の秘密が少しでもわかればいいのにな、と魔法を学んでいた。

いまも何も世界の謎など解き明かせてないけど、魔法とともにあるときは、言葉の通じる友とともにあるようで、フェリスは少しは呼吸がしやすい。

「人情として、後ろ暗いことはやはり地下深くでするものなのかな？」

「単純に目立ちたくないのでは……」

「地下に降りると、侵入者があった場合、逃げ場がない気がする」

「そうですね。予期せぬ侵入者の過激な性格を踏まえて、防犯を考えたほうがいいかも知れません」

相変わらず、穏やかなレイの言葉。

「レイ。何か語弊がなかったか、いま？」

「どうでしょう？　レティシア様がお傍にいらっしゃるとフェリス様は大変お優しいので、レティシア様がお帰りになったことは、こちらの方にとっては不運なことではと……」

地下部分二階にまで降りると、たくさんの悲鳴やうめき声が聞こえた。

「ここから出してください！　家に年寄りが二人いるんです。働き手が俺しか……！」

「帰して！　お父さんとお母さんのお金も返して！　リリア神の救いなんて嘘ばっかり！　あんたたちなんかただの詐欺師じゃない……！」

地下二階はいくつかにわかれた牢になっていて、比較的、若い年代の男女が捕らえられていた。

どういうことなんだろう？

打倒、邪神レーヴェ運動にしては、やってることがおかしすぎないか？

「聞け！　哀れな迷える子らよ！　そなたらの罪を、リリアの神は全てお許しになる！　そなたらは邪神に仕えたその身の罪を、正しき神の為の、これからの労働で濯ぐのだ……！」

どう見ても善性を感じないリリアの僧が、声高に叫んでいる。

「おかしな演説と、風説の流布だけでなく、人さらいまでしてるのか？　いったい、どういう了見なんだ？」

フェリスは眉を寄せた。行方不明者の話はいくつかあがってきていて、リリア教に熱狂して、家族を置いて外国へ行ってしまったのだろうか？　と推察されていた。だがこれを見る限り、自由意志ではなく、あきらかに誘拐だ。

「……何者だ!?　逃亡者か？　神を畏れよ！」

「そなたこそ、少しは神を畏れたらいかがか？」

文句を言おうと、フェリスは姿を現した。文句も言わねばだし、我が国の若者も助けないと。

(若者といってもフェリスより上のものも下のものもいろいろ捕らえられているようだが)。

リリアの神に詳しいわけではないが、勝手に人さらいの理由にされては、リリア神も気の毒だろう。

レーヴェなら間違いなく、怒る。

「……誰だ!?　な、おまえ、その貌……邪神レーヴェ……!!」

リリア僧が、フェリスの貌を見て、絶句している。

ああ……これたぶん、暗闇で見ると、怖い貌だろうな、我ながら。

ディアナの若者たちが勝手に拘束されていたのを知って、機嫌も悪いし。

レティシアがいたら、また心配して、ぎゅっとフェリスの手を握ってくれそうだ。

「そう。そなたの嫌いな邪神だ」

もしやこれはレーヴェに誤解されといたほうが、よいのだろうか？　とフェリスは不埒なことを想っている。邪神の国で、邪神を怒らせたと勝手に怯えてくれるだろうし。

「邪神レーヴェ⁉」

「まさか……そんな‼」

神の名で悪事をしている者でも、いにしえの邪竜は怖いのだろうか？

レーヴェは、ディアナのなかでは微笑ましい逸話中心に語られてるけど、外国の逸話では、不敗無敵のやたら勇ましい竜になってるしな……。

絵姿も少し違う。外国で見るものより、ディアナのレーヴェのほうが笑ってる肖像画が多い。何なら、外国で見かけるレーヴェのほうが、無機質な美貌で、いかにも神様らしいかも知れない。

「レーヴェさま……？」

「ち、ちがうよ、金髪だもん、王弟殿下だ！　フェリス王弟殿下‼」

リリア僧たちは邪神レーヴェと誤解して怯えてくれたが、さすがに牢の中のディアナっ子たちはレーヴェとフェリスを間違わないらしい。

「王弟フェリス⁉　なら、神でなく人か⁉」

せっかく恐怖に怯えてくれてたリリア僧が、やや正気を取り戻してしまった。

残念だな。

もうこのまま、レーヴェの呪いで片付けようかと思ってたのに。

(怒らないだろうし、レーヴェ。怒るかな?)

「なんと? 王弟殿下がこんなところに御一人でお越しとは……」

リリア僧から引き攣ったような笑いが漏れる。

邪神レーヴェの顕現でなくて生身のフェリスなら、飛んで火にいる夏の虫とでも言いたいんだろうか?

それは、相手を甘く見すぎだと思うし、僕は一人ではないんだけどな。

「ようこそ、フェリス王弟殿下。まさかディアナの王族たる方が、勝手に他人の館に忍び込むとは……やはり先代ディアナ王を狂わした寵妃の王子ともなると、行儀作法が違いますな」

「気にかかることがあって、尋ねたいと思ってな」

普段、フェリスがある程度、品行方正を保っているのは、己の為というよりは母の為である。

フェリスの行いで、天上で微睡(まどろ)む母が、悪く言われるのが嫌だからだ。

そして宮廷などというところは、そんな下品なことをしたい人がたくさんいる。

それにしても、かりそめにも僧侶なのに、そんな物言いはどうなんだ?

人柄の悪さ、口の悪さに、信者の人は傷つかないのか?

「何のお尋ねでございましょう?」

「どうして、ディアナの者がここにたくさん囚われているのか?」

「これは我らが信者であり、罪を犯した者たちでございます」

「ちがいます、フェリス様！　私たちはリリアの信者なんかじゃありません！　私たちは生まれてから死ぬまで、死んでもレーヴェ様の子です！　助けてください！　ディアナで生きてディアナで死にたい！　ガレリアなんて地の果てに行きたくありません！」

「王弟殿下、その嘘つきリリア司祭の言う嘘を聞かないでください！　御身に気をつけて！　そいつらはおかしいんです！　オレたちをここから出して……！」

「王弟殿下が助けに来てくださった！　さすが、レーヴェ様の愛し子！」

フェリスが今夜ここに来たのは別件だったのだが、この者達も何処かに移動させられる前に見つけられて、本当によかった。

「全力で否定してるようだが？　そなたの国でどんな自由があるのか知らないが、ディアナでは、神の名において、他人を拘束する自由など、誰にも認めていない」

「……、ええい、黙れ、黙れ、黙れ！　不法侵入と、神聖冒涜の罪で、ディアナ王弟を捕らえよ！」

リリア僧の言葉に呼応して、剣を持つ者が複数、降りてきた。

「フェリス様！」

「説教でなく、剣で話を収めようなんて、そなたには僧侶としての誇りはないのか？」

「邪神の化身に説教なぞ通じるものか！」

「やってみなきゃわからんだろうに。何の努力もしない男だな。……我が剣よ、我が許に」

魔導士衣装にしたこともあって、フェリスは剣を帯びてなかったので剣を呼んだ。

フェリスの手の中に、光と共に剣が現われたので、相手方はぎょっとしている。

「フェリス様！」

レイと背中をあわせて、向かってくる剣士を斃していく。

ディアナの剣は細めの鋭利な剣なのだが、相手方の剣は武骨なガレリアの剣だ。

この地のものではない剣……。

剣を交わしながら、生まれてから死ぬまで、死んでも、レーヴェ様の子！　と叫んでいたのがディアナの娘らしくて、そんな場合じゃないのに微笑みそうになってしまった。

ディアナで生きて、ディアナで死にたい。

そうなのだ。

ときどきフェリスも、義母上の為にもう何処かよそに行ってあげたほうが……と思いながら、ディアナを捨てられなくて、日々、生き辛いなりに、ここで生きてる。

生まれた国を愛してる。

生まれた土地を愛している。

竜の神レーヴェに愛された、美しいこの国を愛してる。

だから、何人（なんぴと）たりとも……、何処の国の王だろうと、何処の地の神だろうと、外部から、ディアナへの干渉は許容しない。

「……え、レーヴェ神!?」

フェリスと切り結んだ若者が、ぎょっとしている。

うーん。毎日、上の者に言われて、撲滅活動に励んでるレーヴェ神が、怒って化けて出てきたのか⁉　と思ったら、確かに足は竦むかもな……。

「ちがう、それは邪神レーヴェではない！　現ディアナ王弟だ！　ただの邪神の下僕だ！」

いつから僕がレーヴェの下僕に……。それならレーヴェの愛しい子のほうがまだマシだ。

「王弟……⁉　サガン様、そんな大物……」

急に呼び出された戦闘員は困惑気味らしい。

「この者を捕らえよ！　生け捕りが好ましいが、無理なら、死体でもかまわぬ！」

「もの凄く雑に扱われているな」

生け捕りでも死体でも、とは、どういうことだ。

「フェリス様、こちら侵入者の身ですから……」

「……ガレリアの魔香を焚け！　王弟と供の足をとめろ！」

「それは多用を勧めないぞ。しまいに幻覚で狂い死ぬ」

ガレリアの魔香は、魔とついてはいるが、魔法薬ではない。植物の葉から精製される名の知れた幻覚剤だ。痛み止めや、医療用にも使われるが、使い方によっては、他人を意のままに操れるということで、悪用する者もいる。少なくとも、僧侶が病人の治療目的以外で使うべきものではない。

「さよう。どんな豪傑も理性を保つのは難しいと言われる魔香です。フェリス殿下が従順になられたら、さぞやお可愛らしいでしょう」

むしろ目の前の若者の剣より、魔香より、このリリア僧の邪悪な笑みにゾッとする。剣を使う者たちからは、僧たち程の悪意は感じない。レーヴェへの畏敬の念でとてもやりにくそうだ。

この建物ごと吹き飛ばして、さっさと家に帰……ではなくて、牢にいる者たちの安全も確保しないといけないから……。

「ディアナの水よ。悪しき魔の香から、火を遠ざけよ。我がディアナの民を守れ。……異国から、我が地へ来たりし、この礼儀知らずどもの足を阻め。忌まわしきこの鉄の檻の鍵となりて、ディアナの子らを解きはなて」

剣には剣で応じるか、と思ったけど、そうもしてられない。

フェリスが詠唱を始めると、天から地から、空間から、清浄な水が彼の言葉により召喚され、それぞれに役目を帯びて、意志を持つかのように動き始めた。

水の神の末裔なので、水は最もフェリスに近い。

それに、普段、ここでこのリリア僧たちが何をしてるのか知らないが、この建物に吹き溜っている瘴気が、清らかな水が召喚されたことで、やや浄められ、フェリスも少し呼吸が楽になる。

普通の人間より感度のいい方なので、気が淀んだ場所所は、普通の人より居心地が悪い。

「げ……ほ……っ」

「何だ、この水……っ」

「ひ……半年は焚ける魔香が……！　これで首が飛ぶ……！」

魔香に火をつけようとした者ごと、香木も、香の器も、水浸しになる。

もともとこの牢自体でよく魔香を焚いていたようだ。剣を持った者は冷たい水の手に剣を奪われ、足を掬われ、床に倒されていく。

「鍵が開いた……！」

水が触手のように蠢いて、牢の鍵穴のかたちを把握し、鍵を開錠していく。

「レイ。ディアナの子らを、牢から出して、階上へ案内を」

「ですが、フェリス様を御一人にするのは……」

戦闘となると、レイよりフェリスのほうがいろんな意味で強いのだが、さすがに心配性の従者はフェリスを一人残すのは納得しない。レイはディアナの一般の人も可能であればお守りするが、フェリスの安全が第一である。

「じゃあ、僕の用事も手早く済ますか」

捕捉しようとする水の触手から、ヨタヨタと、階上へ逃れようとするリリアの僧たちをフェリスは眺める。サガン、と呼ばれていた、あれがここの代表であろうか？

「……リリアの美しい、賢い剣たちよ。狭量な主を捨てて、我の意志に従え。……あの卑怯者なリリア僧どもを、そなたらの力で縫い留めよ」

水の手で床に落とされた剣たちが、フェリスの詠唱に呼応して、いっせいに、その逃れようとするリリア僧たちを追い出した。

「な、な、……化け、もの……！　こんな……、人間じゃない……！」

「お助けを……レーヴェ神の化身よ、慈悲を!!」

「失礼な奴だな。そんなにひどいことはしてないと思うんだが？　……サガンとやらよ、誰の命で、竜王剣の噂を撒いたんだ？　リリアの神殿の命か？　ガレリア王の命か？　それが聞きたいんだが」

何も火あぶりにしてる訳でもないんだから、優しいと思うんだが。

「し、知らな……許して……許してくれ」

下卑た笑いを浮かべていた老人は、醜く、怯えている。

「知らぬことはあるまい。言えぬなら、邪神の化身としては、おまえの脳に直接聞くが、構わないか？　僕はどっちでもいいぞ？」

フェリス様はレティシア様といらっしゃるとお優しいので、レティシア様が帰ってしまわれたのは、ここの方には不運ですね、というレイの言葉は、厳粛な事実なのである。


(……化け物!!)

魔法は人も使うから、魔法を使ったくらいで化け物扱いは不当だと思うのだが……。

(フェリス様にはお教えできることがありません、私よりずっと巧みに魔法を扱われます……基本の呪文すら、必要ない……まるで、万物がフェリス様の意に従うがごとく……)

最初は、そういうものなのかと思っていたのだ。

誰でも望めば、水や火や風や土が、望みを叶えてくれるのかと。それを魔法と呼ぶのかと。

途中でそういうものではないと気づいたのだが……。

「フェリス様は、私が逢った中で、一番美しくて、一番優しい方です」

レティシアの言葉が、まるで優しい呪文のように、フェリスを守っている。

人の心とは不思議なもので、「化け物」と言われると「化け物」のような気がするし、「優しい人」と言われると「優しい人」になれる気がする。

まるで、己という存在に対して、他者から与えられる言葉に、呪文をかけられるように。

どう考えても、本質的には、化け物のほうが近そうだが……。

ああでも、それは、レーヴェからも異論が出そうだな。

（は？　何言ってんだ。化け物じゃないぞ。こちとら神獣の末裔だ、と蹴とばしてやれ、そんな奴）

レーヴェはもともと人じゃないから、人でありたい、とか、人にどう思われるかに拘らないから……。

レーヴェみたいに、自分に自信を持ちたいな。

千年の孤独も何処吹く風の、元気なうちの竜神様（愛されまくってはいるので孤独ではないのか）。

「……レティシア」

レティシアはちゃんと寝たかな、と気になっていたので、フェリスは、レティシアの部屋に転移で戻った。

断りなく寝室を訪れるのは、婚約者と言えど、ルール違反だと思うが、眠っていたらいいのだけれど、勝手に家に転移させたこと、拗ねてないかなと思って……。

「……眠ってる？」

レティシアはくまのぬいぐるみを抱えて、ベッドで寝息を立てていた。

さっきまで瘴気渦巻く牢屋にいたことを想うと、まるで天上にでも戻ったような気分になる。

そして、レティシアが怒らずに眠っていてくれて、安心半分、寂しさ半分。

我ながら、我儘だ。

眠っていてくれてよかったのだけれど、レティシアの声で名を呼んでもらいたかったようだ。

「……ん、……や……!!」

レティシアが魘されている。悪夢を見ているなら払ってあげようとフェリスが指を伸ばすと、ぎゅっとレティシアに手を掴まれた。

「フェリス様、あぶな……!!」

レティシアは僕の夢を見てるのか、とフェリスは驚く。

どうやら、夢の中のフェリスも、レティシアに心配をかけているようだ。

こんなにちっちゃいのに、僕の為に苦労をかけて申し訳ない……。

「……ダ、メ……、フェリス様をいじめないで……! ……あ、れ……?」

どちらかというとフェリスはさっき意地悪をしていた方だが、レティシアの夢のフェリスは誰かに虐められてるらしい。

「……フェリス様……?」

人の気配を感じたのか、レティシアが白い瞼を震わせ、琥珀の瞳を開いた。

「ただいま、レティシア。起こしてしまってごめんね」

起こさないで悪夢を祓ってあげたかったのだけれど、レティシアの声で名を呼ばれると、やはり嬉しい。

「お帰りなさーい、フェリス様」

にこっと微笑って、きゃあきゃあと、レティシアの腕がフェリスのほうに伸びてきた。

え……と。

寝惚けてるのかな？

レティシア起きてるのかな？

「フェリス様、怖い目にはあいませんでしたか？」

「うん」

嘘はついてない。嘘は。

フェリスは、ちっとも、怖い目にあってない。

向こうは、化け物みたいに、フェリスを怖がってたけど……。

そういう意味でも、レティシアを帰しておいてよかった。

リリアの司祭に怖がられても、フェリスの人生に何の問題もないが、レティシアには怖がられたくない。

「ぎゅーって……」

「ん？　ぎゅーってして欲しいの？」

「いえ。頑張ってらしたフェリス様を、私がぎゅーってしてあげたくて……」

フェリスを慰労したいという意欲はあるようだが、レティシアは半分寝惚けてるらしく、力が入らないらしい。

「届きません、フェリス様」

「え……と」

レティシアのたよりない腕に引っ張られるままにしてると、レティシアの上に覆いかぶさってしまう、とフェリスは困っている。

「もう少し、近くに来て下さい」

「レティシア、僕、重いから……」

ぎゅーっと抱き締めてあげたいレティシアはフェリスを引っ張るのだけれど、レティシアの上にフェリスが乗ったらレティシアがつぶれちゃうからとフェリスは乗らない。

「重くないですー」

半分寝惚けてるレティシアは、酔っ払い並みに無敵である。

「ダメ……」

どうしたらいいんだろう?

魔法で体重を軽くして、レティシアの気がすむように抱きしめられてあげるべきかな……、それにしてもレティシアを押しつぶしそうで、絵面がよろしくない……。

「フェリス様、何か嫌な事ありましたか?」

じゃれついてくるレティシアが尋ねる。

寝惚けてるとこんなに無敵ってことは、やっぱりちゃんと意識があるあいだのレティシアは、僕に気を遣ってるんだろうな、と。

それが愛しくもあり、ちょっと切なくもあり。

目が覚めていても、安心して、甘え放題に甘えてもらえるようにならないと。

「ん……？　どうして？」

いやなことがあったには、値しないと想う。

あそこにいた者たちがどの程度、知っているのかは疑問だが、とりあえず尋ねたかったことも尋ねられたし、思いがけず、地下牢に捕らえられていたディアナの若者たちも救えた。

万事、いい方向にいったと言うべき……。

「なんとなく……フェリス様から、寂しそうな匂いがするから？」

なかなかぎゅっと出来ない！　遠い！　と不満がりつつ、よしよし、とレティシアがフェリスの後ろ髪を撫でてくれる。義母上の御茶会のときも、レティシアはフェリスの気配が変わるのを敏感に察して、怯えていた。

「レティシア、それ、みんなのがわかるの？　僕のことだけ？」

「え？」

きょとん、とフェリスの問いにレティシアは琥珀の瞳を見開く。

「いろんな人の気が変わるのがわかったら、レティシアが疲れちゃわないかなと……」

「いえ、フェリス様だけです。私がフェリス様のことばかり考えてるからか、フェリス様の気が強いからかどちらかわかりませんが、他の方のことはわからないです」

「そっか。それならいいんだけど……」

魔法省の同窓生に、近くにいる者の感情を、全て読み取ってしまうような子もいて、それは力を制御しないと、物凄く生きにくいので、苦労してた。

不思議な力が使えなくて困る者もいれば、使えすぎて困る者もいる。

「……は！　もしかして、私、勝手に覗き見⁉　痴漢⁉　フェリス様、気持ち悪かったら、ごめんなさい！」

あ。ちょっと目が覚めちゃったかも。

寝惚けてる、無敵なレティシアも可愛かったのにな。

「いや、僕のことだけなら、このまえ、僕が勝手にレティシアのなかに僕の力を入れたせいかも。……だから、たぶん、僕のせい。あやまらないで」

「そうでしょうか？」

おまえの呪わしい力を私のなかにいれるな、とか怒られないのだろうか……？　と化け物としては怯えるけど、レティシアは、ふわふわしてて、幸せそうだ。

フェリスは何年もずっと義母上から否定されてばかりいたので、むしろ、こんなに全肯定の顔を向けられると、どうしていいのかわからない。

レティシアはこんなに僕を信じずに、もっと僕を怖がった方がいいのでは、とさえ思ってしまう。

だって僕は、人に言わせれば、化け物なんだから。

「あのとき、フェリス様が私に力を分けてくださったので、私ずーっと寒かったのが、何だか、あたたかくなりました。ありがとうございます」

「…………？　ずっと、寒かった？　……サリアよりこちらの気温が低いのだろうか？　レティシアの部屋の温度や、ドレスをもっとあたたかく……」

なんてことだ。

僕も女官も、ずっとレティシアに寒い思いをさせてたことに気づかなかったとは……。

「いえ。お部屋やドレスは問題ないと思うんです。お父様とお母様が亡くなってから、ずーっと身体の中の何処かが寒い気がして、それは冬が終わって春が来ても治らないんだなって思ってたんですけど、フェリス様がこのあいだ魔法で治療して下さったときから、その寒さがなくなったんです」

「……？　ずっと氷だの冷たいだの言われてきた僕に、誰かを温かくすることができるとは……？」

「氷の王子とか、冷たい王弟殿下とかは、謂れなき誹謗中傷ですよね！　フェリス様ちっとも冷たくないのに！　もう失礼しちゃう!!」

レティシアは手足をバタバタさせて怒っている。

やっぱり僕は、地下から、天上に戻って来たのかも……。

僕の家に帰ってきて、僕の花嫁さんと話してると可愛いうえにおもしろくて、幸せ過ぎて、笑いが……。

「あ！　フェリス様また笑ってる！　私、何かおかしなこと言いました？」

「レティシアのパタパタする動きが可愛くておもしろくて……」

「私、おもしろくないです！　でもフェリス様の顔色よくなったから、笑ってもらえてよかった、かな……？」

「うん。僕の花嫁さんは可愛いなあ……。家でこんな可愛い人が待っててくれるなんて嘘みたいな話だなあ、と思って、もう寂しくなくなったから、大丈夫」

たぶん明日、目が覚めて、レティシアのことがすべて夢だったと言われても、それはそうだよな、歳は違えど、そんな優しい娘が嫁いでくるなんて、僕の結婚にしては話がうますぎる、ある訳がない、と思ってしまう程度には、長年の蓄積で、斜めに構えてしまうのだが。

君に逢うまでの僕は、どんな風に、呼吸してたんだろう……？

「可愛くはないのです。フェリス様があんまり私を甘やかすので、レティシアは悪女になってしまいました！」

ちっともフェリス様がぎゅっと抱き締めさせてくれない！　これは寝ていてはダメだ！　と思ったのか、んしょ、とレティシアは起き上がって来た。

その、「んんん！」と、起き上がる様子が、またmonths ちゃくちゃ可愛らしい。

「レティシアが悪女に？　いつ？　レティシア、僕を笑いすぎで死に至らしめるつもりなの……？」

「そんなこと望んでません！　私をこの歳で寡婦にしないでください！」

ぷるぷる、ぷるぷる、レティシアが金髪を揺らして、首を振る。

「フェリス様は約束して下さいました。私より先には死なないと」

「うん。……僕は約束を守るよ」

それが、どんな約束でも。

必ず、君と交わした約束を守る。

千年の恋を唄われる、うちの陽気な御先祖様のように。

「フェリス様の守護精霊さんに言われてしまったのです。レティシア、フェリスがレティシアのお願いに弱すぎるからって、あんまり我儘な悪女になっちゃダメだよーって。反省してます」

「……守護精霊……」

あの人、何やってんだ、僕の留守に。

ああでも、レティシアが一人帰されて寂しがってたから、顕れたのだろうか……。

それなら感謝すべきなのか……？

「はい。人生で初めて、我儘な悪女になりました……反省です」

「なってないから、レティシア。変なのの言うこと、真面目に聞いて、反省しなくていいから」

「でも、本当のことです。ちっとも役に立たないのに、どちらかというと足手纏いなのに、連れて行ってもらってしまいました。私の我儘でした」

「……レティシアなりに、行かなきゃ、の理由があったんでしょ？」

危ない場所へのレティシアの同行はフェリスとしても大反対だが、レティシアが反省して、しゅんとしていると可哀想になってしまう。

「はい。私の知らないところで、誰かが、フェリス様を傷つけたら嫌だと思って」

「僕の為？」

「……？　私の為な気がします。私が、フェリス様が傷つくのが嫌なので」

一年前どころか、先月の僕に言っても、絶対に信じない。

サリアから花嫁がやってきて、その娘が、びっくりするほど、僕を幸せにするから、と。

「僕が傷つくとレティシアが嫌なの？」

そんなことって、ありえるものなんだろうか。

ずっと、王宮の誰もが、フェリスが義母上に傷つけられても、それは仕方がないことだと、見て見ぬ振りをしていた。

だから、フェリスが傷つくことなど、誰にとってもどうでもいいことなのだろうと思って、フェリスは成長した。

レティシアが、御茶会で義母上に怒り出すまでは。

「はい。フェリス様の身体はここにあるのに、心が何処かへ行ってしまわれそうで……嫌です」

レティシアは、悲しいことを思い出した、というように、しょんぼりしている。

「私はフェリス様をお守りすると約束したので、もっと強くなって、ちゃんと、何処にでもついていけるようになって、しっかりお守りしたいです！」

むん！　とレティシアは決意も新たに意気込んでいる。

こんな可愛い生きものをおつくりになったサリアの神は、もしかしてレーヴェより偉大かも知れない。

サリア神殿に、レティシアを育んでくれた御礼に、何か奉納しておこう……。

「でも、僕は、危ないところへいくときは、レティシアを隠して行きたいな。心配だから」

「それは私がまだちっともお役に立たないから……」

くすん、とレティシアは肩を落とす。

「いや。たとえば、レティシアが魔法を学んで、凄く強くなったとしても、隠しておきたいかも」

「……？　それは不当です、フェリス様」

「うん、不当だね」

「うんじゃなくて、フェリス様……」

「だって、僕も、レティシアが傷つけられたら嫌だから。何をするかわからないくらいには」

フェリスはレティシアの金髪を撫でる。

あ……なんか、さっき、無駄に消耗した力が、凄い勢いで戻ってくる……。

「フェリス様が心配しなくていいくらい、私、強くなりますから。ちゃんと強くなったら、一緒に行きたいって言っても、我儘な悪女にはならないでしょう？」

「今日も悪女でないから。悪い妖精の言う事は気にしないで。僕のレティシアが可愛すぎて、悪い精霊が妬いてるだけだから」

「悪い精霊さんではないです。いつもフェリス様のお話を聞いてくれて優しい精霊さんなのです。私には推し友がいないので、精霊さんにしかフェリス様のお話ができないのです。貴重な存在なのです」

「オシトモ……？」

オシトモが何を意味するのか不明だが、ほぼレーヴェの言ったとおりになってるのが、何だか腹立たしい。

フェリスには言えない、フェリスの話を聞いてやらなきゃいかん、とか言ってたあの悪い竜！

いつのまに、貴重な存在に成りあがって……。

「あ……。推し友は、同じ方を推すお友達のことです。私はフェリス様を大変推しておりますので、フェリス様を御好きな方とたくさんフェリス様のお話がしたいのです」

僕のことを好きだから、僕を好きな人と、僕の話がしたい……？

う、うん？

ぜんぜん、わからない？

何かそういう姫君の遊びがあるのだろうか？

今度、レイか、レーヴェに聞いてみよう。

僕には、ぜんぜんわからないけど、レティシアは楽しそうだ（何よりだ）。

「レティシア、話し相手は、僕ではダメなの？　僕ではつまらない？」

「え、いえいえ、フェリス様とお話するのは、つまらなくないです！　どなたとお話するより楽しいです！　ただ、フェリス様のここがいいよね、フェリス様のここが素敵なの、ってフェリス様御本人に同意を求めるのは、ちょっと変かな……って」

まあ、確かに。

それでは、僕が、凄い自分大好き人間に……（……それはだいぶ無理があるよな）。

「まあ、僕の話は置いておくとしても、レティシアに同い年位のお話友達も必要だよね。お話相手が僕とレーヴェじゃだいぶ問題が……」

「レーヴェ竜王陛下？」

「……いや、何でも。僕と竜王陛下と精霊さん以外にも、お話相手が必要だよねって……」

「でも、フェリス様、お話相手は、誰でもいい訳ではないのです。心からフェリス様を推してくださる方でないと……、その点、精霊さんは、フェリス様を大切に思ってらっしゃる気配が伝わってきますので、ご一緒にフェリス様のお話をしてて楽しいのです」

「そ……、そうなのか。同じ年頃の令嬢ではダメなのか」

「同じ年頃の姫君とは、私がおかしなことを言ってしまうせいか、あまりうまくお話が弾まなくて……」

しょんぼりするレティシア。

それはそうだな。この位の頃のフェリスのことを考えても、同じ年頃の子とちっとも話があってなかったな。

「でも、ディアナの姫君たちのことも知りたいので、もう少し落ち着いたら、歳の近いディアナの姫もご紹介ください」

「そうだね。レティシアは賢いから、ちょっと年上の姫とのほうが、話があうかも知れないね……レティシアが話し相手が欲しければ、と思っただけだから、嫌なら無理しなくていいよ？」

レティシアの為にと思ったけど、ちっともレティシアが嬉しそうではないので、お友達候補を探すのは見送ろう。サリアで何か嫌なことがあったのかも知れない。

「フェリス様は私が何を言ってもおもしろがってくださるのですが、他の人には、私の話は子供らしくなくておかしく聞こえるみたいで……」

憂い顔のレティシアに、僕の何がそんなに他の者と違うんだ？　と途方にくれてた小さい頃のフェリスの姿が重なる。

やはり僕と似ていると思う、僕のちいさな花嫁さんは。

「レティシアは僕の花嫁なんだから、僕と一番話が合うのは当然じゃない？　この先ずっと、僕達は一番の仲良しになるんだから」

おいで、としょんぼりしているレティシアをフェリスは膝に乗せた。

そんなにレティシアがしょげるなら、可愛らしい女子のオシトモとやらは募集せず、レティシアのオシトモはうちのレーヴェにしとこう（僕の守護霊の優しい精霊ってなんなんだとは思うが……）。

いつの日か、女子会を夢見るレティシア

「妃ならば、社交も必要なのに、私は悪条件の、嫌われ者の王女で、フェリス様に申し訳ないです……」

目が覚めたら、フェリス様が無事にお帰りになってて嬉しい！　と思ったのだけれど、善意でい

っぱいのフェリス様からレティシアにも同い年位の話し相手をと提案されてへこんでしまった。

気をつけてるつもりなのだが、普通の子供とはちょっと違うのか、それとも子供は大人より聡いのか、ちょっと異種なものとして警戒されてしまうのだ。

サリアにいた時だって、レティシアの友達と言えるのは、愛馬のサイファだけだった（そもそもサイファは人類ではない）。

サイファも難しい性格だったので、二人で友達少ない同盟だったのだ。

どうしてるんだろう、サイファ。

サイファ、優秀だから、もう、新しい、誰かの相棒になったのかな。

レティシアとじゃなくても、ちゃんと仲良くできてるかな。

仲良くできてたらいいな。

サイファが、幸せだったらいいな。

でも、サイファが、レティシアを忘れちゃったら寂しいな……。

レティシアのこと忘れないで欲しいな。

ううん、我儘はダメ。

サイファの為には、そばにいられないレティシアのことなんて忘れて、幸せになってもらったほうがいいの……。

サイファの幸せを祈りながら、レティシアも、可愛いお友達を求めて、励まなければ！

可愛い女の子のお友達も、フェリス様の推し友も欲しい（だんだん贅沢に……）。

うん。

人生、諦めてはダメ。

がんばって、ディアナでは友達も作って、いつか女子会するのだ！

「レティシアが好条件の大人気の王女様だったら、僕の義母上は、とても僕にレティシアを下さらなかったと思うよ。変わり者のお姫様だから、僕に薦めてくださったんだと」

「……」

う。

それはそうかも。

レティシアが後ろ盾もなく、人気も財も軍も持たない王女だったから、王太后様はフェリス様の花嫁として選んだのだ。

支援する強い婚家を持たせず、フェリス様を封じ込めるために。

「皆に見る眼がないおかげで、僕は、こんなに優しい可愛い娘を花嫁に迎えられた。望外の幸運だ。僕はあんまり幸運を信じてなかったが、いまは腕の中にレティシアという幸運を抱いてるから信じられる」

「フェリス様……」

レティシア、役立たずすぎて返品されてしまいました、と精霊さんに嘆いてたら、精霊さんが、フェリスはレティシアが心配で仕方ないのと、荒事になるなら、それをレティシアに見られたくなかったんだろー、ちびちゃんに怖がられたくないから、と言ってた。

怖がったりしません、と言ったら、そうだよなあ、あいつ怯えすぎなんだよな、レティシアはフェリスに怯えて嫌ったりしないのにな、と笑ってた。

可愛い女の子の友達も欲しいけど、フェリス様に詳しいこの家の精霊さんほどは、よその家の人には、フェリス様のことはわからないと思う……。

「おかえりなさい。御無事でよかったです」

フェリスの膝に抱き上げられた状態で、レティシアはフェリスをぎゅっと抱きしめた。

たぶん、こうしたら、フェリスにレティシアの元気が流れ込むのでは？　と勝手に考えながら。

「うん。ただいま。僕の大事なお姫様」

額にキスしてもらいながら、レティシアはフェリスに損傷がないか、瞳を閉じて探る。

大丈夫。

あの王太后の御茶会のときみたいに、フェリス様は傷つけられてない。

帰っていらしてすぐは、寂しそうな沈んだ気配を感じたけど、いまは幸せそうかも……？

「レティシア、食事は？　急に出かけてしまって、夕食を二人で食べてあげられなくて、こちらの皆に気の毒なことをしたね」

「本当ですね……！　二人で、明日、朝食、いっぱい食べましょう！」

ハンナから聞いた話によると、こちらの方々はフェリス様の御帰還を、とても喜んでいらっしゃる。きっとフェリス様に美味しいご飯食べさせたかったはず。

「うん。朝食もだけど……お夜食は？」

「きゃー！　いちご!!」

お夜食……？　とレティシアが小首を傾けていると、雨のようにいちごが降って来た。

「あの宿屋じゃ、デザート食べられなかったからね」

「きゃー」

慌てて、手を差し伸べると、レティシアの掌にいちごが落ちてくる。

「いちご狩りみたいです。いちご狩り行ったことないけど」

前世で、冬から春にかけて、よく、いちご狩りの広告が出て来て、通勤の電車で見ながら、いいなー楽しそうーいちごたくさん食べたいーと思ってた。

「いちごは頭上に生る訳じゃないから、ちょっと違うけど……レティシアが摘みたかったら、連れて行くよ、いちご摘み」

「本当ですか？　楽しそう、フェリス様といちご摘み！」

「うん。可愛いと思う、レティシアといちご狩り、可愛いの二乗だ」

レティシアの両手にいちごが溜まった。フェリス様、いちごの雨降らせてくれるなんて、なんて、いい魔法使いなの……絵本に出てきそう。

「フェリス様、いちご、どうぞ」

「それじゃレティシア食べられないよね」

レティシアの掌からいちごをとって、レティシアの唇にフェリスがいれてくれる。

「美味しい？」

「はい！　フェリス様も食べてくださいね」

「うん。……あと、何かな、ケーキとお茶？　薔薇水とかいちご水がいい？」

「あ。じゃあ、薔薇水が……」

「ん」

二個目のいちごをとってレティシアの口にいれてくれながら、薔薇水を召喚したフェリスは、皿がいるよね、と硝子の器も召喚して、レティシアの両手のいちごを綺麗な硝子の皿に収納してくれた。

「あと……、これ、焼いてくれてたみたいだな」

「……桜のパウンドケーキ？」

厨房から召喚したらしいドーム状の硝子の蓋をしたケーキのケースの中には、桜の花びらの散らされたうっすら桜色のパウンドケーキ。

「美味しそう」

「これ、小さい頃も、よくここで食べてたな。夜中まで書類読んでると、女官が持ってきてくれた」

「夜中……小さいのに残業ダメです、フェリス様」

「ざん、ぎょう？」

「あ……。夜遅くまで働くことです。定められた仕事の時間を超えて」

「定められはしないな。五歳の頃から領主だったたから、僕の働く時間は僕の好きにしてた」

「フェリス様は他人の身体のことは労わってくださるのに、自分には滅茶苦茶だって、レイやサキたちが嘆いてましたから。フェリス様の身体も、ちゃんと労わってください」

「……いつのまにそんな話がレティシアに……」

「レティシアも、日々、情報を収集してるのです、くまちゃんとともに!!」

え、濡れ衣です、僕、邸内でスパイはやってません、御主人様、と言いたげにくまのぬいぐるみがつぶらな瞳でフェリスを見上げていた。

「それはくまちゃんは職務怠慢の越権行為だな」

「……？　どうしてですか？」

「僕はこの子に、レティシアの安眠を守る仕事を任せたのだから。くまちゃんは、己の職務に専念しないといけない。情報収集のお手伝いは依頼してない」

なんだかフェリス様が淡々と言うと、いまにもくまちゃんが降格処分とかになりそうで、心配になっちゃう。

「うう……。くまちゃんは悪くないです。私が、フェリス様のこと知るのは大事なことですから」

くまちゃんを弁護せねば、え、冤罪だし、とレティシアは頑張る。

「そうなの？」

「そうです！　私はフェリス様の妃になるのですから、フェリス様のことをたくさん知りたいんです！」

「………でも、僕のことなんて、あんまり知ったら、嫌いになるかも」

何故かネガティヴなフェリス様。

「なりません。いまのところ、知るたびに、毎日、フェリス様を好きになります」

「それはいいところしか見てもらってないからかも……」

「ごはんのかわりに、お食事、チョコレートで済ませちゃうのいいとこですか？」

「いやそれは……」

「今日は、ちっちゃいフェリス様が、教えられてもいない帳簿を読み解いて、領地の方をお助けになった話を聞いて、また好きになりました」

「……それはレティシアだから、かな……。普通の人は、だいぶ引くよ、そんな怖い子供」

「怖くないです、偉いです」

「偉くもなんともないっていうか……。母を失ってどうしようもなく落ち込んでた僕に、父がこの地を与えて、王宮にいるのも辛かったから、こちらで暫く暮らしてたんだよ。ここでは誰にも嫌なこと言われないから、僕もとても救われたし。それに想定外な横領だの癒着だの暴いてたら、やることがあって、息の詰まるような哀しみからも気をそらせたし……」

父を奪われ、母を奪われた、息もつけない何処にも逃れようのない哀しみを、レティシアも知ってる。

ちいさな身体に与えられた、誰にもわからない痛み。

「ちっちゃいフェリス様も、おっきいフェリス様も、とっても賢くて、優しくて、かっこいいです」

フェリス様御本人は、すぐ謙遜してしまわれる奥ゆかしいお人柄なので、フェリス様を一緒にべた褒めする推し友募集なの。

「……レティシア、ほめ過ぎ。いちごで買収しちゃったかな」

「レティシアは買収されません。これはフェリス様への正当な評価です。いちごはとっても美味しいですが」

甘い。

いちごも美味しいし、フェリス様が御無事で帰ってきて嬉しい。

精霊さんは優しいけど、やっぱりフェリス様とお話できるほうが嬉しい。

「桜のパウンドケーキも美味しいからお食べ」

「はい」

フェリスが皿にとった桜のパウンドケーキをフォークでレティシアの唇に運んでくれる。

「美味しいです！　上品な感じ」

「そう。あんまり甘い！　って感じじゃないんだけど、一年分の桜の蜜がふんわり甘い」

レティシアもフォークをとって、フェリスの唇に桜のパウンドケーキを運んであげた。

不可解な帳簿の山に埋もれて、夜中に一人でここでこの桜のパウンドケーキを食べていた、母君を亡くしたばかりの、大人に負けない金髪の少年に想いを馳せながら。

異国の神雷

「陛下。夜分、申し訳ありません」

ガレリア王ヴォイドは後宮で愛妾を愛でていた。二十五歳の愛妾ティファナは愛らしく、ここ半年ほどずいぶんとヴォイドの寵をえていた。

「こんな夜分に、何事か」

「それが……豪雨が……」

通常、夜の後宮まで、表の者が王を追っては来ないので、よほどのことではあるのだろう。

「豪雨？　辺境の川でも決壊したのか？」

地方で大きな天災が起きたとして、それは不運だが、王が閨から叩き起こされるほどなのか？

「いえ。王都のリリア神殿でございます……」

リリア神殿なら、王宮から歩いてもいける距離だ。

「……ここは晴れているのに、神殿にだけ雨が降っているのか？」

さすがに、ヴォイドも若い愛妾との閨の甘い夢から覚めた。

「は。神殿の一部のみに、屋根が崩れ落ちるほどの豪雨が……」

「ほう。それは自然か？　誰ぞ悪意ある者の魔法か？」

「誰かの魔法である証は掴めない、と魔導士たちは申しておりますが、どうにも奇異ですので、陛下の警護を固めるようにと……お寛ぎのところ、申し訳ありません」

話をしている傍から、空が裂けんばかりの雷鳴が轟いた。

「……あ、あ……陛下！　おそろしゅうございます……」

「ティファナ。怖れることはない。ただの雷だ」

「……神がお怒りになっているようで、恐ろしいです……。陛下……」

雷は、「神鳴り」とも呼ばれ、落雷は神の怒りとも怖れられる。

「神が？　リリア神殿にお怒りか？」

まあ確かにリリアの神が、リリア神殿に怒ってもおかしくはないか？

ロクでもないことばかりしてるからな、あの大司教。

「ティファナ。余は戻らねばならぬゆえ、侍女に居てもらえ。不安であれば、護衛の者をよこそう」

美しいティファナを宥め、ヴォイドは立ち上がる。

「……リリア神の怒りか、それとも……」

女神リリア神の姿とともに、美貌の男神レーヴェの姿が浮かぶ。

「トール、今宵、豪雨のほかに、異変はあるか？」

「それが、陛下、魔導士の報告によると、ディアナで、リリア僧侶が、風説の流布、及び誘拐、監禁などの罪状で、多数捕らえられたと……」

「ディアナで」

夜を切り裂く雷がまるで、空を翔る龍のように見えた。

「誰の命によって？」

「いえ。誰の命とは……」

「麗しのディアナ王弟はどうしてる？」

ディアナに潜入中のリリアの僧侶たちが捕らえられたのなら、「竜王剣を扱えぬ者はディアナ王にあらず」の流言は、こちらの画策だと露見したと思うべきだろう。

無論、知らぬ存ぜぬで押し通すが。

「フェリス殿下は、王太后に命じられた謹慎を王により解かれ、婚約者の姫と婚姻準備の休暇に入られ、王都を離れられたと。謹慎を気にする風でもなく、サリアの姫と仲睦まじい様子だったと」

「リリア僧の捕縛や、神殿への豪雨に、王弟フェリスの関与の可能性は？」

「不明です。ただ、我らの魔導士いわく、幾重にも張り巡らされたガレリア王都の結界を破り、王都の天候に干渉できるモノがいるとすれば、それは神にも等しい魔力を持つ存在だと……」

「無駄飯食らいの我が国の魔導士たちに命じよ。人為なら、原因を突き止めろ。神にも等しい者とやらを炙りだせとな！」

恐怖が湧いてくる。

ガレリアの魔導士の結界がまるで意味をなさないということは、その神にも等しい者とやらは何時でも、ヴォイドの寝所も神雷で焼き払えるということではないか？


「大司教様、今宵、我らのディアナの拠点が失われました」

「どういうことじゃ？」

ガレリアの大司教カルロは不愉快そうに眉を動かした。

ディアナにはたくさんの迷える者たちがいる。

カルロはそれを、邪神レーヴェの手から救い、正しきリリア神のもとに導こうと、たくさんの働きかけをしている。

レーヴェが聞いたら、まったくもって余計な世話だろう、他人の人生に無理やり干渉するなよ、と呆れるようなことを、カルロとしては真剣に取り組んでいる。

「ディアナの調査の手が及んだらしく……、風説の流布、及び、誘拐監禁の罪で、サガンたちは捕らえられました……」

「何と言うことだ。こうるさい王弟フェリスは、あの愚かな義母に動きを封じられたのではなかったのか？」

これまでにも、あの邪神の化身フェリスにリリア信徒の善なる行いを阻まれて、カルロはあの男への恨みが募っている。

王太后マグダレーナが、彼らの手による竜王剣の噂を王弟フェリスの仕業と考えて、フェリスを謹慎に処したと聞いたときには、歓喜の笑いがとまらなかった（王太后の愚かさと、フェリスの不運に）。

「フェリス王弟は、サリアから来た婚約者が小さいのでその世話にかかりきりと言われておりますが……」

「花嫁は五歳の王女であろう？　ディアナ、いや、フローレンス大陸一美しい王弟殿下と言われた男も、子守りに忙しいとは、まことに哀れなことよの」

幼少の頃から、女からの誘惑も男からの誘惑も拒み続けた末に、色香のかけらもない王女と結婚することになるとは、あれこそ聖職者に向いてるかも知れん。

「いままでのディアナの拠点が失われたとあれば、あらたな者たちを送らねばならぬ……」

邪神レーヴェへの信頼を失わせ、ディアナ王への信頼を失わせ、フローレンス大陸でもっとも祝福されたディアナをリリアの神の手に。

千年の昔、ディアナがみすぼらしい貧しい土地だったことも、レーヴェが愛したからいまのディアナがあることも、カルロのまるで与かり知らぬことだ。

「な、何事か……!?」

屋根が抜けるような爆音が轟いた。

何かに爆撃されたか？　と思わず天を仰ぐと、文字通り、繊細な細工の施された天井のガラスが粉々に砕け散っていく。

「あ、あぶのうございます、猊下」

粉々に割れた硝子や砕けた石の破片が降り注ぎ、すべてを粉砕せんとばかりに荒々しい雨水が降り注ぐ。

これほど勢いが強いと、もはや雨の概念を超えている。

「……！　神殿を守る結界はどうなっておるのじゃ!?」

「……猊下、まずはここから、退避を!!」

カルロが促されて立ち上がった玉座に、空から羊皮紙が一枚落ちて来た。

（汝らの欲に、神の名を使うべからず）

羊皮紙には、碧いインクで、そう綴られていた。

休暇中の王弟殿下と、邪神の化身について

「レティシアは眠ったか？」

こんなに可愛いのに美味しいなんて奇跡です、といちごを一粒手に持ったまま、すやすやと寝息を立てだしたレティシアの様子を見計らって、レーヴェが顕現した。

「はい。一日さんざん引っ張りまわして、疲れさせてしまいました」

愛し気にフェリスは眠るレティシアの髪を撫でる。

「レーヴェ。お留守番してもらったレティシアの話し相手は有難いんですが、不当な悪女呼ばわりはやめて下さい」

「フェリスがちっとも逆らえないんだから、可愛い小さい悪女だろ？」

「レティシアは善良なので、あなたの戯言を真面目に気にしたら可哀想ですから、言葉遊びは御控え下さい」

「過保護怪獣フェリス……」

「何か仰いましたか、竜王陛下？」

「あー。そーいや、おまえ、今夜のガレリアのリリア神殿への神雷、派手にやったなあ。あれ、オレの仕業にする気なのか？」

「いえ。そこまでは……」

ああ、とフェリスが苦笑する。

「自分たちでディアナに悪いことしてたもんだから、竜神レーヴェの怒りの一閃!! ってリリアの僧たち震え上がってるみたいだけど……。オレは今夜、家で、うちのレティシアのフェリスの惚気話聞いてただけなんだけど……」

まあそういう、レーヴェの仕業ではないけれど、レーヴェがやったことになってるたぐいの誤解は、昔から多々ある。だいたいは、ディアナにとって好都合ならそのままにしてる。

「レーヴェの仕業にするつもりではなかったのですが、僕の仕業だとあからさまだと、兄上の負担になってはいけないしな……と。いいかも知れませんね。レーヴェのお怒り。うん。これから何でもそうしようかな」

「おまえ、心優しい御先祖のオレ様を悪用するな」

「竜王剣の噂の流布も気になりますが、ディアナの若者たちの誘拐も受けいれられません。ディアナはリリア神殿からの干渉も、ガレリアからの干渉も非常に不快に思っている、と……さりげなく、怒りをお伝えしたいなと……」

「フェリス王弟殿下は婚姻準備の為、休暇中じゃなかったのか？」

「フェリスは愛しの婚約者と幸せ休暇中ですよ。なので、今夜何かしたのは、邪神レーヴェの化身です。邪神の化身なので、ちょっと人間らしい寛容さには欠けるんですよね……」

「まあでも寛容なほうじゃないか？　あの大司教とガレリア王を、雷で丸焼きにした訳でもないしな？」

現在の身分はレティシアの推し友とはいえ、もともと戦神レーヴェなので、そこは容赦がない。

「そうですね。次があったら、丸焼けになる、と肝に銘じて頂けたらいいのですが……」

「情けが仇になることもある。どれほど心を尽くして話しても、言葉が通じぬ者もいるからな」

「レーヴェらしくないことを仰いますね……？」

「そうだな。何のかんの言って、オレも過保護だから、フェリスが心配なんだな」

「僕ですか？　……？　レーヴェが不安がることがないよう、気を付けます。できるかぎり、義母上の不興を買わぬよう、兄上にご負担をかけぬよう、外国からの脅威は取り除くよう努めます」

「いや、マグダレーナではなく……」

「……や！　フェリス様のこと、いじめちゃ、ダメ!!」

レーヴェとフェリスが二人で囁きかわしていると、右手にいちご、左手にフェリスの右手を握りしめたレティシアが寝言を言っている。

「め！　なの！　優しいフェリス様に悪いことしたら、許さないんだから……!!」

「レティシア……」

「世界がレティシアみたいな子ばかりだったら、悩みはないんだがなあ……栄えてるからと、他人の国にちょっかい出すような奴もいなくて……」

眠ったままのレティシアに強く手を握られて驚くフェリスと、可愛らしさに笑いだすレーヴェ。

夢の中で、誰と戦ってるんだろう、レティシア……？

こんなちっちゃい、優しいレティシアに、心配かけない男にならないとなあ……。

「レーヴェ」

「ん？　なんだ？」

「僕は何の為にディアナを守ってるんだろう、と、ときどき少し空しくなることがあったのですが、いまなら、レティシアがいつも笑っていられるような国にしてあげたいから、と答えられそうです」

「それは国を守るときの基本姿勢だな」

フェリスがぎゅっと繋いだレティシアの指を握り返すと、眠るレティシアは幸せそうに、フェリスの指を握り返していた。

「レーヴェ。僕の婚約者殿はいつも楽しそうです」

「よかったじゃないか。こんな年上と結婚させられて、って日夜暗い顔されたら、女の子の機嫌とったこともなければ、子守りもしたこともないフェリスに、レティシアの御機嫌とるのは無理だったろう？」

「もちろん、レーヴェの仰る通りなのですが」

もしもフェリスに女性の機嫌をとる能力があるのならば、まず何より、我が義母上の機嫌をとって、フェリスの周囲の者の為にも、もう少し生活環境を改善したい。

残念ながら、そんな能力はないのだが。

「……僕は、五歳の頃、母が天に昇ってしまって暫くの間、笑いもしない子供でした」

母が居なくなってしばらく、誰ともできない、母としかできない会話がしたくて、フェリスは途方に暮れた。

愛妾の子とはいえ、そこまで、ひどく扱われたとかではないのだが（いやひどいめにあってても、基本、他人に興味が薄い方なので、気づいてなかったのかも知れないが）。

陛下は相変わらずね、とか、マグダレーナ様御機嫌大丈夫かしら？　とか、母と交わしてた他愛ない軽口を、もちろん、誰とも話せるわけもなく。

（フェリスは、魔法が上手ね、もしも高位の魔法を使える人になったら、転移の魔法を覚えて、母様を旅に連れて行ってね？　二人で秘密で出かけて、すぐに帰って来たら、王宮の皆にも叱られないわよね？）

おそらく、フェリスが柄にもなく、転移の魔法で、すぐ何処かに行きたくなるのは、あの旅に行きたがってた母の呪文の後遺症だ。

何処かへ誘う約束の、美しい母は、この世の姿を失ってしまったのだけれど。

幼いフェリスは、まだ魔法を覚え始めたばかりで、美しい籠の鳥の母を、一度も、王宮から連れ出してあげられなかったけれど。

いまなら、何処にだって連れて行ってあげられるのに。

どんな望みも、叶えてあげるのに。

「……、……」

「僕は、あの頃、他人と喋るのすら面倒だった。なのに、レティシアは微笑ってるんです。父親も母親も失って、十二歳も年上の変人と結婚する為に、遠い国に連れて来られたのに」

辛いとも言わない。

寂しいとも言わない。

サリアに帰りたいとも言わない。

フェリスのところに来られて幸運だ、とただ言ってくれる。

「……おまえが、レティシアを幸せにするんだろ？」

「レーヴェ」

「そう思って、マグダレーナの申し出を承諾したんだろう？」

レティシアはサリアで持て余された王女だと、義母上に言われて、フェリスは、その王女は、まるで、自分のようだと思った。

王の血を引いた、誰にも必要とされていない、迷惑な娘。

フェリスと似た境遇の娘。

優れていようと、愚かだろうと、そんなことにはあんまり意味がない。

どちらにしろ、ただ、そこにいるだけで、誰かにとって邪魔な存在。

だから、その娘に、肩入れしたくなった。

誰からも望まれていない存在同士で、少しは運命に抗ってみたかった。

「そんなこと、僕にできるでしょうか？」

「いまのところ、うまくいってるから、レティシア、にこにこしてるんじゃないのか？」

「……ずっと、無理をしてるんじゃないかと、気にかかります。僕の前では」

「そりゃおまえ、逢ってすぐに、何もかも全部をオレに見せろなんて、オレ様仕草、フェリスには百年早いわ。そういうのは時間をかけて、お互い見せられるようになっていくもんだ」

「とりあえず、現段階の野望としては、レティシアに何か甘えたり、ねだって貰えたりするようになることでしょうか……」

「おまえの野望って……低いのやら高いのやら、意味不明だな」

レーヴェが同じ貌の末裔を見下ろしながら、苦笑する。

「僕にしては、物凄く高いです。レーヴェと違って、その方面の才能は、一度も感じたことがありません」

レーヴェには笑いごとかも知れないが、フェリスは大真面目だ。

「……可愛い我が子孫よ、人間、何でも、やってみないとわからないって」

「……人間じゃない方にそう言われましても……」

「そういう人竜差別はよくないと思うぞ！」

「たとえレーヴェが純粋に人間だったとしても、人の心を解すことで、僕がレーヴェに敵うとは思えません」

フェリスとて、人の心の機微に疎いことは、我ながら残念なほどに承知してる。

「そんなことないさ。物静かな奴の方が、傍らにいて心が安らぐ人もいるから。それに、ちびちゃんはフェリス大好きみたいだから、ずいぶん前向きに検討できると思うぞ」

「本当ですか？」

「うん。オレは、いつも、嘘は言わないだろう？　どうにも見込みなさそうなときは、ハッキリ言ってやるから、安心しろ」

「……」

嘘は言わないにしても、レーヴェ、神様らしく、本当のことも、言わないときは言わないじゃないですか、と思っていた。

異質なもの

本当は、レティシアは、あの後どうなりましたか？　フェリス様の知りたいことはわかりましたか？　って聞こうと思ってたんだけど、帰って来たばかりの、少し寂しそうなフェリス様の顔見てたら、そんなのいいや、と想っちゃった。

何にも、聞かなくてもいい。

フェリス様が、無事で戻って来たならそれでいい。

（フェリスはきっと、レティシアに怖がられるのが嫌なんだよ）

精霊さんの言葉の意味は、よくはわからなかった。

憚りながら、レティシア、サリアに生まれて五年。

人から怖がられた（不気味がられた）ことはあっても、人を怖がったことはない。

（まったく自慢にならない）

何も怖くない。レティシアが愛する家族の死以外は。

ああでも、叔父上、そんなに父様の生前と没後で、性格ってお変わりになれるものですか、とちょっと怖くはなったけど……。

普通に生きてるだけで、人に怖がられるのは、哀しい。

でも、人間は、異質なもの、自分に似てないもの、自分と違うものを怖がるようにできている。

それは、特別な力のない、弱い人間が、自分を守ろうとする本能の働きだ。

レティシアがサリアで不気味がられたのは、言動があたりまえの子供らしくなかったからかも知れないし、中身がこの世界の者でない、と本能的に感じ取られたからかも知れない。

父様と母様が生きてたときは、みんな、王女様はちょっと変わってる、利発なのだ、で可愛がってくれてたんだけどな……。

レティシアを守ってくれる人がいなくなると、異質さばかりが露呈してしまった。

フェリス様もそうだったんだろうか……？

レティシアくらいの頃に、フェリス様のお母様がいなくなって、それから……。

（僕達は似てる）

ちっとも似てないけど、最初に逢った時からずっと、フェリス様はレティシアにそう言ってくれるの。

似てはいないけど、似てるって言ってもらえるのは、嬉しい。

自分と似てるって、やっぱり、その相手が嫌いだと言わない言葉だと思うから。

この顔のせいで、いるだけで嫌われるのかな、って自嘲してた。

何もしてないのに、国王陛下を陥れる噂を流布した、って王太后様から謹慎に処されて、困惑してた。

(誰なの、そんな噂、流した奴は！　おかげで、フェリス様がまたお義母様に苛められたじゃない！　大迷惑よ！)

覚えもないことで、疑われることは哀しいことだ。

それも、たぶん、王太后様が、フェリス様を怖いからなんだろうなあ……。

竜王陛下そっくりの、その美貌。

王太后様の被害妄想すぎとは言え、確かに、「王弟殿下なら竜王剣を抜けるかも」と誰かが言い出しても不思議はない……。

お義母様とも、仲のいいマリウス国王陛下とも、ルーファス王太子とも、御家族の誰とも、フェリス様は似てらっしゃらない……。

レーヴェ竜王陛下となら、似てるんだけどな。

(……何があっても、レティシアはフェリス様を怖がったりしないから)

何も悪いことしてないのに、寂しい顔をしないで。

一人で、何処か遠くに行ってしまわないで……。


「ん……、いちご……」

朝の陽の光の気配を感じ、鳥のさえずりを耳にして、レティシアが気持ちよく目を覚ますと、ベッドや床にたくさん落ちてたいちごが綺麗に片付いていていた。

フェリス様が手で拾ったとも思えないから、魔法で片付けたのかも知れない。いちごの雨を降らせてもらって、レティシアがはしゃいだのち、二人でケーキとかお菓子とかミネストローネを食べた。

真夜中の禁忌的な御菓子をたくさん出してから、レティシアの顔をはたと見て、いけない……野菜……栄養……と呪文のように呟きながら、ミネストローネを出してくれたフェリスが、とっても可愛くておかしかった。

「フェリス様……」

眠るフェリス様は、まるで美しい人形のようだ。

誰かが意図を持って作った精巧な美術品。そんな印象さえ受ける。

起きたらフェリス様いないのかな、それはちょっと寂しいな、と思ってたら、ちゃんと、いらした！

嬉しい！

「……レティシア……？」

フェリス様、綺麗ー。

フェリス様が起きてらしたら、緊張して恥ずかしくて、こんなにじっとは見つめられないから、フェリス様が眠ってるうちに、綺麗なお顔見つめたい！と、眠るフェリスの隣で、ご機嫌な仔犬か仔猫のようにゴロゴロしながら、推し活充していたレティシアは、フェリスの声にとてもびっくりした。

「きゃー！　動いた！」

「え……？　動いちゃダメ？　なのか？」

寝惚けたまま、フェリスは鸚鵡がえしに答える。

まだ眼が開いてない。

「ダメ。ダメです。もう少し眠っててください」

「うん。それはレティシアの命令……？」

瞼をあけられないまま、フェリスは腕を伸ばして、レティシアの金髪を探る。

レティシアの髪に触れると、ちゃんといる、と安心したらしい。

「命令じゃないけど、……フェリス様働きすぎだから、お寝坊してもいいかも……って」

「ああ。そうか。僕は休暇中だものね。朝寝坊しなきゃね……」

「きゃ……」

フェリス様はもう少し寝かして、自分は自由に動き回ろう、と思ってたレティシアは、伸びてきたフェリスの腕にベッドに連れ戻される。

「フェリス様、レティシアは起きます」

「ダメ。レティシアが起きるなら、僕も起きる。僕を寝かしたいなら、レティシアも寝る」

「えー……。フェリス様、私はくまちゃんではな……」

フェリスはまるで、レティシアがくまちゃんを抱き込むように、レティシアを抱き込んでいる。

フェリス様的には、腕の中のレティシアが、ちょうどくまちゃんのように安眠にいいのかも知れない……。

「レティシア、ふんわりして気持ちいいよ……」

婚約者に腕を引かれてベッドに引き戻される、というと、何だか大変に艶っぽい表現だが、実際には、安眠用のくまちゃん扱いである。

「……寝惚けてるフェリス様は可愛いけど、私は人類であって、くまちゃん扱いは不当……」

むー！　と桜色の唇を尖らせつつ、レティシアもおかしくなってきて、少し微笑ってしまう。

当たり前だけど、フェリス様も寝惚けるし、甘えるし、疲れるんだなと。

「フェリス様、昨日、大変だったのですか？」

「うん……。あの結界……破るのは簡単だったけど、他に被害ださないように、凄く限定して狙ったから、ちょっと疲れた……」

「……けっかい？」

けっかい、がどうしたんだろう？　あのあと、戦闘とかしてたのかな？

「……ん……」

レティシアをくまのぬいぐるみ扱いして、目覚めたがらないフェリスは、とても綺麗な柔らかい気に包まれている。

あれ？　フェリス様の気配、昨日より復元してるかも？

昨日、もっと疲れてるっていうか、弱ってたような……。

やはり睡眠は大きいの？

「うーん、くまちゃーん、ちょっと代わってー」

いえ、そのお役目は、僕には無理かと……とくまのぬいぐるみは、レティシアの苦情を全力スルーしていた。


「おはようございます、フェリス様、レティシア様。フェリス様、そろそろお部屋に戻られるべき時刻かと……」

控えめに扉を叩く音とともに、レイの声。

「レイー」

レイが入室してきたので、レティシアは救助を求める。

「レティシア様？　如何されましたか！」

「どうもしないけど、フェリス様がレティシアをくまちゃんにするのー」

「……？　フェリス様。レティシア様が少々お困りのようですよ。お目覚め下さい」

「……？　いやだ。僕は休暇中だ。ぜひ、この機会に、朝寝坊というものをしてみたい」

「それはかまいませんが、レティシア様は、もうお目覚めのようです。姫君というものは、御仕度などがいろいろありましょう。レティシア様の朝のお仕度のお手伝いをしようと、胸をときめかせている女官たちをお呼びして構いませんか？」

「……そんなことしたら、僕は女官たちにレティシアを奪られてしまうじゃないか」

「致し方ありませんでしょう。フェリス様がレティシア様の髪を梳いて、ドレスのリボンを結ぶ訳にもいきますまい」

「それも愉快そうだが……」

「嫌です。フェリス様に着替え手伝ってもらうなんて、落ち着かないです……」

むー、とレティシアは変な顔になる。

「レティシア、もう起きたい？」

「あの……、えっと……」

さっきまで、もう起きたいー！　とレティシアは思っていたのだが、フェリスがちょっと寂しそうな顔をするので、主張しにくくなってしまった。

「……フェリス様、レティシア様を困らせるものではありません。そもそもフェリス様もお疲れかも知れませんが、レティシア様だって、初めての王宮ご挨拶回りにお疲れの筈です。レティシア様、フェリス様が夜にお邪魔して、よく眠れなかったのでは……？」

「ううん。そんなことない。フェリス様が無事な御姿見せてくれたから、よく眠れたの……心配、してたから、夜、フェリス様、御顔見せてくださってよかったの……」

フェリス様はとても若くて強いから。

レティシアより先に死なないって約束してくれたから。

大丈夫だって思うんだけど、やっぱり怖い。

生命は、びっくりするほど、突然、奪われることをレティシアは知ってるから。

「……レティシア、そんなに僕を甘やかしちゃダメ。僕が図に乗るから」

「……フェリス様が……？」

図に乗ったフェリス様ってどんなだろう？　とレティシアは不思議な気分になる。

でもちょっとくらい、フェリス様は図に乗った方がいいかも？

こんなに美貌の主なのに、ネガティヴ過ぎでは？　なところがあるので。

「うん。いまみたいにね。……レティシア、起きようか？」

フェリス様がレティシアの額にキスして、抱き起こしてくれた。

……甘え足りたのかな、フェリス様？

疲れてて人に逢いたくないときは、くまのぬいぐるみ役もしてあげるけどな、と思った。

女官にレティシアを奪われる、ってフェリス様がレイに言ってたけど、確かに、起きてる限り、いつも誰かが周りにいるのがあたりまえなので……。

「おはようございます、レティシア様。昨夜は、よくお眠りになれましたか？」

「うん。いちごの夢見そうなくらい……」

鏡の前で、ハンナに金髪を梳いてもらいながら、サキとリタ、元気かな～、とレティシアは思う。ハンナはとってもいい人で仲良くできそうで嬉しいけど、本邸の二人が寂しがってないかな、なんて自惚れてしまう。

「お綺麗ですね、レティシア様の金髪、本当に光り輝くようです」

「ついこないだまで、こんなじゃなかったの……」

「……？」

「なんかね、パサパサして、艶がなくなってたの……」

前世のバレエの演目で、辛いことがあって、一晩で髪が白くなるお話があったんだけど、あれに近いというか……。

「レティシア様は、御嫁入前に、御病気でお父様とお母様を亡くされたと……。人は哀しいことがあると、食事も進みませんし、食べたものもうまく栄養になりません。悲しみが癒えるには、時間と幸福が必要です」

「……うん」

サリアにいたとき、ごはんが少しも美味しくなくて、困った。

必ず生きて、と言うのが母様と父様の望みだったから、とりあえず孤独でも幸福じゃなくても生きなければ、と思ったんだけど、美味しいものも美味しくないものも何も食べたくないし、楽しいことも楽しくないことも何もしたくなかったのだ。

叔父サイドから嫌がらせなどもされたのだけれど、迫害されてることすらも虚ろな日々だった。

それが今や、食事に興味ないフェリス様にちゃんと食事をさせなければ、と思っている。

物凄い大躍進(?)である。

「レティシア様の髪がこんなに美しく、お肌が透き通るようなのは、きっといまレティシア様が幸せな証です」

「……そうかも。あ、でもね、私が魔法のお勉強で失敗して倒れたから、フェリス様が心配して、治療の魔法で、フェリス様の竜気？　を分けてくださったの。あれのおかげもあるかも……」

昨日も王宮で、さすが王弟殿下の婚約者の姫君、輝くように美しい、ってやたら言われたけど、レティシアはついこないだまで、ただのサリアの奇妙な王女だったので、美しく見えるとしたら、フェリス様のおかげじゃないかなあ。

毎日、世界で一番、綺麗な推しを見てるから！

ていうのもあるかも？

(贔屓目？　でもフェリス様、レティシアが知ってるなかで、世界で一番、綺麗！)

毎日、とっても推し充！

生き生き！　つやつや！

「まあ。フェリス様の竜気を……それは素晴らしいですわ。きっとフェリス様の気がいつもレティシア様と共にあってレティシア様を守ってくださいますわ」

「うん……！」

本当に、フェリス様の気を貰って以来、レティシアの体温一、二度上がったのでは？　ってくらい温かいの。

「あ。昨夜ね、二人でディナー食べられなくて、こちらの人に申し訳なかったね、ってフェリス様とお話ししてたの」

「いえいえ。厨房の者たちは、急ぎで何処かへお出かけになったようだけど、夜中にお腹を空かせて御戻りだろうから、と、いろいろと用意してたみたいで、デザート類だけでなく、ミネストローネを召し上がってらしたので、お妃様を迎えるとあって、フェリス様も大人になられた……！　って感動してましたよ」

そうか。ちゃんと厨房の人たちは、夜中に、フェリス様が魔法でお部屋に持ってく可能性も考えて、お夜食作ってあるんだ。それなんかちょっと可愛いな。

「フェリス様ね、私の顔をじーっと見て、野菜……栄養……って唱えながら、ミネストローネ出してくれたの。そのとき、とっても可愛かったの」

「フェリス様、御自分だけなら、お夜食ケーキでおしまいですからね、きっと。レティシア様の偉大な影響です」

ふふふ、と笑うハンナの笑顔を鏡越しに見ながら、レティシアも、そうね、御自分だけならそうかも、とくすくす笑った。

御自分だけのときも、お野菜も食べるようになってもらわなくては!!

「レティシア。可愛いね、アッシュローズ色のドレス」

レティシアの身支度が整ったら、フェリス様が迎えに来てくださった。

「これはこちらで……シュヴァリエで用意して下さってたものなんです」

昨日のハンナの話聞いた後だと、大事なフェリス様の花嫁の為に! と縫い上げてくれたものなんだろうなあ、って。みんなの気持ちの籠ったドレス、ちゃんと大事にするからねー、と想っちゃう。

御嫁入道具を揃えてもらってたときは、サリアが国として恥をかかないように、と揃えられたドレスや装具だった。

叔母上が「ディアナの王太后様はとても厳しい、うるさい御方だそうよ。サリアが馬鹿にされぬようにね……」と居丈高に言ってるのが、何だかとても嫌だった。

それなのに、大好きな、思い出深い、レティシアのお母様の形見の品々は、ひとつも持っていくことを許してもらえなかった……。

母様の思い出の物達が継承できたなら、レティシアは、新しい宝石もドレスも要らなかったのに。

愛馬のサイファを連れて行かせてほしい、サイファは他の人に馴染まないから、おいていったら可哀想だから、とあんなにお願いしたのに、それも叶わなかった。

サイファは、ちゃんと、レティシア以外の主人に、馴染めているだろうか。

レティシアの涙とか、レティシアのお願いとか、本当に何の意味もない、と父様と母様が旅立たれてから、何度も思い知った。

それまでサリアの王と王妃である両親からとても大切にしてもらっていて、幸せだったから、これほどに願いというのは叶わないものだと忘れていた。

前世だって、お父さんとお母さんを返して、と、どんなに泣いても叶わなかったのに。

叔母からは、いろいろと理不尽な扱いを受けたが、母様の形見の品を何も頂けなかったことと、サイファを共に連れて来れなかったことは、いまだに、悲しい。

たったひとつでも、母様を偲べるものが、あれば……。

ううん。

言っても仕方ないことは、もう言わない。

ここで、こうしてフェリス様と話している、レティシア自身が、何より一番の母様と父様の形見。

このちっちゃな身体を大事にしなきゃ。

「ああそれでかな。薔薇で染めたものなんだろうね。レティシアの白い肌とよく似合ってる」

「フェリス様。ハンナに、私の髪と肌が凄く綺麗だと褒めていただきました。昨夜も何か……私に魔法をかけてくださいましたか？」

レティシアが眠ってるあいだに、フェリス様が魔法で何かして下さったかも？　と、レティシアはフェリスを見上げてみる。

「いや……、どちらかと言うと、昨夜は、僕がレティシアから力を貰った方……」

「私から？　私は何も」

ふるふる、レティシアは金髪を振る。

「昨夜、レティシア、消耗してた僕に、たくさん、力をくれたよ」

「……？　だったら嬉しいです」

本当に嬉しくて、レティシアは微笑む。

お世話になりっぱなしなので、レティシアも、フェリス様の為に何か出来たら嬉しい。

「レティシア、昨夜、夢の中でも、僕の為に戦ってくれてた？」

「え？」

「フェリス様をいじめるなって寝言言ってたよ」

「えええー！」

ぜんぜん覚えてない！

何の夢見てたんだろう？（王太后様の夢？　そんな怖い夢見てたのに覚えてないとかあり……？）

しかも御本人の隣で、そんなこと……。

「す、すいません、私、何の夢見てたのか、記憶が……」

「ううん。謝らなくていいんだけど。夢の中でまで、レティシアに心配させてごめんね、と思って」

「いえ。私が勝手に。そ、それに、え、えっと、えっと、くまちゃんがフェリス様いじめてたのかもしれないし……、ド、ドラゴンとか……」

お、王太后様にフェリス様が苛められてた夢よりはいいかも、と、無実のくまちゃんや、無実のドラゴンに濡れ衣を着せてみる。

「くまのぬいぐるみが僕をいじめる？」

フェリス様も笑ってくれた！　よし！　くまちゃん感謝!!

「ドラゴンにいじめられるのがまだあるかな？　竜王陛下とか」

「竜王陛下がフェリス様を？　とても想像できません」

朝の光の下、レティシアはフェリスと手を繋いで、廊下を歩きながら、他愛ない話で二人で笑っていた。


「菜の花と紫玉ねぎとサーモンのサラダでございます」

「ありがとう」

朝の光の溢れるダイニングルームで席について、朝食を。

サラダ美味しそう～。

ちゃんと食事！

いっぱい食べて大きくなりたーい。

「レティシア様は、苺がお好きでございますか？」

「え？　はい。好きです」

給仕の方に尋ねられて、レティシアは頷く。

「昨夜、いちごが大量に御二人のお部屋に移動していたようなので……レティシア様のお好きな食材を覚えて、たくさんお出ししたいと厨房が申しておりまして」

「ああ。それで……、昨夜のいちごもミネストローネも、美味しかったと伝えて下さい」

「レティシアは僕より優等生だよ。野菜もお肉もお魚も食べる」

「フェリス様。それは優等生じゃありません。ごく普通です」

フェリス様のレティシアの褒めラインの下限のなさよ。

あたりまえに食事するだけでも褒めてくださるという……。

食べ盛りの愛娘でも褒めるみたいに褒めてくださるけど、そこは他人事のごとくレティシアの褒め役になってないで、まだパパには早い十七歳、身体を作ってる途中のフェリス様にもバランスよく食べてもらわなきゃー！

「でもえらいよ。小さいのにたくさん食べる。僕は姫君というものは、小鳥のように少ししか食べないものかと思っていた」

「それはきっとドレスのスタイルを気にするもう少し大きな姫君ですね。私はまだまだ成長途中ですので。……あるいは、フェリス様があんまり美しいから、御一緒した姫君は食べられなかったのかも……？」

「そういうもの？　僕の貌が怖いからとか？」

フェリスは不思議がりながら、菜の花をつついている。

「フェリス様の貌はちっとも怖くないです。人はあんまりにも綺麗なものを見ると、喋ったり食べたりを忘れちゃったりするのです」

「僕が恋愛に疎いせいもあると思うけど、レティシアは僕より小さいのに、どうして、そんなことに詳しいの？」

「レティシアは推し活に詳しいのです」

緑が綺麗なそら豆のスープを銀のスプーンですくいながら、レティシアは答える。

「オシカツ」

オウム返しするフェリス様が可愛い。

「好きな人のことを、オシと言うと、レティシア言ってたよね？」

「はい！」

「じゃあ、僕はレティシアが好きだから、僕のオシはレティシアってこと？」

「……いえ！　それは違います！　推しとはもっと、星のように煌めいてる方のことなので！」

ぶんぶんぶんぶん、レティシアは首を横に振りまくった。

いけない。私の語彙が貧困過ぎて、フェリス様に間違った推し活の知識が……。

「レイ、僕のレティシアも、星のように煌めいてるよね？」

「はい。フェリス様。レティシア様は生まれたばかりの星のように輝いておいでです。我が主の傍らに立つにふさわしい姫君です」

レイ。そこはフェリス様におもねらないで、否定してください。

私と言うか、フェリス様に甘すぎです。

「オシのことを考えるだけで、幸せになれる、ってレティシア言ってたから、僕のオシはレティシアで間違いないと思うけど、レティシアが欲しがってるオシトモは欲しいと思わないな。レティシアのことを奪われそうで楽しくない」

まあ、なんて、絵に描いたような、同担拒否……。

「それは同担拒否です、フェリス様。心の狭い行いです」

もっともレティシアを推してくれる人なんて、フェリス様くらいだから、フェリス様の同担はあらわれようがないんだけど。

「ドウタンキョヒ？　そうなの？　僕の心なら狭いかも、確かに」

そんな絵になる美貌で、自慢気に言うことではないような……。

「そうですねぇ……」

レイも頷かないでほしい、そんなとこで！

「ダメ。私がフェリス様を推してるんであって、フェリス様は私を推しちゃダメです」

「どうして？」

「なんか変で落ち着かないからです！」

論理的とは程遠かったが、レティシアがそう言うと、フェリスは微笑した。

「レティシアが嫌なら言わない。でも同担拒否はおもしろい」

「私を推してくれる人なんてフェリス様以外いませんから、フェリス様は同担の心配の必要はないのですが……」

「そうかな？　うちのうるさい精霊とか、ルーファスとか、けっこう牽制すべき同担はたくさん見つかりそうだけどね」

「……何故にここでルーファス王太子のお名前が？」

レティシアはきょとんとする。

ルーファス様なら、昨日も、フェリス様を庇ってくれた。レティシアと同じフェリス様担である。

「何でもない。……ああ、レティシアにいちご水と、僕にいちご酒を持ってきて」

とっても楽しそうなフェリス様が給仕にドリンクを頼んでいる。いちご水嬉しい━。

「フェリス様。ちゃんとサラダのお野菜食べてますね」

「うん。レティシアに見張られてるからね」

なんか変な話題になったけど、フェリス様がちゃんと美味しそうにごはん食べてるのはいいことだ！

「フェリス様、昨夜のガレリアの落雷によるリリア神殿一部倒壊の件、王宮の魔法省から報告が参りましたが、お見舞い、こちらからも贈られますか？」

「……僕個人から必要だろうか？」

「決して、おつきあいが深い訳ではないのですが、ガレリアからは、普段からやたらとフェリス様に物を贈って頂いてますので……。何もしないのも失礼にあたるかと……」

「それはそれで義母上が嫌がりそうな話だな」

「落雷で神殿？　が倒壊したのですか？」

レティシアが聞き返す。

「ガレリアという遠い国のリリア神殿のほんの一部がね」

「まあ……。きっと、ガレリアの方は悲しんでいらっしゃるでしょうね。こちらでも、レーヴェ様の神殿が崩れたら、悲しいですもの」

すっかりレーヴェに懐いているレティシアは、生まれながらのディアナ娘のようなことを言っている。悪しき邪神はかくも洗脳が巧みなのじゃ！　とリリア僧が怒りそうである。

「……レティシアが悲しいの？　リリアの神殿が崩れて？」

「はい。だって、レーヴェ様の神殿が崩れたら、フェリス様も悲しいでしょう？」

「うーん。原因を追究するかな。天候か、建物の老朽化か不具合か、……攻撃か」

「此度(このたび)は落雷ですから天候ですよね……どなたも怪我がないといいですね……」

思わず、レティシアがお祈りのかたちに手を合わせていると、レイが小さく肩を震わせている。

「レイ？　震えているわ。気分でも？」

「い、いいえ、何でもございません。レティシア様、お心、感謝致します。やはり我が主には、レティシア様のような優しい花嫁がいらしてくださって、しみじみと、とても幸運だと……」

「……落雷で倒壊したのはリリアの大司教の御座所で、リリアの大司教は、レーヴェや竜王剣の悪い噂を画策してたかもしれなくても、レティシアは嘆く？」

ひどく無表情なフェリスが問う。

「え……そんな疑いのある方なんですの？　それが本当なら、悪い大司教様には雷落ちてもいいです。竜王陛下を焼かせたがる人なら、天罰!!」

むーん、とレティシアはフォークを握りしめている。

「レティシアの竜王陛下愛……」

フェリスが微妙な顔をしている。

「私が竜王陛下を好きなのはきっと……、竜王陛下はディアナそのものでいらして、フェリス様が、ディアナと竜王陛下をとても愛してらっしゃるからです」

うーん。

うまく言えない、と、レティシアは小首を傾げる。

でも、言葉にしにくいんだけど、そんな感じだと思うの。

フェリス様はよくレーヴェ竜王陛下を悪友か困った兄みたいに仰るんだけど、本当に凄く好きなんだなーって感じるから。

「僕がレーヴェを好きだから、レティシアもレーヴェを好き？」

「はい。推しの大切な御方は、レティシアにも大切な御方です」

「……?!　レティシアの好きな事なので、日々学んでいるのだが、まだオシカツに関して、僕の理解が追いついてないようだ……」

「そこは！　学ばなくてよいのです、フェリス様！　私はそっと、推しのフェリス様に御迷惑おかけしないよう、推し活したいのです！」

「僕とレティシアのことなのに、僕は学んではいけないの？」

「推し活とは、推し様御本人にご負担をおかけしてはいけないのです。レティシアはそっとフェリス様を推させていただきたいのです」

「そっと……？」

これほど毎日一緒にいて、そっと活動は無理ではないのか？　とフェリスは甚だ不思議そうな顔をしている。

しかし、基本、フェリスは、レティシアが楽しいのであれば好きなようにさせてあげたいと思っているので、異論は唱えない。

「竜王陛下はフェリス様の大切な御先祖ですし」

「そうだね。レティシアは僕と結婚するから、レーヴェはレティシアの御先祖にもなるね」

「……！」

レティシアは、フェリスの言葉を聞いて赤くなった。

「レティシア？　どうかした？」

「……いえ、なんだか……竜王陛下、私の御先祖様にもなるんだと、フェリス様のお言葉で……」

なんとなく感慨無量である。

本当にフェリス様のおうちのお嫁さんになるんだなあ、と。

でも、レティシアで本当に大丈夫なんだろうか、フェリス様は？　と思うけど……。

「レーヴェは、もうレティシアのこと気に入って、勝手にオレの娘扱いしてると思うけどね」

「そうでしょうか？　竜王陛下、御自分にそっくりなフェリス様の花嫁がこんな私でがっかりされてないでしょうか……？」

「がっかりしてる訳ないよ。レティシアの仲良しの精霊さんに聞いてみてごらん」

「精霊さんに？　今度聞いてみます」

精霊さんは竜王陛下の御好みにも詳しいのかしら？

そう言えば、精霊さんっておいくつくらいなんだろう？

精霊さんだけに、百歳とか二百歳とかなのかしら？　もっと？

「そう言えば、昨夜、精霊さんが……」

「うん？　何かまた余計な事言ってた？」

「フェリス様が私に嫌われるのが怖いんだって、仰ってたので……。私がフェリス様を嫌う事なんてありえません！　ってお伝えしなきゃって……」

余計なことかなと思ったけど、フェリス様に伝えておきたくて。

「……本当にあの人は余計なことを……」

僕のいないうちに何を言ってるんだ、レーヴェは、とフェリスは美しい眉を不機嫌に寄せる。

もっとも、あんな禍々しい処にレティシアを連れて行きたくもなかったし、化け物みたいに怯えられているところをレティシアに見せたくなかったのも確かだ。

御菓子と苺が似合うあどけないうちのお姫様の前では、フェリスとて優しい王子様でいたい。他の誰からどう思われてもどうでもいいけれど、レティシアから化け物扱いはされたくない。

「フェリス様？　いま何か仰いましたか？」

ふんわり、レティシアが小首を傾げると、金色の髪が揺れる。琥珀色の瞳が信じ切った様子でフェリスを見上げている。

レティシアのこの美しい琥珀色の瞳が、義母上のように、不吉なモノでも見るようにフェリスを見ることを、想像しただけでも眩暈がする。

「僕がレティシアが思うほど、優しくなくても？　レティシアに隠れて悪い事してても？　嫌いにならない？」

ガレリアの大司教には多少お灸を据えようと思ったのだけれど、うちの優しいレティシアが心を痛めるなら、何も神殿を壊すべきではなかった（本人だけを狙うべきだった）。

確かに、レティシアの心配するように、心の拠り所である神殿の破損には、罪もないガレリアの民も心を痛めるだろう。

「なりません。それに、フェリス様は、私に隠れて悪い事なんて、なさいません」

視界の隅で、レイが肩を震わせている。

この状況を面白がってるうちの随身には後で何か面倒な仕事でも頼もう。

人間、こんなに純粋に信頼されると、悪い（惨い？）ことがしづらくなるな、と人生で初めてフェリスは思った。

「レティシア様はフェリス様の足りない部分を埋める、とてもよき伴侶になられます」

レイがやたらと喜んでいる。どういうことだ、我が友よ。

「フェリス様、お食事中、申し訳ありません。王宮から使者がいらっしゃいましたが、如何されますか？」

「……何だろう？」

「お休みのところ申し訳ないのですが、フェリス様の御意見を少しお聞きしたくて、とのことです」

「レティシア、食事を中座してもいいかい？」

「もちろんです、フェリス様。悪い知らせではありませんように」

にこっとレティシアは微笑んだ。

その微笑みを見ていると、いつもなら食事より仕事を優先しがちなフェリスなのだが、ちゃんと最後までレティシアと朝食を一緒してあげたかったな、とごく自然に思った。


「レティシア様？　いちごのグラスミルフィーユはお口にあいませんでしたか？」

「ううん？　これ、とっても美味しい！」

ぱくっといちごを口に入れながら、レティシアは答える。

いけない、心配させちゃう。

いちごのミルフィーユは美味しいんだけど、フェリス様がいなくなってしまったので、残念なの……。

デザート可愛いし、美味しいから、一緒に食べたかったな。

レティシアはフェリス様と逢ってから、とてもとても贅沢になってしまった。

サリアでだって、お父様とお母様がいなくなってから、ずっと一人で食事してたのに。

何なら、前世でだって、父と母がいなくなってから、一人で食事してた。

残業から帰って、夕食作る元気のあるときは簡単なものを作って、そんな体力ないときは、買ったお惣菜か、コンビニご飯。

それなのに、いまは、一人で食事するの、寂しいな、フェリス様と食べたいな、って思うようになってしまった。

昨夜も、フェリス様が手ずからいちご食べさせてくれて楽しかったな……。

「フェリス様とレティシア様は本当に仲がよろしいんですね。朝からあんなに楽しそうなフェリス様、初めて拝見しました」

ハンナではない女官が感心したようにそう言ってくれる。

「そうなの……？」

フェリス様は、レティシアと食事してるとき、いつも楽しそう。何なら笑いがとまらなくなって、笑い死にかけている……。笑い上戸のフェリス様……。

「そうですね。レティシア様がいらっしゃらないときのフェリス様の食事は、かなり義務的なので……」

不慣れな処にレティシアを一人残すのを可哀想に思ったのか、フェリス様がレイを残していってくれた。

「レイ、昨日、あの後、どんな風だったの？」

「レティシア様がご帰宅された後、リリア僧たちによって地下に囚われていたディアナの多数の若者たちを発見し、それを救出致しました」

「まあ、そんなことが……。フェリス様もレイもお疲れさまでした。……騎士として立派な振る舞いをなされて、囚われた人を救われたのに、何故、フェリス様はレティシアが想ってるより優しくなくても嫌わない？　なんて言うの？」

「レティシア様がとても純粋でお優しい姫君なので、フェリス様は御心配されてるだけかと……」

レイは優しい声で答える。嘘は言っていない。

「そうなの？　私はそんなに純粋でもないし、あんなに優しいフェリス様が、私に隠れて、悪いことなんてなさるはずないのに……」

「さようでございますね。我が主は少々、レティシア様が大事なあまり、心配性になってるのかも知れません」

穏やかな物言いで、年若いあどけない花嫁を安心させているレイは、レティシア様が優しい御心を痛めるなら、リリア神殿など破壊するのではなかった、くらいの多少の反省はしてるかもしれません、困った我が主様も、と大事な花嫁には言わずに、心で思っていた。

「王弟殿下、この度はご結婚おめでとうございます。御祝い事の御仕度で御多忙なところ、お邪魔して申し訳ありません」

「かまわないよ。わざわざ、どうしたんだい？」

「はい。昨夜のリリア僧捕縛の件、大変な御助力ありがとうございました。リリアの僧たちの不穏な動きは、フェリス様のお言葉もあって、ずっと探っていたのですが、まさか、竜王剣の噂もあの者らがやっていたとは……」

「私も驚いたが、竜王剣は竜王陛下の剣だから、竜王陛下の威信を墜としたい者たちとしては、理にかなっているのかも知れないね。……地下牢にいた者たちの身体の状態は？」

「幸い、全員、無事です。事情を聴取しておりますが、早く家に帰りたくて仕方がないようです。……フェリス様に御礼をお伝えください、と皆言っておりましたよ」

「それは、その者たちに、今から口止めできるかな？　あの場に僕はいなかったと……僕は謹慎中……でなくて、休暇中だから」

今更ながらにフェリスは困っている。

「フェリス様のお望みであれば、そのように伝えはしますが。レーヴェ様が助けに来てくれたのかと思ったら、フェリス王弟殿下だった、と皆はしゃいでますから、秘密がどのくらい守られるかは」

「黒髪にしていけばよかった。そしたら、レーヴェのせいにできたのにな……」

こんなときこそ、この容姿を、有効活用するべきだった……。

「それも大変、民には喜ばれるとは思いますが……」

王宮からの使者も、フェリスの言葉に笑っていいものかどうか、悩む様子だ。

「リリアの僧たちについては、他にも我が国にあのような拠点がないか、入念に捜すように。ガレリアのリリア大神殿に対して、こちらから不快の意と、悪しき信徒に関しては本国への回収の要望を出すように」

「御意。殿下。……リリア神殿の落雷による被災の話は、殿下のお耳には？」

「ああ、聞いたよ。災難だったね」

「ディアナに災いなしていたリリア僧が捕縛された夜に、リリア大神殿に落雷がありましたので、レーヴェ神のお怒り、という者もおりまして……」

「……」

レーヴェが、オレじゃないけど、まあオレの仕業でもいいけど、と大笑いしそうだ。

「ガレリア側は、何者かの攻撃の可能性も危惧して、ずいぶん神経質になっているようなのですが」

「レーヴェの怒りと怖れるのは、ガレリア側に後ろ暗いところがあるからだろう？　今回のディアナでの大量誘拐やら、竜王剣の流言の流布やら」

「御意」

「我が国としては、国内のリリア僧の動向の方に注目を。勧誘に関しても、これまで以上に厳しく制限を。僕としては、今回のことを理由に、完全にディアナ国内でのリリア信徒勧誘の禁止を求めてもいいと思うが……それは皆で図って決めて。兄上はお優しいから、そこまでなさらぬかも知れぬが……」

「御意。何かと不穏な昨今ですので、一同、フェリス様のお早い御戻りを祈っております」

「僕は暫くこちらにいるけど、必要な時は、いつでも呼んでくれてかまわないよ」

「フェリス様。その……、魔法省の者が、レーヴェ様でなく、たとえば人為的にリリア神殿に落雷を起こすとしたら、最高位の魔導士の技だと申しておりましたが、あのう、もしや、それに関しても、フェリス様、何かご存じでしょうか……？　何処かの魔導士が……？」

遠慮がちに、王宮から遣わされた男は問う。

「いいや？　知らぬよ？　あれは天災だろう？　落雷をレーヴェの怒りと怖れてくれるなら、ディアナへの余計な干渉を反省して、慎んでもらえると、こちらとしては有難いよね」

竜王陛下に似た貌で、フェリスは微笑んで答えた。

「レティシア様、本当に御一人でよろしいのですか？」

「うん。本を読んでるから」

フェリス様が王宮からの使者とお話ししているあいだに、図書室に案内してもらった。

嬉しいー！

暫く、ここで、一人でまったりするのだー！

お逢いした最初の夜に、フェリス様から王宮の図書宮の鍵も頂いたのに、バタバタしててちっとも行けてないから……。

「本の匂いがする……」

天井まで貴重な本に満たされた、静謐な空間。

久しぶりの、たくさんの本の匂いに囲まれて、ほっとする。

まだちょっと慣れてない、レティシアの髪を撫でてくれるフェリス様の纏う甘い花の香とは全然違った、慣れ親しんだ安心感のある本の匂いだー!!

「では、こちらの鈴を鳴らして、いつでも私をお呼びくださいね。お小さい時から、本がお好きなのは、フェリス様とそっくりですね」

「フェリス様はきっともっと難しい本だと思うけど……」

くすくす、金髪を揺らして、レティシアは答える。

本日の目的としては、レティシアが好きそうな本のほかに、現実的な対策読書として、普段まるで興味ない「嫁と姑」「婚約者と私」「夫と私」関係の本も嗜みたい。

何といっても、現在は幼すぎるし、前世では未婚で儚く散ったので、いまのレティシアにも、もとのアラサーOLの雪にも、その手のノウハウがさっぱり……。

「あ、竜王陛下！」

さすが、竜王陛下、図書室にもおいでになる。

こちらの館の絵姿の竜王陛下は、王宮から少し離れたせいか、寛いだ表情のものが多い。

王宮の竜王陛下はさすがに、千年のディアナ王国の守護者、の威厳に満ちてるけど、この図書室の竜王陛下なんて、可愛い小竜と遊んでる。

いろんな逸話から想像するかぎり、たぶん、こっちのほうが、竜王陛下御本人に近いんじゃないかしら？

「竜王陛下、フェリス様が仰ってましたが、お嫁に来るレティシアのこと、娘って思ってくださいます？」

（もちろんだよ。可愛いオレの娘レティシア。嫌なことがあったら、何でも、オレにお言い。ありえんが、もしも、フェリスに苛められたら、オレがフェリスを懲らしめてあげるよ）

「………!?　竜王陛下？」

何だか、あまりにもレティシアに都合のいい幻聴を聞いてしまった。ちょっといつもの優しい精霊さんの声みたい。

竜王陛下、脳内で、捏造してごめんなさい。

でも幸せ。

（可愛いオレの娘）

（私の娘。私の大切なレティシア。私たちの大切なレティシア）

もう二度とレティシアが聞けない、と思ってた言葉を聞けたから。

何事もなければ、これから、レティシアはフェリス様の妃になるけど、王太后様から、私の可愛い娘レティシア、と呼ばれそうな気配はかけらもないし……。

「……竜王陛下、幻聴にお願いもなんですけど、もういっかい……」

（……ん？　何を？）

「オレの娘って……」

（ああ……、オレの可愛い娘は、今日は、どんな本が読みたいんだ？　……レティシア⁉）

「……、……」

泣いちゃう。

レティシアのお父様は、竜王陛下ほどの美貌の主でもなければ、千年語られる伝説のディアナの強い守護神でも神獣でも英雄でもない、ごく平凡な善良な国王陛下だったけど……。

（私のレティシア。美しく成長するレティシアを見れないことだけが残念だよ。……幸せにおなり、私の大切なたった一人の娘、レティシア）

「おとう、さま」

涙が零れてくる。

愛情に満ちた声で、オレの可愛い娘、って言われると、レティシアが、お父様とお母様からとても大切にされて、愛されていた娘だったことを思い出す。

二度目の人生は五年しか生きていないけど、それでも半分以上は大切に愛されていたのだ。

（気味の悪い娘、得体の知れない王女）

愛されていた時間より、虐げられた時間のほうが、ずっと短いのに。

それまでずっと幸せだったから、慣れない悪意にあんまり驚いてしまって。

優しい両親を失ったと同時に、それまで持っていた何もかもを奪われてしまって、ただ呆然としていた。

ディアナにきて、フェリス様が当然のことのように優しくしてくれるから、御菓子が美味しいこと、食事が楽しいこと、可愛いドレスを着て可愛いって言ってもらったら嬉しいこと、毎日が楽しいこと、大切にしてくれる人を守りたいと思う気持ち、を思い出した。

（レティシア？　ごめんな、お父さん、思い出させたか……？）

「……レティシア……？」

一瞬、ふわりと空間が揺らいで、金髪の美貌の青年があらわれる。

「え……？　フェリス様……？」

あれ？　フェリス様、どうして？　どこから？

「どうして泣いてるの、レティシア？」

いけない。

レティシアが泣いてるので、フェリス様を驚かせてしまったみたい……。

「え。あの。竜王陛下が……」

「レーヴェがレティシアを泣かせたの？」

ううう？　何故？

フェリス様の気配が剣呑に……。

ご、誤解だし……。

「ち、違います。あの……竜王陛下が悪いみたいに聞こえたら、いや……。竜王陛下の絵姿を見つめて、今朝フェリス様からお聞きしたお話をしてたら、竜王陛下が、オレの可愛い娘、って言ってくれたような気がして……、そ、それが、何だか幸せで、私のお父様の声を思い出して、泣けてきて……、竜王陛下、何も悪くな……」

「レティシアのお父様を思い出したの？」

「……はい……」

ああ、フェリス様の気配が和らいだ。

よかった……。

何だか知らないけど、レティシアのせいで、竜王陛下が悪者にならなくてよかった……。

ぎゅっと、安心させるように、フェリスがレティシアを腕に抱く。

「フェリス様、王宮からの使者様は……」

「うん。話は終わったから、大丈夫。ごめんね、レティシア、一人にして」

「いえ……」

泣いてたのは一人にされたからではないので、そこは全然気にしてくださらなくていいのだけれど……。

「レティシアのお父様、どんな方だったの？　レーヴェと似てた？」

「いいえ……私のお父様は、竜王陛下やフェリス様のような華やかな方ではありません。ただ、とても優しくて……」

お父様、きっと、びっくりする。

レティシアが結婚なんてありえないって。レティシアは何処にもやらないって。

お父様とお母様が生きてたら？

十二歳も年上のフェリス様とレティシアの結婚の話は持ちあがらなくて、フェリス様と逢うこともなかったの……？

「うん？」

「とても私を大切にしてくださいました……、それを思い出して、ただ幸せな……涙がこぼれて……」

「レティシアの父君と母君にはとても及ばないだろうけど、僕がレティシアを大切にするから」

フェリスの言葉に、レティシアはまたぽろぽろ泣き出した。

「レティシア……？　何か、悲しいこと思い出した？」

「……ちが……、いま、幸せ……なの……で……」

人間って、幸せでも泣けてくるんだ、と、この朝、レティシアは学んだ。

でもやっぱり、フェリス様が心配して何処からでも飛んで来たらいけないから、泣かないようにしたいな……。

（フェリスよ……、慌てて転移してきたわりに、おまえもレティシア泣かしてるぞ？）

突然泣き出した新しい愛娘にお手上げだった竜王陛下も、不器用で幼い二人を、肖像画のなかから、微笑んで見下ろしていた。

「レティシア、どんな本が読みたいの？」

泣きやんだレティシアに、フェリスが尋ねてくれた。

「えっと……嫁と姑のお話とか……」

真面目な顔でレティシアが言うと、フェリスが描いたような眉を動かす。

「……うちにそんな本あったかな？　対、義母上用に？」

「はい。私は、母から妃としてのありかたを教わる時間がありませんでしたので……本で少しは補えないかと……」

でも現代日本じゃないから、妻の心得、姑対策、なんてハウトゥー本はないかなー。

「うちの義母上はかなり独特というか……。レティシアより先に、僕が嫌われてるからなあ……」

フェリスは苦笑してる。

この若さで、図書室で嫁と姑本探すのはどうなの、とは思うけど、フェリス様と二人で、本を見てるのは楽しいな。

「せいぜい、アリシア妃の本とか……。歴代ディアナ王妃の本があるかな……？」

「アリシア妃の本、読んでみたいです」

竜王陛下レーヴェ様の王妃。いまのディアナの繁栄を築いたアリシア妃。

「アリシア妃の本は読み物としておもしろいから、人気の本だよ。嫁姑対策は載ってないけど。レーヴェの観察日記的な……」

「楽しそう！」

「じゃあ、これね」

「ありがとうございます、フェリス様」

高いところからフェリスが取ってくれたアリシア王妃の本を、レティシアは大事そうに抱える。

アリシア妃とレーヴェ様との恋のお話とか、書いてあるのかなあ。

「ここで、フェリス様が読んでた本があったら、それも読みたいです」

レティシアはここぞとばかりにおねだりする。

「……ここで？　ここでは、農地経営だの、法律だのの本を読んでたような……？　あと、定番の魔法の本……、薔薇の栽培について知りたくて、薔薇の本とかも読んでたな……」

いまのレティシアくらいの歳に、こちらの領主となられたちいさいフェリス様が、ここで年齢に似合わぬ本に埋もれていた様子を想像すると可愛らしい。

ちいさなフェリス様もまた、誰にも尋ねられぬことを、本から知ろうと、この天井まで書架を埋める本たちに助けを求めていたろうか。

「あまりレティシアに薦められるような楽しげな本ではないかと……」

「楽しくなくても、いいのです。私くらいの歳の頃のフェリス様が読んでた本を読みたいので。そうしたら、その頃のフェリス様に逢えるような気がして」

「……姿だけでもよければ、いますぐにでも？」

言葉とともに、フェリスの姿が、現在の十七歳のフェリスから、五歳程度の小さな姿へと変化した。

「きゃー！」

「これで、レティシアとおなじくらい？」

「可愛いですー！　眼福です！　ちいさなフェリス様も推しまくれます！」

ううう可愛い！

フェリス様のほっぺぷにぷにしていいかなー？

ダメかなー？

「ああ、小さくなると、本がとりにくいか……おいで、レティシア」

「……はい？　あ……！」

手をとられるままに伸ばすと、フェリス様と一緒に浮いていて、随分上の方の棚の前にいた。

「確かね、この魔法書、小さい頃に、使いやすかったかも……」

青い背表紙の本をフェリス様が上段の本棚から取り出す。

「この本の人、絵が上手なんだよ」

「あ、可愛い」

魔法の手順などを、丁寧に図解で説明してくれている。

確かに、これは、子供には嬉しい……。

あとは、字が読めない人にも、わかりやすいかも……。

「でしょ？　これも読む、レティシア？」

「はい！　フェリス様……？」

「ここでいつも一人で本を探してたんだけど……。レティシアと二人で本を探すというのも、楽しいものだね」

「楽しい、です！　私の読む本ばかり探していただいてますが、フェリス様の読む本も探してくださいね……」

でも、ちっちゃいフェリス様、貴重だから、ずっと見てたいと思って、ちっとも本が探せないよー。

本を探す用と、推しの幼いころの貴重な姿を観察する用と、目が、よっつくらい、欲しいー！

王弟殿下の婚姻と、ディアナの騎士たち

「フェリス様がいないと、王宮に目の保養がないよ～」

「おまえ……そんな恐れ多い……」

「何だよ～みんな言わないだけで、絶対そう思ってるじゃないか～」

剣の手入れをしながら、歳若いディアナの騎士がぼやいている。

「でも、昨夜のリリア僧の逮捕にも、王弟殿下はこっそり関わってらっしゃるんだろう？　王弟殿下に御救いいただいたって助けられた者たちが鼻高々だって言うじゃないか。フェリス様、ちっとも休みになってない気が……」

「そんな～フェリス様、なんで、そんなおもしろそうな捕り物、呼んでくださらないんだろう……

一言お声かけてくだされば馳せ参じるのにぃ」

「いらんだろう、おまえの手……。王弟殿下のほうが間違いなく強いし……。てか、御婚礼御仕度中なのに、捕り物なんぞしててはダメなのでは、殿下……」

「フェリス様の婚約者は、あれだろう？　サリアから来た王女様だろう？　御婚約者が小さすぎて、王弟殿下、お困りなのでは……御気の毒に」

「でも、オレ、昨日、御二人が回廊歩いてるところをお見かけしたけど、声立てて笑ってたぞ、フェリス殿下」

「え？　フェリス様が？　それは珍しい」

「あ、オレもそれ見た！　すんごい可愛いお姫様だよな！　フェリス様と兄妹みたいだった！　先日ご到着したばかりだろうに、あんなに御二人の雰囲気が似てるってことは、気もあうんだろうな」

「うちの姉、フェリス様を陰ながらお慕いする会の有志だけど、フェリス様はどうやらサリアの姫君をいたくお気に召した御様子、であれば、信者としては、姫も熱くお支えせねば、って何だか燃えてたぞ……」

「そこは姫に意地悪するんじゃなくて支えちゃうの？　おまえの姉、おもしろいな？」

「うん。真の愛好家たる者、我らの王子の愛する者を我らも愛す、んだって」

レティシアが聞いてたら、ぜひとも御姉様とフェリス様についての御茶会を……と目を輝かしそうな話である。

「あー。それはでも、そうかも。昨日、フェリス様が楽しそうにレティシア殿下連れて歩いてらしたから、フェリス殿下が、王太后様に押し付けられた異国の姫君を大切に愛でられる御心なら、そのようにこちらも対応しよう、って向きがたくさんあるよな～」

「竜王剣を陛下が抜けないなんて噂は、外国のリリアの僧たちが流してたってんなら、早く王太后様、損ねた御機嫌なおしてほしい～、フェリス様が気使って王宮から姿消してると、王宮の花たちもしょんぼりしてるよ」

「そもそも竜王剣って使えるの？　オレ、あの剣、宝玉多すぎて、立派過ぎるから、観賞用だと思ってた……だって絶対重いよ」

観賞用の剣というのも、あるにはある。

それはそれで仕事をしている。

絵巻物に出てくるような剣は、どうにも実際の戦闘に使うには、不便なので。

「竜王陛下が持つ分にはいけるんだろうけど、普通の人間にあれはなあ……」

竜王陛下はフェリス王弟殿下と同じく見た目は優男だが、体力も握力も、人間とは比べるべくもないので。

「うーん。竜王陛下の血に呼応するんじゃないのか？　どっちにしろ、ディアナの神剣のことを、リリアの僧にどうこう言われる覚えはないよなあ」

「ホントだよ！　おかげで、フェリス様がとばっちりで謹慎食らったじゃねーか！　噂撒いた奴、極刑にしてほしい、陛下の為にもフェリス様の為にも、オレの為にも！」

「おまえはただ、優しいフェリス様に仕事手伝ってもらえなくて、切れてるだけだろ……。まあもう少しで、フェリス様の結婚式だから、華やかに御戻りになるよ」

「楽しみだな〜、オレの警備担当区域、よく見えるといいな〜」

「フェリス様が謹慎!? って話に、ディアナ中の商人たちが、まさか、結婚式のお日にちがずれたりは……! って蒼ざめてたからな。王太后様も罪作りだよ」

「うーん。王太后様、自分で決めといて、フェリス様の結婚、嫌なんじゃないの？ いつもフェリス様に関しての王太后様、複雑怪奇だから……」

「確かに。王太后様が薦めといて、嫌なのか？ ってとこはあるよな。まあ、何をどう言っても、もう可愛い姫様もいらして、フェリス様とも仲良くなってるんだし、結婚式はすぐ来るさ。来ないと、ディアナ中の花屋が発狂するよ」

「確かに！ フェリス様の結婚祝いで稼ぐ気満々の、洋服屋も、菓子屋も、飲み屋もな！」

ディアナにとって王弟殿下の婚姻は、楽しみで仕方ないお祭りのひとつである。

（フェリス本人が祭り好きな性格かどうかとは、全く無関係の話である）

オレの娘と、同担拒否

「敬愛する竜王陛下といえど、我が婚約者を泣かせた罪は、万死に値すると思います」

少し外に出かけよう、何か気に入ったドレスに着替えておいで、とレティシアには天使の微笑みで別れておいて、フェリスは不機嫌を絵にかいたような顔で、レーヴェを見上げていた。

「いやいやいや、待て待て待て待て。オレはレティシアを苛めた訳じゃないぞ。私を娘と思ってくださいますか？　ってレティシアに聞かれたから、もちろん、レティシアはオレの可愛い娘だよ、って言っただけでな……おまえ、レティシアに猫被ってる分、裏で狂暴になってないか？」

「そんなことはありません。レーヴェの手の早さに呆れてるだけです」

「オレ、べつに手は早くないぞ。どちらかというと、気の長い方……てか、フェリスの婚約者になった時点で、既に、レティシアはオレの娘じゃないか？」

「レーヴェは僕の父上じゃないでしょ」

「何を言うか。オレはディアナと、オレを信じる全ての子らの父。ましてや、レティシアは、オレの末裔、オレが手塩にかけて育てた、この可愛いフェリスの嫁！　これはもう、どう考えても、オレの娘！」

「有難い神様なのか、滅茶苦茶言う我儘竜なのか、どっちなんです？」

「どっちもだな。年中ありがたい神様やれるほど、出来た男ではないからな」

大口をあけて、レーヴェは笑う。レティシアを泣かすなと怒ろうと思ってたのに、ディアナの竜王陛下は相変わらずの気楽さである。

「レティシアは、親を亡くしたばかりなんだから、父親の声に弱いわなあ……」

「レーヴェはずるい」

「何が？」

「父親の代わりなんて、とても僕にはできない」

レーヴェは、レティシアやフェリスだけでなく、すべてのレーヴェを信じる者たちの父だ。ディアナのみならず、フローレンス大陸に生きる、レーヴェを信じる人々の心を支えている。

「……？　レティシアは嫁に来たんだから、おまえは父親になるんじゃなくて、レティシアの配偶者になるんだろ？」

「……でも、きっと、レティシアが欲しいのは、恋人とか、夫とか、そんなものでなく……」

レティシアを、一人、残して置いていかない家族だ。

誰よりも我儘を言える、手放しで甘えられる、必ず味方でいてくれる、そこにいるのが、当然の存在。

母の喪失とともに、ずっと昔に、フェリスが失ったもの。

何処か欠けた自分が、ちゃんと、あの子の、そういうものになってあげられるんだろうか……？

「そりゃそうだな。五歳で旦那が欲しい訳ないな。父親のほうが大人気だわな」

「レティシアのお父様なら、レーヴェと違って、真面目で堅実な方だったのでは……？」

どう考えても、レティシアの父親がレーヴェと似てるとは思えない。

「何が言いたいんだ、おまえは？　まあ、坊や、そう焦るなよ。おまえとレティシアは、これから一緒に暮らして、のんびり、ふたりで家族として、一緒に成長していけばいいんだから。……それにしても、おまえ、同い年の姿に変化までして、レティシアの気を引こうとは。孤高の美貌と謳われたフェリス王弟殿下の涙ぐましい努力よ……」

「べ、べつに、無理に気を引こうと思ったわけでは……、レティシアが同い年の僕に逢いたいと言ってたので……少しは……喜んでくれるかなと」

レーヴェにからかわれて、ぱあっ、とフェリスの白い頬が赤くなった。

「めっちゃ喜んでて可愛いかったなレティシア。……ところで、フェリスよ、レティシアがよく言ってる推しとはなんだ？」

「推し、とは、大好きな人のことだそうです」

「相愛の相手のことか？」

「いえ。片思いでもいいんだそうです。最初に僕が聞いた限りでは、人々がレーヴェを思うような思いかと……」

「信仰のようなものか？　レティシアはフェリスの妃になるのに、フェリスを信仰するのか？」

「はい。そして、レティシアは推し友が欲しいそうです」

「……何じゃそりゃ？」

「推し友とは、同じ推しを崇拝してる者だそうです。レティシアは、同じ推しを推してる方々と語らいたいんだそうです」

「ううん？　何を言っとるのか、さっぱりわからんな？　婚約者を好きな他の奴になんて、ちっとも逢いたくないだろう？」

「僕もそう思います。そう言ったら、それは同担拒否という、心の狭い行いだとレティシアに諭されました」

「うーん。……おまえの婚約者、そうとう面白いな？」

「はい。見てると、飽きません」

今頃、レティシアは、可愛い外出用のドレスを選びながら、くしゃみをしているかも知れない。

でも、レティシアの謎発言も、謎行動も。

何もかもぜんぶ愛しい。

基本、謎めいていても、意味不明でも、フェリスへの悪意はどこにもないことだけはわかる。

「あ、なあ、そうすると、オレとフェリスは、レティシア推しで同担か？」

「ですから、僕は同担拒否です。謹んで、レーヴェとの同担は、お断りします。レティシアは僕のレティシアです」

「心が狭いぞ、フェリスよ」

レーヴェがお腹を抱えて、空中で笑っている。

「存じております。この件に関して、広げる予定は全くありません」

傍迷惑なほどの強火レティシア担当としての道を、順調にきわめている王弟殿下である。


「レティシア様、図書室ではよい本は見つかりましたか？」

「たくさん……！　フェリス様が見つけてくださったの」

「まあ。ようございましたね。楽しい時間でいらしたのですね？」

「とても。私、本を探すときは、一人がいいって思ってたけど、二人で本を見るのも楽しいのね」

「本好きのフェリス様に本好きの花嫁様がいらして、よろしゅうございました」

ああ、ちっちゃいフェリス様可愛かったな～。

ちっちゃいフェリス様と一緒にケーキ食べたりもしたかったな～。

あんなに可愛いなんて、フェリス様、ちいさいとき、誰にも攫われなくてよかった！

危険！　あれは、可愛すぎて、ぜったい危険よ！

「レティシア様、頬が薔薇色で、本当になんてお可愛らしい。お化粧など必要ない程、お美しいですが、日焼けから美しいお肌を守る為に、ほんの少しだけ薔薇のオイルをお塗りしましょうね……薔薇祭のころは、いつも一年で一番日差しがきついので……」

鏡の前でレティシアの髪をなおしてくれながら、ハンナが言う。

「薔薇祭？」

「はい。こちらの伝統のお祭りで、一か月ほど、いろいろな催しが行われます。薔薇祭の季節に、レティシア様をお迎え出来て、私共も嬉しいです」

「あ！　レティシアつれて、領地の花祭りに行こうかなってフェリス様が仰ってました」

その話をしてたときは、王太后様からフェリス様に謹慎が言い渡されたばかりで、二人でとっても吃驚して困ってた。

幸い、謹慎は解除されて、婚礼準備の休暇になった。

……婚礼準備って何するのかしら？

フェリス様とレティシアの二人でエステとか？（しないか……）

「フェリス様、きっとレティシア様を、一番美しい季節に、この地にお連れしたかったのですわ」

鏡に映る、控えめながらも誇らしげなハンナの表情。

「フェリス様の気配が、こちらに来てから優しいです、王宮にいた時より」

王宮では、やはり気を張ってらっしゃるんだなあ……。

それでも、あそこが、フェリス様の居場所。

昨日、フェリス様と一緒にお仕事されてる方にもお逢いした。フェリス様とても慕われてて、お休みになるのを残念がられてた。

「まあ、嬉しい御言葉です、レティシア様。何もなくて、薔薇の花ばかりの土地ですが、この地は御二人の家ですから、ゆっくり寛いでいただけますように。レティシア様、お出かけのドレスは何色になさいますか？」

レティシアはいったい何人いるのだ……というくらい、ドレスのクローゼットには可愛らしい帽子やドレスや靴がひしめきあっている。フェリス様の花嫁を喜ばせたくて、山と作られたドレス、帽子、靴……。

「お帽子、どれになさいますか？」

「お帽子……どれも可愛いのね」

「レティシア様のお好みがわからなくて、たくさん作り過ぎてしまって……。次からは、きちんと

「レティシア様の御好みを伺って作れます」

レティシアにそう告げるハンナはとても嬉しそうだった。


お出かけ！

お外にお出かけ！

髪も可愛く結んでもらった！

薔薇の飾りのついたお帽子とかも選んでみた！

ドレスは、フェリス様の瞳みたいな透き通った碧のドレスがあったので、それにしてもらった！

謹慎転じての休暇なので、そんなに浮かれるべきじゃないのかも知れないけど、つい、浮かれてしまう。

わりと、フェリス様が、ふんわり、のんびりされてるせいもあるかな～。フェリス様は毎回、王太后様の御振舞には心理的にかなりダメージ受けるみたいだけど、それ以外の現実的なことは、淡々と目の前の事をこなしていくって感じ……。

王都で初デート（？）誘ってくださったときに、そっと広場での騒ぎを収めてらしたときも、昨日の潜入捜査のときも、外敵には怯まないんだ、って感じだった。

ああ、でも、人間、誰でもそうだよね。

レティシアも、ディアナ王弟との早すぎる婚姻どうこうより、身内の叔父達に冷たく当たられるほうが哀しかった。

いま、フェリス様がとてもレティシアに優しくしてくださってるけど、もしディアナの王弟殿下が、年下すぎる花嫁のレティシアを気に入らなくても、それは仕方ないかも……花も盛りの十七歳の少年が、子守りは嫌かも……、的な気分はあった。よく知った人からの裏切りや排斥は辛いけど、まるで見知らぬ人にはそこまで望まないと言うか……。

実際には、逢ったこともなかったフェリス様のほうが、血の繋がった親族よりずっとレティシアに優しかったのだけれど。

「レティシア、支度は出来た？」

「はい」

フェリス様が迎えに来てくれる。

気のせいかしら？

なんだか、フェリス様が、愛しくて仕方ないものでも見るような眼差しで、レティシアを見つめてくれるの。

昨日、王宮では、宮廷雀たちに勝手なことを言わせぬよう、幸せで仕方ない二人を演じよう、って打ち合わせしてたけど。

（や、それに、フェリス様のおかげで、毎日本当にレティシアは幸せなんだけど……）

ここはフェリス様のご領地だから、そんなにラブラブな二人を装わなくても大丈夫なのでは？

（いや、ラブラブでなくても、とっても仲良しな二人ですけど!!）

「フェリス様、薔薇祭に行くのですか？」

「そうだよ。ハンナに聞いた？　この時期、一か月くらいずっと何かしら催しをやってるから、結婚式の後にレティシア連れて来ようかと思ってたんだけど。今のほうが、薔薇は見頃かもと」

「薔薇の御菓子とかたくさんありますか？」

「うん。薔薇の御菓子に、化粧水に、オイル、石鹸……何でもあるよ」

「凄く質がいいですよね。フェリス様のところの薔薇の石鹸に変わってから、レティシアのお肌もつるつるです！」

「……レティシアは何もしなくてもつるつるしてるかも？」

何かがツボに入ったらしく、フェリス様が笑っている。

「でも、ちょっと荒れてたのです……」

「婚礼の長旅や、諸々の心労のせいかも知れないね。大丈夫？」

レティシアの白い頬を、フェリスの長い指がすくう。

にゃー、ほっぺ、ぷにぷにされた……。

レティシアもちびフェリス様にぷにぷにしたかった……。（さすがにねだり損ねた）。

「いまは、こちらの薔薇の石鹸で、つやつやに」

「レティシアがそう言ったら、きっとまた石鹸のオーダーが山と届くよ。僕が使ってるからって、やたら欲しがる人とかいるから……」

「フェリス様、白磁のようなお肌だから」

「うちの石鹸のおかげかどうかは謎だよ。単にレーヴェ譲りの頑丈な肌なのでは、と僕は思う」

「が、がんじょうなフェリス様の肌……」

頑丈、と、竜王陛下、と、フェリス様の綺麗なお肌、がレティシアの脳内でうまく結びつかなくて困る。

「竜の鱗とか硬そうじゃない？」

「それとフェリス様のお肌はぜんぜん違います……こんなに柔らかいし」

レティシアも手を伸ばして、フェリスの頬に触れてみる。

おっきいフェリス様だけど、ほっぺはつやつや。

レティシアのお父様とはぜんぜん違うな……（あたりまえ）。

「……フェリス様。レティシア様。あの……御二人の仲が睦まじいのはとてもよいことなのですが、いささか、皆がびっくりしているというか……」

レイの控えめな制止の声。

え？　え？　……何かダメだったかな？

「レイ。私、何か見苦しいところがありましたか？　婚約者のほっぺをぷにぷにするのは淑女として、ダメでしたか？」

いけない。

ちっさいフェリス様のほっぺにそうとう触りたかったみたいで、もうおっきなフェリス様に戻ってらっしゃるのに、つい欲望に負けてしまった……。

何か淑女として、ダメな振る舞いだったのかも知れない。

『淑女とは』という本も借りて来たのだが、まだ読めてない……。

「ぷにぷ……いえ、とんでもありません、レティシア様。レティシア様には何も問題ありません。我が主は普段が普段なので、皆に驚かれますよ、と御忠告しただけで……」

「僕が大事な婚約者の健康を心配して何がおかしいんだ？　こんな小さなレティシアの肌が荒れたと聞いたら、気にするだろう？　いかに僕でも、もとからそこまでひとでなしではないぞ？」

「フェリス様はひとでなしじゃないし、わたしはちいさくないです……」

前半は真実だけど、後半はうそ。ホントは、レティシアは、ちいさい。

けど、何だか小さい扱いに反論!!

「フェリス様の乳母でもある私の母が……レティシア様のお世話をしているサキのことですが、子供のときに子供らしく過ごせなかったフェリス様を、レティシア様がまるで育てなおしてくださってるようだと申しておりました」

「私は何も……だけど、サキはフェリス様の乳母だったの」

レティシアが育てなおすなんて、とんでもない。前世でも、赤ちゃんも育てたこともないのに
それにしても、サキ、フェリス様の乳母だったんだあ。それで、他の女官とは、フェリス様のサキへの接し方が少し違うのね！

（それ以前の問題……）。

ふにゃ。昨日の今日なのに、サキ逢いたいな。それこそ、サキ、お母さんぽい安心感なんだよね。

「……レイよ。まるで僕がよほどの発育不全に聞こえるじゃないか」

「いえ、どちらかというと、フェリス様は子供の頃から優等生過ぎて、いろいろと子供らしい遊びを、他の方より損された感ですね」

レイとフェリス様は、いつもながらに可愛い。

乳兄弟でもあるなら、レイにとってフェリス様は心配で仕方ない弟みたいなかんじなのかな？

「レティシア、馬車より馬の方がよく見えるから、騎乗で行こうと思ってるけど、僕と二人で乗ってくれる？　レティシア一人で乗せるのは、祭り時期で外部からも人も入ってるから、心配なので」

「あ……、はい」

レティシアの背中ががら空きにならないように、安全上、心配してくださるのかな？

でも、そんなのお伺いすると、フェリス様の背中も心配だなー。

（レティシアは、密かに竜王陛下の血を濃く受けたフェリス王弟殿下が、ディアナというか大陸でもおよそ最高峰の魔力の使い手で、お夜食前に、レティシアに内緒でよその神殿一部破壊してるなどとは夢にも知らず、いつも優しい婚約者殿が、誰かに傷つけられないか、大真面目に心配している。傍から聞いたら、何とも可愛らしい心配であるが、レティシア本人は真剣である）

王宮に彼がいないことについて

「リリアの僧は、各国でこのようなことをしてるのか？　我が国、ディアナに遺恨あってのことか？」

　マリウスは下問する。

「リリア僧は各地で布教は行ってるようですが、何か……我が国に関しては、レーヴェ様に対する憎しみのようなものを感じると申しますか……」

「竜王陛下に？」

「はい。殊更にレーヴェ神は全体に鷹揚な神なので、宗教的な抗争は少ない方なのだが……。レーヴェ様を邪神と貶め、レーヴェ様を信じることは間違いだ、汚らわしい邪神信仰であり、陛下や王弟殿下を邪神の下僕などと説いていたようで……」

「何と不敬な！」

「忌まわしい者どもじゃ！」

「陛下、すべてのリリア僧の捕縛、あるいは国外退去をお命じください。竜王剣の噂もあれらが撒いたとのこと。リリア神の教えの布教どころか、陛下の治世の転覆を企む悪しき者どもです」

「そうだな……、フェリスはどう思う？」

　いつもの癖で、マリウスはそう問うていた。

「へ、陛下。フェリス王弟殿下は、休暇に……」

　申し訳なさそうにそう言われて、マリウスも思い出す。

「ああ、そうだな。余がぼんやりしておった。このような折には、フェリスに傍らにおってほしいな」

　何時の頃からか、マリウスは、フェリスはどう思う？　と尋ねるようになった。最初は、聡明なのに控えめな歳若い弟の意見を聞いてみたいと思ったからだ。いままでは誰の意見よりも、フェリスの言葉を信頼している。

「王弟殿下からは、竜王剣の噂を流して陛下の威信を傷つけた者には厳しい処罰を、人心を乱すリリア僧達には厳しく制限を、と申し送られております」

王が竜王剣を抜けぬ、と噂を撒いた者は、何を望んでいたのだろう？　マリウスの退位？　竜王陛下の威信の失墜？　竜の王家の名を落とす為？　そうして、その者は、本当のことを知っていたのだろうか……？

この場の誰もが、悪しき流言を流した者たちが捕縛されたことを喜び、マリウスが竜王剣を抜けぬ、などと不敬なことは夢にも思わない。その信頼は有難いが、後ろ暗い気持ちのマリウスはよりいっそう孤独を感じた。まして、いまは、フェリスもここにいない。

「フェリスらしいな。……昨夜の捕り物にもフェリスが関わっているのだろう？」

「それは陛下にはお聞かせしてはならぬ、と王弟殿下が……」

マリウスは、竜王陛下の地上の代理人たるディアナ王だが、残念なことに魔力の少ない体質で、レーヴェの声を聴く力がない。誰もそれを責めはしないが、マリウス自身がずっと気に病んでいた。あまたの地上の王たちと等しく、いやそれ以上に王としてのマリウスの心は孤独であり、その孤独を癒してきたのは、心優しい王妃のポーラと、レーヴェ竜王陛下そっくりの美貌の弟だった。

（陛下……、兄上の優しい御心がきっと民を守ります）

フェリスがそう言ってくれると、まるで竜王陛下に褒めてもらったような気分になれた。

それは他の臣下ではとても果たせない役割だった。

弟が出来がよすぎると嫌ではないかと、酒宴の戯言交じりに友に尋ねられたことがあるが、マリウスにとって弟は常に守ってあげたい存在だった。(残念ながらマリウスの力は足りず、いつも母から弟を守ってあげられなかった。大人になったいまですら、そうだ。むしろそちらのほうに本当に嫌になる)

己の不甲斐なさにがっかりすることはあれど、弟を疎んじたことなどなかった。

マリウスの家は千年続く竜の神の血をいだく王家なので、他家とはやや異なった家庭事情もあり、兄弟としてのあり方も同じではないかも知れないが……。

「……フェリス、不心得でしょう！」

たとえば、剣の稽古で、マリウスが弟に負ける。そうすると、小さな弟が母に叱られる。それが嫌だった。マリウスは王太子であったから、同年代の皆がマリウスに勝ちを譲る。

だけど、べつにそれはマリウスの望んだことではなかったし、マリウスは弟にまでそんなことをして欲しいと思ってなかった。

「……母上？」

「年長の兄を立てるものです！　己の技ばかり追って、人を立てられぬのは、強欲な者の技です！」

「……。ごぶれい、いたしました」

今はすっかり慎重で、老獪になった弟のフェリスも、その頃はまだ自分の能力を隠す事は覚えてなくて、ただ、子供らしく、ありのままに、皆と剣の技を競ったり、魔法の腕を競ったりしていた。

それが、母上の気に障った。

「マリウス、あなたは王になるのです。王たる者は、誰よりも強くなければなりません」

「母上……でも」

それは違うと思った。うまく言えなかったけど。いや、そもそも、自分が十も年下の弟に負けなければいいいんだけど。そのくらい、弟は何をするにも、規格外にできる子だったんだけど。

問題は、そこではないのだ。

「りゅ、竜王陛下はきっと、そうは仰らないと思います」

母上は厳しい人であったから、マリウスが母に言い返す為には、それはもう、あらゆる勇気をかき集める必要があった。

でも、厳しくも優しいマリウスの母上が、フェリスのことに関してだけ、いつもとてもおかしくなってしまうのだ。母の気持ちを考えたら、仕方のないこととは言っても、それが何より哀しかった。フェリスが大切なのもあったけど、大好きな母にそんな風になってもらいたくなかった。

「どういう意味です、マリウス？」

「りゅ、竜王陛下ならきっと、何もかもを自分でできるなど、お、驕った者の考えだと仰ると……。お、王たるものは、剣は剣の得意な者に、ま、魔法は魔法の得意な者に任せ、得意なことは得意な者にそれぞれ割り振って、それを束ねるのが王の仕事よ。……つまり、あんまり、おもしろい仕事でもないわな、オレがオレがって奴には……って仰ると……」

「……」

母の言葉に、沈んでいたフェリスの碧い瞳が、マリウスの必死の言葉で、ほんの少し優しい色に輝いた。それは、マリウスとフェリスが二人で読んだ、竜王陛下の本の御言葉だったのだ。

（竜王陛下の御言葉集は、だいたいそんな風な、冗談めかした謎かけみたいな御言葉だらけだ）

竜王陛下自身は、人ではなかったので、ほとんど無敵みたいな方だったらしいが、誰かや何かに完璧を求めるような性質の方ではなく、だからこそ、その当時、荒れ果てていたディアナの大地を、弱り果てていたディアナの民を、愛して護ってくださったのだと。

ディアナにおいて、レーヴェ竜王陛下のようであれ、と言うのは、誰よりも強い男であれ、という意味ではない。己より力の弱い存在を守れる者となれ、というのが本当の意味なのだ。

「……まあ、マリウス……ふふ。そうね。偉大なレーヴェ様は……、そう仰いますね」

そのときは、竜王陛下の御言葉がよかったのか、幸いにも、母に逆らったけど、母に怒られなかった。

後年、成長するに従って、フェリスの貌が凄く竜王陛下に似てきて（フェリス本人も困惑してたけど）、マリウスも竜王陛下が好きだったけど（ディアナ人ならたいがいそうだ）、母も竜王陛下がとても好きで、だから余計に……たぶん……悔しかったんだと思う。

自分が生んだマリウスが、母を裏切った父よりも、憧れの竜王陛下に似てたらよかったんだけど、悲しいことにそうはならなかったことが。

王の円卓に座る誰もマリウスを怪しんでいないし、最愛の弟フェリスもマリウスを疑ってなどいないが、どうしてもマリウスを王にしたいあまり、母上は許されない嘘をついたのだ。

竜王剣は、マリウスを選んでいない。

竜王剣の選択は、レーヴェ様の、竜王陛下の御意思。

竜王陛下は、マリウスを王に選んでいないのだ。

リリア僧が竜王剣の噂を撒いたのは、もちろんディアナの為ではないだろうから、それには厳しく対応しなくてはならない。そのようなところから、他国につけいられてはならない。富めるディアナをよく思わぬ国はガレリアだけではない。

世界は優しい心だけで構成されている訳ではない。

生まれた国を、ディアナの民を、侵そうとする者の手から、守らねばならない。

たとえいつかマリウスが王位継承に関する虚偽の罪を暴かれて、断罪され玉座を追われることになろうとも、ルーファスはまだ幼いが、我が国にはフェリスがいる。

怖れることはない。父を亡くしてから、ずっとフェリスと共に国を守って来た。

真実が露見したとき、母とマリウスがどのような裁きを受けることになるにせよ、きっとフェリスが、最愛のディアナも、罪なきルーファスやポーラも守ってくれるはずだ。

だが、家臣や民に嘘を裁かれるよりも、フェリスが真実を知ったら、どんな顔をするだろう、と思うと……。

王などやっていると、本当にすべてのことを話せる友人はいない。

マリウスにとって、いちばん近しいものが王妃であるポーラと、母の違う弟であるフェリスだ。

もちろん、フェリスのことは、すべてはわからない。マリウスにはわからない辛いことが、フェリスにはたくさんあったはずだ。

だけど、ほかの誰の信頼を失うより、フェリスの信頼を失うことが哀しい。

たった一人の弟で、年下の聡明な友人。

この恐ろしい虚偽が露見したら、フェリスはいままでのように優しい瞳でマリウスを見てはくれないだろうか……。

(私の大事なマリウス、あなたは王になる為に生まれた子なの……)

それが母マグダレーナの唯一の支えだった。何も知らなかった頃は、マリウスは母の夢を叶えてあげたいと思っていた。父が母をまったく愛してなかったとは息子のマリウスは思わないが、母だけを愛した訳でもなかった。

お互いに、それについて語ったことはないが、マリウスもフェリスも自分は一人の妻しか持たない、と少年の頃から心に決めていた。

そのことで嫌な思いをしてきた母を見て育っているからだ。

だから、マグダレーナが、茶会でフェリスに側妃を奨めたと聞いて、フェリスと同じように、何ならフェリス以上に、マリウスも失望していた。

それは、母が、人生で最も傷ついたことではないか。なのに、五歳の娘相手に側妃を選ばせるとは何事なのか。いったい何を考えているのか。

フェリスとは花嫁の年齢があわない、とのマリウスの抗議を無視して、あの婚姻話を奨めたのは母なのに。

（マリウス。あなたが王様だから好きになった訳じゃないわ）

ポーラがそう言ってくれた時に、不思議なことに、人生で初めて、肩の力が抜けた気がした。

物心つく前から聞かされてきた母の言葉もあって、王でない自分は、まるで価値のないもののように思っていたことに気づいた。

誇れる息子で夫で、幻滅されない父で兄でありたいと思うけれど……。

「陛下、リリア神殿被雷へのお見舞いはいかがなさいますか？　リリア僧の捕縛と重なって起きたため、レーヴェ様のお怒りなどと言われているようですが……」

「それは向こうが疚しいところがあるからだろう。……見舞いは丁重に。だがディアナ内でのリリア僧の行動には制限が必要だな」

さまざまに憂いは尽きないが、ディアナの玉座にあるかぎりは、王として恥じない働きをしたい。

王弟殿下は、実は極甘

これまで機会がなかっただけで、ディアナの王弟殿下は、愛するものはとことん甘やかしたい性質である。

レティシアが戸惑うくらい、愛しいと思ったレティシアに関しての採点も何もかも甘すぎだし、実は、兄のマリウスに関しても、かなり採点は甘い。

兄のマリウスが竜王剣を抜けるの抜けないのと噂で言われても、いったい何を言っているのか、くらいで全く意に介さない。

兄上は竜王剣の儀式をきちんと終えているのだし、もしも何らかの理由で、伝説の宝剣が抜けなくても、兄上は王としてちゃんと務めている、と非常に現実的な判断を下している。

（ただ、レーヴェの剣が認めないとなると、ディアナの皆は許さないかも知れない、という意識はある。なので、竜王剣の噂の件は、早めに収束させたかった）

レーヴェの気配を好む剣、と竜王剣の説明をレーヴェから聞いて、まずフェリスが思ったのは、では、自分は竜王剣からできるだけ遠ざかっておこう、だ。

どう考えても、現世でいちばんレーヴェと親しいのはフェリスだと思う。

それはレーヴェが、寂しそうだった王宮のやけに魔力の強い孤児を憐れんだだけで、『竜王陛下の地上の代理人』とも『竜王剣の使い手』とも関係ない話だが、レーヴェとは毎日のように話しているから、レーヴェの気配はフェリスからするかもしれない。

そんな心配はないと思うが、間違ってフェリスが竜王剣を抜きでもしたら、義母上がもっと発狂する。それは避けたい。

（ディアナ人の感覚で言うなら、そもそもレーヴェとこの世で一番親しい者が、ディアナの王になるべき存在なのだが、フェリスは妙なところが抜けていると言うか、天然と言うか、そこはちっとも考えていない。無意識に、優しい兄からは何も奪いたくない、と思っているのかも知れない）

「フェリス様」

「レティシア、早い？　もっとゆっくりがいい？」

「いいえ。大丈夫です。楽しいです！」

春爛漫のシュヴァリエの地を、フェリスはレティシアを抱いて、馬を駆る。レティシアは珍しそうに辺りをきょときょとしている。

母を失って、最初にここに一人で赴任してきた幼いフェリスに、十二年後、小さな可愛い花嫁と春にここを訪れることになるぞ、と言っても、きっと信じない。

何を言っているんだ、馬鹿なのか？　と氷のように冷たい眼で見上げる自信がある。

でも、あの頃の不機嫌顔の小さいフェリスが逢ったとしても、きっとレティシアを一目で気に入ると思う。

「きゃー！　フェリス様、いちごです！　野イチゴたくさん！　摘みませんか⁉　摘んではダメでしょうか？」

レティシアは可愛い帽子のリボンを春の風にはためかせながら、いちごを発見して大ご機嫌だ。

いまの僕も昔の僕も、こんなにおもしろくて、可愛い王女様、放っとけないだろう……。

「あ、フェリス様、また笑ってる」

「うん。野イチゴ摘みたがるうちの王女様、おもしろいなって……」

「だって、なかなか、いちご摘み、王宮ではできないでしょう？」

「レティシアの為に、帰ったら、本宅にもいちご畑を作らせるよ」

「本当ですか？　それはとっても魅惑的です！」

いちごにはしゃぐレティシアは、何だか呼吸してるだけでも楽しそうで、王宮暮らしでのフェリスの憂いも、春の青空に溶けていくような気がした。

いちごを摘んで

お天気がよくて、空気が気持ちいい！

しかも、我儘いって、途中でいちご狩りに降ろしてもらっちゃった！

いちごを摘む!!

ちょっと子供みたいで（子供だけど）恥ずかしいけど、レティシア一人で乗せるのが不安、というフェリス様のお話には納得したので、フェリス様と二人で白馬に乗せてもらった。

フェリス様の愛馬シルクは、レティシアの愛馬サイファァと並び立つイケメンの馬さん。

シルクはちゃんと、レティシアにも優しくしてくれる。

春の花の咲き誇るディアナの道を、サイファァと四人（二人と二匹）で遠乗りできたら、どんなに素敵だろう、なんて、まだまだサイファァに未練いっぱい。

フェリス様の意思が、言わなくてもちゃんと伝わる賢いシルク見てると、つい……。

いいの。

心の中でこっそり、思うくらいなら、罪にならないよね。

私のサイファも、こんな美しい道、浮かれて、きっとはしゃいだろうな、って。

たぶんいま、優しいフェリス様といられて、レティシアが凄く幸せだから、贅沢になってしまって、ああ、サイファもここにいられたら、一緒にいちご食べられたら、って思うんだよね……。

フェリス様と一緒に騎乗するのは、お父様やウォルフのじぃに乗せてもらってたのとは、全然違う感じ……。

騎乗したフェリス様、かっこいいので、ちょっとドキドキする……。

前世で、外国の映画や、ヨーロッパの王室記事などで見た、優雅な白馬の王子様って感じ。

昨日の夜は、魔法使いの仮装のフェリス様達と（仮装ではないのかな、フェリス様、魔法使いでもあるから）、王都にいたけど、いまは、青空の下、フェリス様の領地、シュヴァリエ。

「どうしたの、レティシア？」

「いいえ。昨夜の魔法使いのマントも素敵だったけど、やっぱりフェリス様の御顔がよく見える方がいいなーって」

何でも出て来る魔法使いのようなレイが、小さな藤の籠を出してきてくれたので、レティシアは藤の籠に苺を摘む。

「レティシアは僕の貌が好き？」

「……え？　は、はい。す、好き、です」

真面目に聞かれて、ちょっと頬が熱くなって、困ってしまった。

「ホントに？　レーヴェの絵姿より？」

「……？　はい！」

そこは比べるところなの？

でもいつもフェリス様気になるみたいだから、元気にお返事しておこう！

レティシアにしてみると、竜王陛下は神様なので、神棚とか仏壇とかお地蔵様とか座敷童子（!?）の域なのだが……。

竜王陛下に似てるからフェリス様が好き、とか、よほど言われたのかしら、フェリス様？

「レティシアが好きなら、いろいろ面倒もあるけど、僕の貌がこの貌でよかった」

こんなに綺麗な御顔なのに、竜王陛下似の御顔の苦労もあって、フェリス様可哀想なの……。

「そういえば、サリアの私のところには、婚約者のフェリス様の絵姿、届かなかったです」

普通は、政略結婚とはいえ（だからこそ）、事前に、婚約者の絵姿とか届くのね。

それはまあ、嘘八百の盛り過ぎた美男子とか美女の絵姿も届くわけだけど……。

「それは奇妙だね。僕が管理はしてないけど、流石にディアナから贈ってる筈なのでは……」

「……？　誰か破損したのでしょうか？　うーん。それとも意地悪で貰えなかったのかな……私のフェリス様……」

ひどい。私のフェリス様の絵姿返して……。

レティシアへの嫌がらせで、罪もないフェリス様の肖像画捨てられてたらどうしよう、と、今更ながらに残念に思う。

しみじみ思うけど、迫害されると、レティシア関連のいろんなものが被害を受けて、自分が辛いだけでなく、物にも人にも申し訳ない……。

「僕のところにはレティシアの肖像画届いてたよ。でも本人のレティシアのほうがずっと可愛い。あの画家はもっと腕を磨いたほうがいいね。随分暗いタッチで、あれじゃレティシアとわからないほどだよ」

「あ、それは、本当に、私が暗い顔をしていたのかもしれません。こちらに来てから、フェリス様のおかげで、よく笑ってますが……」

もともとのレティシアは明るい幸せな娘だったのだけれど、フェリス様との婚約時期は毎日泣き暮らしていたので……あれをそのまま描いたなら、画家は正直なだけで、下手な訳ではない。

「レティシア。これたぶん甘いよ」

「本当ですか？」

フェリスが摘んだいちごを、レティシアの唇まで運んでくれた。

レティシアは唇を開いて、フェリスの指からいちごを食べて、ご機嫌な顔になった。

「……美味しい！」

甘いいちご。

と言っても、前世のような糖度を増した甘さではなく、自然な甘さで、とても爽やかで、美味しかった。

「フェリス様、お帰りをお待ちしておりました。なんと可愛い方をお連れになって！」

「フェリス様！」

レティシアと楽しく苺を摘んだのち、にぎやかな音楽や人の声がするところへ、フェリスは馬を向けた。薔薇祭の期間中のせいか、そこらじゅうに薔薇の生花が飾られている。

シュヴァリエの街の人々が、馬上のフェリスとレティシアを見つけると、二人はあっというまに取り囲まれてしまった。

「フェリス様、お帰りなさいませ!!」

「ただいま。今年の薔薇の出来はどうかな？」

「上々ですね！　フェリス様が暫くいらっしゃるなら、薔薇水の出来のよいものをお持ちしますね！」

「フェリス様！　その可愛い方が花嫁様ですか？」

「そう、こちらが、サリアからいらしたレティシア姫だ」

「なんてお可愛らしい！　きっと、フェリス様とお似合いの凄い美人におなりだ！」

「レティシアはこちらに慣れていないから、みな優しくしてやってくれ。このシュヴァリエの女主人になってくれる姫だよ」

「ようやく、わたしたちの薔薇の姫がいらっしゃった……！」

「……？　こんにちわ？」

きゃあきゃあと薔薇で髪を飾った少女や少年たちも歓声をあげてる。可愛いので、思わず、レティシアも馬上から手を振ってしまう。

誰かが生演奏で奏でている弦楽器の音が明るく響き渡っている。そこかしこで、陽気な声が聞こえ、食べ物の屋台の美味しそうな匂いがしている。

薔薇の姫って何？　なになに？

薔薇の国だから、御領主の妃は薔薇の姫なの？

それにしても、意外！（失礼）

フェリス様、領民の方々と、とっても距離が近い……！

竜王陛下に似たフェリス様の美貌で、王宮とおなじく少し遠巻きにされてるのかと思ったら、領民の方々、とってもほがらかな笑顔で、フェリス様を熱く取り囲んでらして、うちの御領主様が好きで仕方ないって感じ。

（ここ、もしや、レティシアと同担のフェリス様担の方だらけ……？　天国!?）

昨日、王宮にいたときは、王太后宮ではもちろん距離ありまくりだし（温度が下がるレベルに……）、騎士の方々は親しいけど、向こうは崇拝って感じだったし（フェリス様、竜王陛下似の王族だしね……）、ルーファス王太子様はレティシアと同じフェリス様担だけど、あんまり仲良くしてたら王太后様に怒られそうだしね……。

白馬から抱っこでフェリス様に降ろしてもらって、レティシアは大地を踏みしめる。

ここがフェリス様の土地！

何気に、ディアナに来てから、フェリス様がよくお外に連れてってくださるから、レティシアの華奢な靴が、庭以外の土を踏める！　両親がいて幸福だったときも、両親を失って余計なものとなってからも、どちらも、サリアでは王宮の庭以外の土を踏むことはそうそうなかった。

「フェリス様、領民の方と親しいのですね」

「民は何が望みだろう、どんなことをしてあげたら暮らしやすいだろう？　って僕が部屋で悩んでたら、そんなの民に聞かんとわからんだろう？　ってレーヴェ……じゃない、親戚の年長者が……」

フェリス様が面映ゆそうな顔をしている。そうかー。どなたか、社交的な御親戚に、民との対話など奨められたのかな？

「……？　竜王陛下が仰りそうですね！」

『竜王陛下の御言葉集』もフェリス様のお奨め本で、図書室で借りたの！

うふふふ。読むの超楽しみ！　たくさん楽しそうな本をお借りしたので（初期の目的の嫁姑対策本の枠を飛び出し……）、レティシアはとっても強化された！

これでフェリス様が忙しくても、レティシア一人のお部屋での生活も超快適ー！

「……おねーちゃ……、フェリス様のお嫁さん？」

「え……」

生の薔薇を髪に飾った幼い娘が、興味津々の大きな瞳で、レティシアを見上げている。

「う、うん？　そうだよ」

ちったい！

可愛いー！！！

レティシアも小さいのだが、小さきものの可愛さよ！

妖精のよう！

「フェリス様のお嫁さま、リナもなりたーい！」

「エマもー！」

「マリアもフェリス様のお嫁様なるー」

「ジークもなるー」

おお。

性別の壁を越え、フェリス様のちっさいお嫁様候補がたくさん!!

「そんなにたくさんお嫁さんにしたら、僕は重婚の罪で、竜王陛下にも国王陛下にも、みんなのお父さんお母さんにも怒られてしまうよ」

フェリス様が微笑いながら、子供たちをあやしている。フェリス様、そんな（子守り）機能もあったんですね！　いろいろ意外です!!

「えーダメー」

「フェリス様怒られるの、やー」

「お嫁さんって、一人しかダメなのー？」

なかなかの美幼児であるジーク君が不思議がっている。

「そうだよ。ジークも大きくなったら、たった一人の人を見つけるんだよ。そうしたら、僕達が祝福するからね」

よいしょ、とぐずるジークをフェリス様が抱き上げると、女の子たちが、ズルいジーク、ズルい、フェリス様の抱っこ!! と非難を浴びている。

「しゅくふくー?」

「そう。薔薇の姫のレティシアと僕が、いつかジークやマリアやリナの結婚を祝福するよ。まだだいぶ先だけどね」

「お姉ちゃんはもうフェリス様のお嫁さんになるのにー?」

「うーん。それはちょっといろいろ国の事情が……」

実は超絶綺麗な顔より何よりも、こういうとこが好きかもしれない、フェリス様。

子供相手でも、誰相手でも、真面目に話ししちゃうとこ。

君にはそれはわからない、とは言わない、優しい天然な私の王子様。

「わたし、事情があって、だいぶ急いでお嫁に来ちゃったけど、フェリス様とみんなの国に来れて、とっても、とっても幸せ、だよ」

マリアという女の子の金髪を、レティシアは撫でた。栄養のいきわたった健康な肌、金色の髪。

レティシアの婚礼の馬車を遠く見つめていたサリアの街の貧しい路地の子供と比べるべくもない。

「あ、マリア、ずるい！　リナも！　レティシア様のなでなで！　なでなで！」

「サーシャも。ばらのひめ。なでなで、しゅる」

サリアの王であるレティシアの叔父は、絶対にこんな風に市井に降りたりしない。誰が飢えていて、何に困っているのかを、知ろうとしない。でも、そういう人々の暮らしに無関心な貴族のほうがむしろ多くて……。

「こら、おまえたち、いつのまに！　フェリス様とレティシア様を困らせるんじゃなーい！」

「困らせてないもん」

「うん。仲良し。仲良し」

「仲良し。レティシアさま、可愛い！　しゅき！」

「うん！　ばらのひめ、レティシアさま、しゅきー！」

ちっちゃい子、こんなにいっぱい久々に見た！

すっごく可愛いし、レティシアの小さい身体も、何だか嬉しそう。

ディアナに来てからずっと幸せだけど、やっぱり、年長の人だらけのなかで、ちょっと緊張はしてるんだよね……この身体も。


「フェリス様、大人気でしたね」

「レティシアもね」

フェリスとレティシアは微笑しあう。

本当はあの子たちは、領主様と婚約者様がいらっしゃるから、子供たちに薔薇を持たせて歓迎の挨拶を、と大人達が予定して待たせていたのだが、いつのまにか、ねー、見えない、フェリス様見えない、婚約者様も見えないよ、待つの飽きたよ、早く会いたいね、ってみんなで団子になってるうちに、前へ前へとやって来て、レティシアたちのもとまで辿り着いてしまったのだそうだ。

御祝い事の二人の為に用意されていた薔薇は、ちゃんと頂いた。薔薇の御礼に、フェリスとレティシアで摘んだいちごを子供たちに差し上げた。数が足りてるといいけど……。

「本当はね、レティシアが僕の所へお嫁に来るから、レティシアにもお祭りに出てもらう？　って希望もあったんだけど」

小さな可愛い女の子が、レティシアの金髪に飾ってくれた淡いピンクの薔薇が、ちょっと曲がっているのをフェリスがなおしてくれる。

「わたし？」

きょとん、とレティシアはフェリスを見上げる。

「うん。でも、レティシア、小さい身でお嫁に来て疲れ果てて、お祭りどころじゃないかもしれないし、来年くらいに落ち着いてからがいいかな、って話してたんだよね」

「フェリス様はいつもお出になってるのですか？」

「うん。公式に出てる日と、いまみたいに、時間があいたから様子見に寄ってるときと」

「……王弟殿下は引き籠りとお聞きしてましたが、とってもお外にお忍び好きの引き籠りさんなのですね……」

レティシアは微笑ってフェリスを見上げた。

「うーん。それについては、ちっとも引き籠れてない。義母上の機嫌を悪くせぬよう、夜会を逃れようと思って、引き籠りになりたかったんだけど、出ない訳にはいかないものがやっぱり結構あって……」

「引き籠り、希望、だったのですか……」

「うん。でも改める」

「……？」

「いままではさして気にしてなかったんだけど、これからは、レティシアが嫌な思いをせぬように、評判には気をつけるようにする」

「……わたし？」

　どうしてフェリス様は、そんなにレティシアの為にいろいろしてくれるんだろう？　いい人過ぎでは？　もしやフェリス様、十七歳にして、子持ちのパパにでもなった気分なんだろうか。確かにさっきもわりと子煩悩だったけど。

「フェリス様、私のために無理したりしないでくださいね。私、とってもとっても、フェリス様のおかげで幸せなので！　どうかご無理なさらず‼」

「ううん？　無理はしてない」

「大丈夫ですよ。レティシア様。フェリス様は、いままでが、構わなすぎただけです。レティシア様がいらしたので、人並みにお食事を食べて、人並みに外聞にも気を遣おうという……とっても人間らしくおなりになっただけで……レイは、感謝に堪えません、レティシア様、一生お仕えします……ずっといてくださいね!!」

「どういう感謝の仕方してるんだ、レイ」

「眉目秀麗、文武両道、何処にお出ししても恥ずかしくない当家の自慢の我が君が、このままろくなもの食べずに、他人に興味も示さず、本ばかり読んでる隠者と化すんじゃ……？　と案じていたら、お食事はちゃんと食べて、嫌なことは嫌と言って、ときちんと意見をしてくれる方が嫁いでいらしたんです。これまで一度も、どんな方であろうと、フェリス様に御意見できる御令嬢などいらっしゃいませんでした。しかもうちの偏屈なフェリス様が、この薔薇の花の精のような小さな可愛いレティシア様に頭があがらない……どんな奇跡かと……家人一同でレティシア様を拝まんばかりです」

「レイよ、レティシアを褒めたいのか、僕を貶したいのか、どちらなんだ？　主に後者としか思えないんだが……？」

「レイ、おもしろーい。物語に出て来る、じぃやみたい」

芝居がかったレイの様子をレティシアはおもしろがり、フェリスは美しい眉を寄せている。

「ありがとうございます、レティシア様。フェリス様のお世話をしてるあいだに、若くしてだんだん老けが……。そんな私も、これからは若返れる予感が致します」

フェリス様はレティシアに限らず、わりと万人に優しい気がするけど、表向きは引き籠り、実際はお部屋から何処にでも自由気儘に行き放題の美しい主人を持ってたら、一番の随身のレイは老けるかもしれない……。

レティシアも転移魔法覚えたら、何処にでも行き放題なのかしら？

「フェリス様！　可愛い花嫁様に食べていただけるように、うちの野菜をどんと御邸に持って行きますね！」

「フェリス様、うちのジャムをお持ちくださいな！　可愛らしい花嫁様にぴったりの！」

「フェリス様が大人気……」

推しのフェリス様が、街の方々にとっても明るく大人気で、レティシアも嬉しーい！

ここ楽しい！

王宮離れていいのかな？　って心配だったけど、来てよかった！（現金である）。

王宮にいても、実際は変な噂よりずっとフェリス様人気なんだな〜というのは、肌でわかるんだけど、あちらではやはりいろんな気遣いがあって、ちょっと緊張感ある感じだから……。

「レティシア、一緒に歩いて、いろいろ皆からもらってあげたら、みんなが喜ぶ。……って、結局、僕につきあわせて、仕事させてごめん」

むしろ、領地で休暇だ、って言ってたフェリス様、ホントに？　と疑ってたので、この休んでても働いちゃう感じがフェリス様らしくて安心しました（完璧な金髪碧眼ヨーロピアン王子ビジュアルを裏切って、元社畜の日本人娘から見ても、とても他人とは思えない、働く日本人男子みたいなフェリス様）。

「いいえ？　こんな楽しい仕事なら、いくらでも誘ってください」

王女様のお手振り仕事ならサリアでもしてたんだけど、フェリス様が丁寧な領地経営されてるからだろうけど、シュヴァリエの人は笑顔がよくて、楽しい。

それに、フェリス様にはあの嫁は小さすぎる、奇妙過ぎる、って、もっと悪く言われるかと思ってたら、大歓迎してくれてほろりなの。みんな優しい。嬉しくて、お手ふりなんかしまくっちゃう（それなりに自分が小さいことは気にしてるレティシアである）。

竜王の眷属とサリアの姫君の婚姻について

「そう言えば、イザベラ様。レティシア姫は、ディアナのフェリス殿下のもとへ嫁がれたのでしょう？　本当に羨ましいですわ。サリアには、どんな外交手腕の優れ者がいらっしゃいますの？」

ファレナ国、王妃セリアは、お喋り好きの社交家だ。

ファレナは大きな国ではないが、彼女のサロンには当節流行りの芸術家たち、諸国の噂話が集まってくる。

レティシアの叔母、現サリア王妃イザベラは、王妃になって日も浅く、様々なことに慣れていないので、芸術より諸々の噂話や見識を仕入れることを目当てで、セリア王妃と茶会をしている。

「え？　いえ、そんな格別なことは……。たまたまお年頃がよく、ディアナの王太后様のお眼鏡に適ったのかと……」

フェリス十七歳とレティシア五歳なので、八十歳と五歳よりは、年頃はいいかもしれない。

「まあ御謙遜。フェリス殿下と言えば、久方振りのレーヴェ竜王様の再来と噂される御方で、フローレンス大陸で最も美しい王弟殿下と言われる方ですもの。それはもう、降るように縁談がございましたでしょう。そのなかから選ばれるなんて、レティシア姫は、お小さいながら聡明な姫でしたが、もしやとても魔力も高かったりしますの？」

「い、いいえ。当王家は、魔力は……」

ディアナといえば、竜の血を継ぐ国、と謳われてはいるが、王族もやはり何か、普通の王族とは違うのだろうか？

「まあ、違いますの？　何しろ、あの気難しいディアナの王太后様のお気に召したのですから、きっと何処かしら常の姫ではありませんわね」

「……ディアナは大変豊かな国だと思いますが、フェリス王弟殿下というのは、そんなに魅力的な方ですの？」

イザベラは、紅茶の茶器を弄びながら、不審げに問い返した。

余り物の、変人の、引き籠り王弟殿下と聞いていたのだが……。何か違うのだろうか？

「あら、……御縁組されたのに、御存じありませんの？　サリアはあまり、魔力に興味のないお国柄だからでしょうか？　ディアナにはときおり、神祖レーヴェ竜王の力を強く継いだ方が生まれ、その方は人ならざる程美しく、聡明で、強い力をお持ちですの。もちろん一番、魔力の強い方が、王を継がれますが、稀に、王弟や王女が稀有な御力を持って他国に嫁いで、その国を非常に繁栄させますの。なので、フェリス殿下の婿入り希望の国も多々あった筈ですよ」

随分と何も知らないまま、御縁組なさったのですね、とセリア王妃から驚いた気配が伝わってくる。

「竜王の眷属として、国家を繁栄させる力をお持ちですの？」

動揺を悟られぬよう、イザベラはもっともらしい質問を返す。

正直、サリアにレティシアがいたら、レティシアに味方する貴族どもがうっとうしいので、もらってくれて有難いくらいで、レティシアの婚姻相手にさほど興味がなく、調べさせてもいなかったのだ。

「そうですね。そちらもですが、女性にはもっと魅力的な伝説もございますよ」

「何ですの？」

「レーヴェ様の血を多く継いだ方は、怪我をしにくく、大きな傷を負ってもすぐに癒える。歳をとりにくく、いつまでもお若い。……常に共にある、最愛の配偶者も、この恩恵を受けるのだそうです。レティシア姫はまだ幼いですが、もう少し大人になられてからなら、老けないことは、女性にはとても羨ましいですわよねぇ」

そんな話は全く聞いていない。

やっかいもの同士だし、大国ディアナと縁づくのにちょうどいい、と嫁がせたら、レティシアはそんな不思議な力を持つ配偶者を得たのか？

なんと、悪運の強い娘だ……。

子供の癖に大人のようなことを言う、嫌な賢しい目をした、本ばかり読んでいる娘だったが。

「それに、ラフィーノのような人気の画家が描いた、美しいフェリス殿下の肖像画が、芸術品として、とんでもない高額で、オークションで取引されるそうですわ。まったく現代の生きている伝説でいらっしゃいますわ。そのような御方と縁を持たれたレティシア姫も、本当に強運でいらっしゃいますわね」

そう言えば、ディアナからレティシア宛に贈られたフェリス王弟殿下の肖像画が紛失した。

もっとも姿絵など誰もが本人より美しく描くものだし、レティシアがフェリス王弟殿下の顔を見て美醜で婚姻を決めるわけでもないから、肖像画自体の紛失より、サリアとしては、外聞が悪いので、紛失をディアナ側に知れぬようにとだけ配慮した。

そんな話を先に知ってれば、フェリス王弟の持つ数々の幸運を与える為に、イザベラの実の娘のアドリアナのほうをディアナに嫁がせるべきだった、と後悔にイザベラは密かに唇を噛んだ。

薔薇祭の街を二人で歩く

「レティシア、歩きにくくない？」

「はい」

フェリスとレティシアは手を繋いで、春のお祭りに華やぐ街を歩く。

建物の窓や玄関にも、路上にも、そこかしこに飾られた薔薇の花で溢れている。薔薇、食べ物、雑貨、いろんな屋台が出ている。

可愛いもの、綺麗なもの、新鮮なもの、珍しいもの、がたくさん!!

レティシア、歩くの大変じゃない？　肩に乗せてもいいよ、いろいろ見えやすいかも、とフェリス様に薦められたけど、それは遠慮した。

仲良し！　と言うより、基本、フェリス様は、雑踏だと、出来るだけ自分に密着しててくれた方が、何かあった時にレティシアを守りやすい、って思考みたい。

それはまあ、フェリス様とレティシア二人を守るよりは、ほぼ一体化してたほうが防御しやすい、のは原理としてわかるんだけど……現状、そこまで危険な街にも見えないから、ちょっとだけ、大人だから、自分で歩きたいというレティシアの見栄です!!

でも、手は繋いでもらってたほうが、安心する。

生まれたところから、遠い遠いところまで来たから、やっぱり不安。

（最近のレティシアが、ちょっと強くなってるのは、ずっと一緒にいるフェリス様の性質が影響してるのでは……）

レティシアは五歳で、王宮から出ることもないお姫様。

公式行事に参加のときは、必ずお父様お母様とご一緒だった。

それ以前の日本で暮らしてた雪は、海外旅行にガンガン行くようなタイプでもない地味目社畜OLだったので、ひたすら会社と自宅を往復してた。旅行もいいなと思ってたけど、長期休みもとれなかったし、とれても急に一緒に行く人が……って。

存在感薄めの、誰にもどうでもいいような、ちっぽけな女の子だったけど、雪なりの幸福や不幸があって、もうちょっとだけ幸せになれないかなー？　とか思ってた。

それがいままでは、サリアにいたら、何もしなくても生きてるだけでも邪魔になる王女で、同じような立場（立場はともかく、だいぶ何もかも違う気がするけど……）のフェリス様のもとへ嫁ぐ。

ここは、王宮に居場所のない気持ちを抱えたまま、幼い頃からフェリス様がシュヴァリエの領民さんと一緒に大事に育くんでらっしゃる街。

不思議。

人生五年で結婚って、この世界の神様に、この娘放っといたら二度目の人生も結婚もしないまま、うっかり邪魔だなって、若くして暗殺とかされて死ぬのでは……？　って憐れまれたのかしらん……。

でも、そういう意味では、今殺されても（ダメダメダメ。お父様とお母様の分も長生きするのよ！）、私、二度目の人生では超自慢できる顔も性格も素晴らしい推しを得たし、婚約者も出来たわ！（推しと婚約者様は同一人物だけど……）。

レティシアに婚約者ができたのは、叔父から既に決定事項として伝えられたので、レティシアの自由意志じゃないけど、それでも少しはいろいろ頑張ってるわって言えるかも？

「フェリス様」

「何、レティシア？」

「あれは何でしょう？」

「いちごの飴だね。いちごに飴を絡ませてるというか……」

「可愛い飴がたくさん……!!」

いちご以外にも、果物にいろいろ飴で加工している。

そして、日本の縁日でもよく見た飴細工。

ちょっと違うのは、ディアナや、ここシュヴァリエの御土地柄、薔薇や竜の飴細工が多い……。

「竜王陛下の飴細工……!!」

普通に可愛くて繊細な飴細工の竜なんだけど、そりゃあ竜王陛下の飴って書くと売れちゃうよね、きっと。

「フェリス様、レティシア姫、ご結婚おめでとうございます！　フェリス様と花嫁様にうちの飴を贈らせてください！」

「ありがとう、ヨシュア。祭りの人出はどう？」

「フェリス様のご結婚のおかげもあって、上々ですよ！」

お祭り騒ぎの街を歩き出す前に、何でもたくさんもらってあげてね？　僕の花嫁のレティシアに献上した、って後で商品の売り文句にできるから、とフェリスからレクチャーを受けている。

そして、レティシアは、フェリスが、街のいろんな人の名前をよく覚えてることに感心している。

「レティシア姫、何がお好きですか？」

「いちごの飴を下さい」

「こちらも、こちらも人気ですよ」

レティシアが遠慮がちにひとつだけリクエストしたら、ふっくらした御主人のヨシュアが、薔薇の細工の飴も、竜王陛下の飴も持たせてくれた。

「フェリス様も、苺の飴、食べましょう？」

「ああ、うん、じゃあ、僕も」

フェリス様にも苺の飴を食べさせて、レティシアは御機嫌である。

可愛い苺と、可愛い（？）フェリス様！　大好きと可愛いの二乗！

フェリス自身は、苺は美味しいけど、加工品より生がいい、しかし菓子屋にそれは言えぬ、とレティシアの小さな手から差し出されるままに、黙って苺の飴を食んでいた。

「薔薇がたくさん売ってますね」

赤、白、ピンク、黄色、珍しい紫色の薔薇など、色とりどりの薔薇がそこかしこに飾られ、そして木箱に詰められて販売されている。

「そう、この薔薇祭の一か月の間は、名高いシュヴァリエの薔薇や、シュヴァリエの薔薇を使った製品を買い付けに来る者が多いからね。お祭りであり、展示会であり、楽しむ民もいれば、一年で一番の仕事に励む民も多い。普段のシュヴァリエにはね、こんなに外部の者は入らないから、レティシアもこちらに慣れたら、のんびり薔薇畑をお散歩できるよ」

「素敵です！　薔薇畑を歩くために、私も、農家の方のような、たくさん歩ける靴が欲しいです！」

レティシアとしては、ここで身体を鍛えたいわ！

やはり、筋肉は肉体の礎、鎧！

身体を鍛え、武芸と魔法の技を磨き、いつ愛しのフェリス様が、運命の恋に出逢われて、レティシアがお邪魔になっても、立派に自立できるようにしておきたいわ！

これから結婚しようというのに、しかも大好きなフェリスとの結婚に大乗り気なわりには、前向きなのか後ろ向きなのか、謎なレティシアであるが、本人はいたって大真面目である。

「うん。もちろんレティシアが歩きやすい靴を用意させるよ。……でも」

フェリスが碧い瞳でレティシアを見下ろす。

「でも？」

ふわっとレティシアは首を傾げる。

フェリス様の瞳の碧、綺麗。よく晴れたこのお空と同じ色、と思いながら。

「鳥のように、僕のところから、何処かに逃げてしまわないでね、レティシア」

「？？？　何処にも行きません。レティシアがフェリス様のお邪魔にならないかぎりは」

いざや、というときの為、自立の鍛錬はせっせと積む予定ですが……。

「本当に？　レティシア、何か悪いこと考えてない？」

「考えておりません。フェリス様は疑い深いです。レティシアの靴はたくさん歩きにくいのです」

ぷくっと頬を膨らませて、拗ねた振りで、レティシアは誤魔化す。

いつかフェリス様が運命の恋に出逢われたら、とこのあいだの夜、話してたら、そんなに僕と離婚したいの？　とフェリス様が拗ねてしまわれたので、うーん、確かに、結婚前から離婚の話をするのはよくないかも？　と反省してるのだ。

でも、こんなに優しいフェリス様と、ずっと一緒にいられるなんて、そんな甘い夢はどうも信じられないので（齢五歳にして、人生、不幸に慣れ過ぎている……）、人生、何が起ころうとも万全の備えあれば、憂いなし!! なのだ。

「フェリス様、たくましい妃はお嫌ですか？」

「たくましい……？」

「身体を鍛えたいと思いました。もしや、フェリス様が華奢なお妃がお好みの場合には、悪行かもしれません……」

「健やかなのはいいことだよ。どう鍛えても、レティシアが熊のような大男にはならないだろうし」

フェリス様が堪えきれないといいたげに笑いだした。

「フェリス様？」

「レティシアの悪行は身体を鍛えることなのか、と、か、可愛すぎて……」

フェリス様。

レティシアはだいぶ慣れましたが、笑ってるフェリス様を、ちょっと珍しそうに街の方々が控えめに眺めてらっしゃいますが、大丈夫でしょうか……。


フェリス様が、長老じみたお爺様に呼び止められて、少し室内でお話をしてる間に、レティシアは、外の屋台で薔薇を売っているお店を見せてもらっていた。

レイや護衛の方がついてくれて。

「同じピンクの薔薇でもこんなに色がたくさんあるんですね？」

木箱の中には、少しずつトーンの違ったピンクの薔薇が並べられている。

「はい、レティシア姫。お好きな色はどちらでしょう？　どうぞ、御二人の結婚の御祝いに、私共からも花を贈らせてください」

「え？　ありがとう。でも見てるだけでも、楽しくて……」

あ。遠慮して、断っちゃダメね。皆からの御祝いは貰ってあげてね、って言われてるから、ちゃんとお花選んで頂かなきゃ……。

「……何か、声が……？」

苦しそうな馬の嘶く声と、けたたましい蹄の音、そして人の悲鳴が聞こえる。

「きゃあああああ」

「暴れ馬が……！」

「危ない、どいて……！」

一騎、騎手もいない、鞍もつけていない、黒い馬が、駆けて来る。

何処かから逃げ出してきたのだろうか？

視界がよくないのか、大きな体で、今にも何処かのお店に突っ込みそうだ。

標準的な馬の体重は五百キロ近い。

この突進して来る黒い馬も、とても立派な体格だ。

「レ、レティシア様、こ、こちらに……お、お早く……！」

「レティシア姫、御下がりください！」

「レティシア様！」

店のおじさんと、レイや、レティシアの護衛の方々が蒼ざめている。

「待って……」

黒い、とても立派な馬。

あの子、怖がってる。

怪我してるの？

何処か痛いの？

気の強そうな横顔が、レティシアの愛馬サイファに似てて、とても他人とは思えない。

「ダメ！　とまって！　ゆっくりよ！」

暴走してくるその馬に向けて、レティシアは声を投げた。

大好きなサイファにお願いするみたいに。

（とまって、サイファ。みんなを怖がらせちゃダメ）

（怒っちゃダメ。また誤解されちゃう。サイファ、ホントは優しいのに……）

ああ、この子の、名前がわかればいいのに……！

「……レティシア様！」

「ヒ、ヒーン……？」

「大丈夫。怖くないよ。ゆっくりよ、ゆっくり歩いて、私のところに来て」

「……、……」

自分が呼びかけられたのだ、とわかったのか、大きな馬は小さなレティシアを見て、ふと興味を示し、足をとめた。

「そうよ。賢いわ。いい子ね。綺麗な子ね。どうしたの？　迷子？　何処か痛いの？」

「ヒヒーン！」

もしかして、やっと話聞いてもらえる？　とばかりに、黒い馬は頭を下げて、レティシアにじゃれついてきた。

「いい子！　可愛い子！　お医者様、みてもらう？　何処から来たの？」

「レ、レティシア様……、お見事です……！」

「姫……！」

花屋の主人の感嘆の声。

大きな馬の暴走に怯えていた辺りの者たちから、わあああ、と歓声が上がる。

「凄いね、あのお嬢さん！」

「あれは、フェリス様の婚約者様だよ！」

「なんと！　さすがだねぇ、本物の薔薇の姫だ！」

……？

あれ？　なんだか大騒ぎになってる？

「レティシア、悲鳴が聞こえたけれど……？」

フェリス様も、転移魔法で現れてくれた。

「あ、フェリス様。この子が何処か怪我してないか、お医者様に……」

「……？　どうしたの、レティシア、この馬？　拾ったの？」

さすが、フェリス様、好きだー。

やや天然さんなのよね。

拾うには、馬さんは、ややサイズが大きいのでは。

「はい。いま。迷子さんかもです」

レティシアは、馬よりも、街の方々の大きすぎる歓声にちょっと怯えたけど、フェリス様のお貌を見て、フェリス様の白い指で乱れた金髪をなおしてもらったら、落ち着いた。

やっぱり、安心には、くまちゃんかフェリス様か竜王陛下だわ。

「いい子だ。祭の騒ぎで、何処かから離れてしまったのかな？」

黒い馬は、フェリス様に撫でられて、うん、と言いたげに、甘えてちいさく頷いている。

この子、本当は甘えん坊さんなのね……？

「暴れ馬を、フェリス様の婚約者様が宥めてくださった！」

「なんとあんなに幼いのに、さすが、我らのまことの薔薇の姫！」

いえ、そんなのではなくて、不安がるこの黒馬ちゃんの横顔に、どうも、うちの子がむずかるときの面影を思い出して……。

この子は無事でよかったけど（暴走状態のままで、人間が危険になってくると、処分されてしまう馬ちゃんもいるので）、うちのサイファが何処かできかん気を起こしてないかと。

……心配過ぎる……。

レティシア以外に、気持ちを伝えるのが、苦手な子なんだよね……。

叔父様や叔母様は、ちゃんと、サイファの難しい気性をわかった方に、サイファを譲ってくださったただろうか……？


「レティシア？　何か気がかりなことでも？」

「……いいえ？　馬ちゃん、無事でよかったです」


フェリス様が私の様子を少し気にしてる。

さすがに、ご結婚おめでとうございます！　とか、お帰りなさいませ！　とか、なんと可愛らしい花嫁様とご一緒に！　とか、フェリス様、凄くたくさん人に話しかけられるから、街中では、レティシアに集中できないけど。

不思議だよね、いつも。

何かが起こっても、誰もそのときの本当のレティシアの気持ちなんて、そんなには気にしないけど、フェリス様は、私の気持ちを気にしてくれるの……。

父様と母様が生きてる頃は、父様や母様や女官や、周りにいるみんなが、レティシアの気持ちを気にかけてくれた。

けれど、流行り病で、父様と母様がこの世を離れてしまうと、世界は一変してしまった。

レティシアの望みは、どんな他愛ない望みすらも叶わなくなった。

それでも最後にひとつだけ、サリアを離れる前に、レティシアが必死で願ったことがある。

叶わなかったけれど。

「お願いします、サイファをディアナに同行させてください。他のものは何もいりません……」

何度も、そう繰り返し、望んだ。

レティシアは叔母様たちに嫌われてしまっていたから、強く願うことは、逆に叶えてもらえなくなることはわかっていたけれど、それでもサイファが心配だったのだ。

「まあレティシア、いくら変わり者とはいえ、ディアナの王弟妃殿下になるあなたの馬くらい、フェリス王弟殿下も用意してくださるわよ。ディアナはそんなに貧しくないわ」

「そういう、ことではなく……サイファは、私でないと……」

「アレク、レティシアの言うことをどう思って？」

「サイファはレティシアにしか馴れない馬。そんな馬を連れて行って、何かあったらどうするの？サイファが向こうで無礼を働くかも」

「サイファ、そんなことしないわ……！」

レティシアは昔から何となく従兄弟のアレクが苦手だった。

父様と母様がお元気だったころは、レティシアが可愛いと言って、レティシアの御機嫌をとっていたアレクだが、両親が亡くなり、このディアナのフェリス殿下との婚姻が決まったころから、びっくりするほど意地悪さに拍車がかかった気がする。

「ただでさえ、変人王弟にレティシアなんか好かれる訳がないのに」

「……」

自分で思っていることでも、人から嫌味たらしく言われると、腹が立つのは何故だろう。

だから、何なの。

あなたなんかにそんなこと言われる覚えはないわ。

フェリス殿下の好き嫌いなら、ディアナに行って御本人からお伺いするわ。

フェリス殿下があんまりレティシアをお好きじゃなくても、遠い離れとかにお部屋を頂いて、いまのここでの生活よりは、忘れられた小さな妃として暮らすもの。

物語みたいに愛されようとか、母様と父様みたいになろうとか、そんな高望みしてないわ。

「そのうえ、我儘な馬まで連れて行くなんて、そんなことが許される訳がないだろ」

「……」

そんなことわからないじゃない。

フェリス王弟殿下は変わり者なんだから、レティシアのように我儘な馬が好きかも知れないじゃない。

私がここにおいていったら、サイファはどうなるの……。

「レティシア、あなた、まさかお会いしたこともないのに、フェリス殿下が、レティシア姫の望みならば、何でも叶えてくれるとでも自惚れているの？」

「……、いいえ」

わかってる。

そんなことあるわけない。

レティシアの希望なんて、通らない。

神様が父様と母様を御連れになった時から、世界は、レティシアに少しも優しくなくなった。

それはもう、嫌というほど、身に染みている。

お逢いしたこともないフェリス殿下が、ディアナから押し付けられたに過ぎない、不釣り合いな花嫁のレティシアの望みなんて叶えてくれるはずもない、と……。

何もかも諦めて、ディアナへ来た。

だけど、ディアナに来て、お逢いしたフェリス様は……。

(どうして、僕の小さな花嫁は、仲良しの愛馬を連れて来られなかったの？　手続きで、何かの手違いがあったの？)

(レティシアが嫌なことはしなくていい)

(レティシアは僕に属するものになるんだから、僕がレティシアを守るから)

世界で、いちばん、優しい、お人好しの私の婚約者様……。

レティシアも、どんなものからも、フェリス様を守ってあげたいの……。


「フェリス様、例の件なのですが……」

「……？　じゃあ、急いだほうがいいね。もう、僕が行こう」

「……？　フェリス様が行かれたら、連絡をくれてるマルロ導師が焦りまくると思いますが……」

「誰にも見つからないようにこっそり行けば……」

「あなた、どうやっても目立つじゃないですか……」

「そんなことはない。僕は黒子のように地味で目立たないように、長年、研鑽を積んでいる」

「フェリス様の日々の様々な修練は存じておりますが、そちらに関してだけは、全く実ってないと思いますが……。それに誰にも見つからないで連れてきたら、それはそれで問題です。話は通しませんと」

「だって、いつまで待っても、話が通らないんだろう？」

「ええ。無能なのかやる気がないのか、両方なのか、話がちっとも前に動きません」

「では決まりだ。待ってても、きっと体調が悪くなるばかりだ」

フェリス様とレイが、何か、また漫才をしている。

「フェリス様？　何かお急ぎの件が？」

フェリス様がお忙しかったら、誰かつけてもらって、レティシア一人でお祭り見ようかな？

フェリス様と御一緒できないのは残念だけど、侍女の方とでも、お祭り、のんびり見て回りたいかも……。

「うん。レティシアも一緒に行ってもらえる？　そのほうがその子が安心すると思うから」

「……？　どなたがですか？」

レティシアぐらいの年齢の子のお見舞いにでも行くのかな？

「レティシアの大事な友達」

「……私、の？」

そんな人が何処に？　と思うあたりが、残念過ぎるレティシアであるが、そろそろ貴族の令嬢の中から誰かレティシアのお話相手をという頃に両親に不幸が降りかかったので、サリアにもレティシアの友達なんて……。

「うん。二人で、レティシアの友を迎えに行こう」

「……？」

舞踏会でダンスでも申し込まれるようにフェリスに手を差し出されたので、レティシアはつい手を出してしまった。そうしたら、このあいだ、むりやりフェリスに我儘を言って、宿屋の偵察に連れて行ってもらった時と同じように、ふわん、と空間が揺らいだ。

「……フェリス様？」

花の咲き誇る春のディアナから、レティシアの瞳に映る景色は、冬深い場所に一変した。

「……ここ、は……」

人生で、二度と見ることはないのだろうか？　と後にして来た、サリア宮殿。

最後は悲しい思い出に埋め尽くされたけれど、優しい父母の面影の宿る、壮麗なディアナ王宮に比べれば、それはもうささやかな、可愛らしい宮殿の、表側ではなく、地味な一角……ここは……

厩舎（きゅうしゃ）？

「やっぱり、ぜんぜん食わないなあ。もうダメなんじゃないか？」

「だけどさあ、何とかして、食わさないとマズイよ。いままで、死んでもどうでもいいって言われてたけど、突然、レティシア様のところに送るとか言い出したんだよ。ディアナの王弟殿下の強いご要望だってさ。でも今更、そんなの無理だよ、こんなに弱ってるのに。輸送途中に、死んじまうよ」

厩番の男たちがぼやいている。

「じゃあ最初からレティシア様と一緒に行かせてやりゃあよかったのに。もともとこいつは王女殿下の言う事しか聞かない気難し屋だったのに、レティシア様から引き離したりして、最初から弱るのわかってたのになあ」

「名馬の誉れ高かったから、いまの王女様のアドリアナ様が乗りたかったんだってさ。でも全然、アドリアナ様のこと嫌って、乗せてやらないから、すんげぇ不興買っちゃったんだよ。……なあ、おまえは馬なのに、レティシア様一途の忠義者だよなあ。ここサリアの貴族の旦那どもみたいに、風見鶏みたいに、調子よく王様代わったら、態度変えないと、ここじゃあ生き残れないぞー？」

「つーか。せっかくレティシア様が呼んでくれてんだから、頑張って食えー。おまえ、元気になったら、大好きなレティシア姫様んとこに行けるんだぞー？　食わなくて死んじまったら、大好きな姫様に逢えないんだぞー？　しかもきっと死んだら、俺らが怒られる……」

姫様、という言葉に、弱った馬は、ぴくぴく時々、耳を動かしてる。

聞いてる。

ぜったい聞いてるわ。

ちゃんと言葉がわかるのよ。

いつも私の話を聞いてくれたもの。

レティシアの、一番辛いときも一番悲しいときも、あの子だけが知ってるのよ。

私の。

「サイファ……!!」

溜まらずに、レティシアは愛馬に向かって、走り出した。

フェリス様の許可を得なくちゃ、いま出ていいのかどうか、とか、頭の片隅にはあったのだけれど、たいそう立派だったサイファがぞんざいに手入れされ、すみっこの厩舎で、力なく横たわってる姿に、そんな理性が消し飛んだ。

「サイファ、サイファ……ごめんね、ごめんね……!!」

ぜったいに連れて行きたい、と。

一緒じゃなければ嫁になど行かぬ、と。

もっとサイファの為に頑張るべきだった。

何もかも諦めるべきじゃなかった。

いつもレティシアは間違えるけど、また間違えてしまった。

レティシアの手からは奪われても、サイファは美しい仔だったから、誰かのところで大事にされるのだと思ってたのだ。

ディアナでフェリス様にどんな扱いを受けるか、出立前は、レティシアも自信がなかったから、無理をして連れて行くより、そのほうがいいだろうと諦めたのだ。

こんなにサイファが弱ると知ってたら、何としても手放したりしなかったのに。

「サイファ……!!」

「……、……!!」

縋りついて来たレティシアのちいさな身体を、サイファはちゃんと理解した。生気を失っていたつぶらな瞳が輝き、白い尻尾がパタパタと動く。

「お、王女殿下？」

「レティシア様、どうして……？」

厩番たちといえど、ちいさな姫様は知っている。

レティシア姫は、ディアナにいるはずでは？

偉く立派な護衛がついてるが……。

「ディアナの依頼で、レティシア姫様とともに、サイファの受け取りに来た魔導士だけど、受け取っていってていいかい？」

すっとぼけて、フェリスが厩番に交渉する。

「え？　ええ、そうなんですか？」

「またえらい男前の魔導士様が……。竜の国ディアナともなると魔導士様も違いますね……。オレらはいいですけど、上にちゃんと書類通してもらってます？　御覧の通り、サイファはいま弱ってますから、魔法で大事にして移動してくれるんならいいですけど、下手に長旅なんかさせたら、体

力が持ちませんよ……」

「ああ。承知してる。だから僕が迎えに来たんだ。……主に栄養失調と気力減退で、サイファは身体の病気ではないんだよね？」

「そうですよ。まあ主を失った気鬱の病ですよね。お偉いさんたちは、馬に気持ちなんかないとお思いですけどね、一徹な奴は一徹でね。簡単には、主を変えられないんですよ」

「よかったなあ、サイファ。姫さんに逢えて」

サイファは泣きじゃくるレティシアに、大丈夫、と元気そうに振舞いたいようだが、やはり体力が減退してるらしい。もどかしげに小さく嘶いている。

「レティシア、彼を少し治療したいから、力を貸して？」

「……ま……、わ、たし、まだ、治療の呪文ならってな……」

レティシアは泣きすぎてうまく言葉が綴れない。

フェリスに、サイファを助けて、と琥珀の瞳だけで訴えている。

「うん。レティシアは元気になって、と念じてくれたらいい。僕が仲介するから」

「フェ……あるじ様。目立たぬようにね。目立たぬように……」

「大丈夫だ、レイ。激しく不愉快を感じているが、何も壊してない」

人間、何も壊さなければ、目立たないというものではありませんよ、基準がおかしいです、と遠い眼をしているレイをよそに、フェリスは右手でレティシアの手をとり、左手でサイファの身体に触れる。

「安全に移動できるように、少し、この子を治療していいかい？」

「そりゃあ、有難いですけど、魔導士様……、さすがディアナの王弟殿下の御計らいだねぇ……サリアじゃ、姫様の大事な馬とはいえ、馬にまで高価な魔法なんてかけやしませんよ」

フェリスの問いに、厩番たちは、珍しそうに、異国の魔導士とやらを眺めている。サリアの者にとっては、魔法そのものがとても珍しいのだ。

「サイファ。動いちゃダメ。フェ……魔法使いさん、優しいよ、怖くないから」

サイファはレティシア以外が自分に触れることをうっとうしそうにしながら、レティシアにも触れているフェリスを値踏みするように眺めていた。

「……誰がどんなことを言ったかわからないが、もちろん、美しい君が知っているように、レティシアはずっと君といたかったよ。離されたのは、レティシアの意志ではない。……レティシアが、僕に初めて逢った時、誰よりも君に、僕の話をしたいと言っていたよ。君の姫君は、君を必要としているよ。……迎えに来るのが、遅くなってすまない」

「……、……」

フェリスがサイファの耳に囁くと、サイファは納得したように、フェリスから流れて来る魔力の波動を受け入れた。それはサイファの愛しいレティシアの気を纏っていて、ずっとずっと焦がれていた波動だった。

「サイファ、ごはん食べなきゃダメじゃない。幸せになってねって言ったじゃない」

涙交じりのレティシアの言葉が聞こえ、サイファは面目ない、とつぶらな目を伏せた。

反省はしてる。幸せでいるという約束を破った。

レティシアの望みは叶えようと思っていたのだが、『サリアの王女殿下の自慢の白馬』なんて、虚ろな地位の維持に興味が持てなかったのだ。

王女という名がつくなら、誰でもいい訳じゃない。

サイファの小さい王女様はたった一人だったのだ。

「……ごめんね、サイファ。ちゃんと守ってあげられなくて。大好きだよ。逢いたかったよ。ずっと、ずっと、逢いたかったよ」

こちらの方こそ、だ。

レティシアは竜の国にお嫁に行くと聞いた。

流石に、空も飛べるような神獣には、とてもサイファは敵わない。

だから、もう、サイファのことを、いらなくなったのかと思った。

そんなはずはないのに。

泣き続けるあの子には何の力もなくて、ただ運命に、何もかも奪われるばかりで泣いてたのに。

サイファは、泣いてるあの子に、何も、してやれなかったのに。

「いっしょに帰ろう。フェリス様と一緒に、ディアナに帰ろう、サイファ」

「……、……」

我儘だとわかってるけど、この娘といたい。

一生、この娘を守ってあげたいのだ。

何処にいたいのではない。

王家の馬でありたい訳でもない、ただ、レティシアの傍らにありたいのだ。

「うん。一緒にディアナに帰ろう。大丈夫。身体には何も問題はないよ」

なるほど、この……にんげんが……レティシアの……。

……ほんとうに、人間なのか、これは？？？

「サイファ！」

「おおー、すげぇ！　毛並みが輝きだした！」

「あんなに弱ってたのに……魔法ってのは凄いんだねぇ……!!」

まわりから歓声の上がるなか、サイファはつぶらな瞳で、だいぶ怪訝そうにフェリスを見ていた。

「……これは！　お迎えが遅れまして、申し訳もございませぬ!!」

白い衣装の魔導師が、転ばんばかりにこちらへ走ってくる。

なんだよ、今日は、千客万来だな、と厩番の二人は目を見かわしている。

「こちらの、こちらの不手際により、ま、まさか、おん、おんみずからいらして頂くとは……！

お逢い出来て光栄の至り……！」

「久しいな、マルロ導師。レイに怒られるから、もっと地味に歓迎してくれ」

何とも言えない顔をフェリスがしていて、力を注がれたサイファが目に見えて元気になったので、レティシアも笑える余裕が出て来る。

「……だれか！　だれかある！　レティシアの馬を手入れしている者は何処なの？」

かん高い女性の声に、レティシアがぴくりと震える。

サイファが警戒した色を瞳に浮かべる。

「お、王妃様、このようなところへ、何も……」

悲鳴じみた侍女の声がする。

「……？　サリアでは、王妃がよく馬屋へ様子を見にいらっしゃるのか？　うちでは義母上が馬屋へ来ることなんてないに等しいんだが……」

「ここでも、初めてですよ！　何のお怒りなんだか……」

フェリスが不思議がり、厩番は震え上がっている。

「ほら、地味にならない。壊滅的なタイミングの悪さですね」

「これは僕のせいではないと思うんだが……」

レイの情けない顔に、フェリスは肩を竦める。

「厩番、サイファの様子が聞きたいわ！　ディアナの王弟殿下フェリス様が気にしておいでなのよ！」

ドレスが芝生をすれる音がする。

レティシアの小さな手がぎゅっとフェリスの手を握る。

「大丈夫だよ、レティシア。せっかくだから、叔母上に結婚のご挨拶をしよう」

「フェリス様……」

安心させるように、フェリスがレティシアの金髪を撫でる。

「あ……母様……の……」

レティシアは王妃の首を飾る琥珀の首飾りを見つめて、小さく声をあげかけ、飲み込んだ。

母様の首飾り。

レティシアの瞳の色と同じでしょう？　って母様が気にいってた首飾り。

どうして、レティシアは母様のアクセサリーを継承できなかったんだろう……？

王位に値しない、というのは、若年で、思慮が足りぬから、と言われたら、国難がたくさんある

いま、もっと強い人がサリアを守らなければ、と納得できるけれど。

母様のアクセサリーは……。

ううん。ダメ。

そんなことを、いま気にしていても、ダメ。

きっとイザベラ叔母様は、母様の首飾りを気に入って、大事にしてくださってる。

いまはそれよりも、サイファをディアナに連れて行くことを、どうにか、お願いしなければ。

「レティシア！　あなた、どうしてこんなところに……！」

近づいてきた王妃イザベラは、寄り添いあうレティシアとサイファを認識し、目を見開いた。

「叔母様、御機嫌よう……」

レティシアはちいさな背中にサイファを隠すようにして立つ。

サイファは大きいから、レティシアでは、ちっとも隠せないのだが。

イザベラはレティシアの姿に、世にも哀れな様子で、サリアを旅立っていった惨めな小さい王女

が、この春最新流行の柔らかな布地の美しいドレスを身に纏い、かつて見たこともないほど眩く輝いていることに気づいた。

この奇妙なことばかり言う娘は、こんなに美しかったろうか？

やはり、あのディアナの王子に纏わる不思議な力のせいなのか？

「いったい何が……!!」

「勝手に御邪魔して申し訳ありません。私の妃の愛馬の加減が悪いと伺い、非礼ながら、心配で飛んで来てしまいました。……フェリス・シュヴァリエ・ディア・ディアナ、麗しの叔母上に初めてご挨拶申し上げます」

フローレンス大陸で一番美しいと謳われる王弟殿下は、にこり、と魅力的に微笑んで、親族になる貴人を見上げた。

「こ、これは、……これは……ようこそ、フェリス様」

イザベラは息をのみ、侍女も異国の優雅な貴公子に見惚れた。こんな美しい男を生まれて初めて見る。

「わ、私もいま、お問合せ頂いたサイファの様子を見に来たところでしたの。……こんなところまでいらっしゃるなんて、レティシアはよほどサイファの様子ばかり心配していましたの？」

「いいえ？　レティシアは、あんまり何も望まないので、僕が彼女の大事なものを呼び寄せてあげたくて。……何しろ、ディアナは、王女が嫁入りとなると、寂しがらぬように、馬も侍女も魔導士も何もかもみんな連れて行かせるような国ですので、身一つで参りました我が妃が不憫でならず……。ええもちろん、サリアではきっと仕来りが違うのでしょうが……」

物憂げにディアナの貴公子は告げた。

「ま、まあ、そうですの？　私も愛馬くらい連れて行けばいいのに、と申したんですけど、レティシアは一人で参ると聞きませんでしたので……」

そりゃ王妃様の嘘だよなあ、レティシア姫さん泣いて嫌がってたのに、サイファのこととりあげたじゃん、おかげでサイファ死にかけるしよぉ、ていうかこの魔導士、レティシア姫の旦那の王子なのか、そりゃそうだな、魔導士にしては男前すぎだな、と厩番の顔が言っていた。

「……では、叔母様、わたしたち、このままサイファをディアナに連れて行ってもかまいませんか？」

レティシアは、王妃の過去への嘘を攻めるより、言質をとろうと必死だ。

おばさまは嘘をついている。サイファのことにしても、母様の形見のお道具類にしても、レティシアの願いは何一つ聞き入れられなかったのだ。

でも、レティシアには怖い叔母様だけど、フェリス様には弱いみたい……？

ディアナの王子と争いたくないからかな……？

「も、もちろんよ。サイファは連れて行きなさい。……フェリス様、王宮内には美しい私の娘アドリアナもおります、ぜひ、ご一緒に御茶を……」

「突然の無礼者に、優しいお誘いをありがとうございます。ですが、我が領地の一年で一番大事な祭を抜けて参りましたので、すぐに帰らねばなりませぬ。……戻る前に、私のささやかな願いを叶えて頂けますでしょうか？」

「な、何なりと」

「……王妃様の、その首飾り」

「こ、これですか？」

フェリスがそう言うと、イザベラは琥珀の首飾りに手をやった。

「私の国では、結婚の祝いに、何か古いもの、何か借りたもの、何か新しいもの、何か青いもの、を身につけると幸せになれる言い伝えがあります。それはとても古い首飾りとお見受けします。……結婚の祝いに、その首飾りを、我が妃レティシアに頂く事は可能でしょうか？」

「そんなに古かったかしら……？　これは義姉上が気に入っていたものですけれど……、よろしいですよ、フェリス様がお望みなら、この首飾りはレティシアに。……ですが、フェリス様、レティシアはとても変わった娘です。お話はあいますか？　あわないことはないですか？　もしお話があわぬようなら、当家にはアドリアナという素直な可愛い私の娘もおりまして……」

いまいち何を言ってるのかわかりにくいな、この人、と冷たい碧い瞳で見下ろしつつ、レティシアの母上の首飾りをレティシアに戻せるとの返事を得て、フェリスの唇には微笑が浮かんだ。

「……僕は、生きている人のなかで、レティシアほど話があう娘に逢ったことがありません」

レティシアかレーヴェで、レーヴェが生きてる人かっていうと、かなり違うだろうから、とフェリスは思っている。

「そのような得難い王女レティシアと出会わせてくださったサリアの王家に、心からの敬意をはらいます。……王妃様には、そちらの大切な首飾りのお礼に、こちらを」

イザベラと侍女の前に、宝石箱がふたつ現れた。

一つはからで、宝石が納められるのを待っている。

もうひとつの宝石箱の中には、薔薇のモチーフの紅玉石の首飾りと耳飾りが鎮座している。

「まあ、美しい……」

「素敵ですね。なんて見事な細工……」

「サリアに伝わる大切な琥珀の首飾りに敵うべくもありませんが。ディアナでこの冬、話題になっていた首飾りです。お納めください」

イザベラ王妃は、その紅玉石の首飾りを気に入ったようだ。侍女の手を借りて、レティシアの母の琥珀の首飾りを外し、華やいだ様子で、紅玉石の首飾りをつけている。イザベラの首から外された琥珀の首飾りは、侍女の手で宝石箱に収められ、フェリスのもとへ届けられる。

フェリス様、とレティシアはフェリスの袖を引く。

母様の首飾りを叔母様から返してもらえるのは嬉しいけれど、あの紅玉石の首飾りは、宝石に詳しいとは言えないレティシアの目にさえ、とてもささやかな品には見えない。

もしや、大変高価な品と、母の琥珀の首飾りを取り換えてくださったのでは……。

「フェリス様、あの……」

「レティシア。叔母様に名残は尽きないけど、サイファとともに帰ろうか？」

「は、はい……！」

叔母様に名残はちっともないけど（むしろ早くお別れしたい）、サイファを早く安全なディアナに、シュヴァリエに連れて帰りたい。

……あれ？

……いつのまにか、レティシアにとっての安全な場所が、サリアでなくて、ディアナになってる。

（当然だとも。オレの可愛い娘よ。愛馬を連れて、早く、うちに帰っておいで）

「え。精霊さん……？」

精霊さんの声が聞こえた気がした。

フェリス様のおうちの外でも精霊さんって活動できるのかな？　とレティシアは不思議がる。

何となく、フェリス様のおうちに憑いていらっしゃるのかと思っている。

本宅とシュヴァリエ領はフェリス様のおうち圏内だから……。

（それを言ったら、オレの可愛い娘の実家だって、オレの活動圏になるんじゃないか？）

「どうしたの、レティシア？　レ……精霊さんが何か言ってる？」

「早く、うちに帰っておいでって……」

「ああ。あの人、きっと、フェリスが一人でやりゃあいいのに、わざわざレティシア連れて行って泣かすなよ、ってぼやいてるよ。ごめんね、レティシア。ただ、サイファの安心の為にレティシアに来てもらったほうがいいと思ったんだよね」

「サイファのことなのに、私が留守番なんてありえません……」

いけない。

フェリス様にしかわからない話をして、涙を零すレティシアを、イザベラ叔母様が気持ち悪そうに見ている。

また、奇妙な娘だと言われてしまう。

でも、叔母様にどう思われても、精霊さんのお話は、フェリス様にだけ通じてたら、いいかな。

「……、……」

「くすぐったいよ、サイファ」

サイファが、泣いてるの？　大丈夫、レティシア？　と顔を寄せて来る。

さっきよりずっと元気そうで、まるでいつものサイファみたいで嬉しい。

早く一緒に帰って、サイファとフェリス様と、さっき歩いてたシュヴァリエの道を歩きたい。

サイファ、フェリス様の愛馬のシルクと仲良くできるといいな……。

「美しいイザベラ王妃、大変な御無礼をお許しください。お逢い出来て大変光栄でした。当家はいま、薔薇祭の最中ですので、これにて失礼いたします。御婦人方が好まれる薔薇の品々を、後ほどお届けしますね」

フェリスは口上を述べ、転移魔法をかける為に、レティシアを腕に抱いた。安心させるように、サイファにも手を触れている。サイファは、フェリスとレイとレティシアと自分の身体が光に包まれていくのを珍しそうに見ている。

「フェ、フェリス様……！　また、またいらしてくださいませ……！」

「ひぇー。レティシア姫さんのお婿さん、見たことないような男前の魔法使いなんだなあ……なん

「レティシア姫様ーお幸せにー。サイファー。達者で暮らせよー」

厩番たちが、平和に手を振るのを、遠く眺めながら、まあまあ地味に収まったろう？　とフェリスがレイに確認すると、そうですねぇ、レティシア様の為に、だいぶ大人に擬態できてましたね、フェリス様、と苦笑気味に合格点を出していた。

書き下ろし特別篇

白詰草の花冠

レティシアは本が好きなのだが、全ての本とまではいかない。

読み始めると、たまらなく眠くなる本というのもある。

だが本日は、眠気に耐えて、苦手科目の本を読んでいた。

タイトルは『貴婦人の嗜みとは（すべての貴婦人たちへ）』である。

「……ねむい。これは独学は無理があるかも。セドリック夫人、偉大」

レティシアのディアナでの教師陣の中では、ややお隣のお喋り好きの小母様風のセドリック伯爵夫人であるが、やはり優雅な礼の仕方も所作も、本物の貴婦人の実演付き、おもしろい世間話つきで教えてもらうのと、一人で黙々と本で読んで、こんな感じかしら、と想像するのとは大違いである。

「くまちゃーん。レティシアも、フェリス様みたいに優雅な仕草の人になりたいの」

ぎゅむっと、レティシアはくまのぬいぐるみを抱き締める。

本を読むときにくまのぬいぐるみは必要ありません、とサリアで叔母様につけられた無表情な女官になら叱られそうだ。

だが、ここはディアナで、可愛らしく整えられたレティシアの私室であり、レティシアがくまちゃんを抱えていても、当主のフェリス様は怒らない。

ただ、レティシア、くまちゃんと廊下歩いて転ばないようにね、と心配はしてくれる。

こんなにフェリス様に甘やかされていては、レティシアは我儘な悪女（?）に育ってしまいそうで自分でも心配だ。

己を律して、フェリス様の隣に恥じぬディアナの貴婦人を目指さなければ！　と想って、礼儀作法の本などを読んでいる。

「でも、この本、とっても、眠くなる……。どうしてなのかしら……?」

うう、とレティシアは眠気を払おうと金髪を振る。

サリアの母様も、レティシアの成長とともにいろんなことを教えたかったと思うのだが、いかんせん若くして病で他界してしまった。

レティシアが素敵な貴婦人になることを、きっと父様も母様も望んでらっしゃるはず……。

中身は、日本の庶民娘とはいえ、頑張らねば。

でもなんかちょいちょい中身の日本の庶民が零れちゃうのかしら？

フェリス様、レティシアの言う事に大笑いしてらっしゃるし。

貴族や王子と言っても、誰もかれもが優雅な佇まいな訳ではない。

言ってはなんだが、レティシアの従妹のサリアの王太子の意地悪なアレクより、前世の弓道部の高橋君のほうが、まだしも王子感があったくらいだ。

それくらい、生まれながらの王子様とは言っても、幅は広い。

婚約者のフェリス様は、格段にお貌も所作も優美な方というだけで……。

フェリス様とアレクの落差は、ディアナとサリアの国の規模の違いかしら？　とも思うけど、ルーファス王太子殿下はいい方だけど、やはり普通にやんちゃな男の子というかんじだし……。

「門前の小僧、習わぬ教を読む的に、私もフェリス様と一緒にいたら、いつのまにか優雅な姫になったりしないのかしら？　ねぇ、くまちゃん、無理？」

「……、……？」

うーんそれはどうなのかなー？　とつぶらな瞳でくまちゃんは困っている。

最初に逢った日の夜に、フェリスから贈られたくまのぬいぐるみを、レティシアはとても気に入っている。

相談役としても、安眠のお守りとしても、くまちゃんは活躍してくれている。

可愛いうえに、フェリス様が逢う前から、遠くから一人でお嫁に来るレティシアを想って、用意してくださってたくまちゃんというのが嬉しい。

いつもフェリス様の優しさがレティシアの隣にあるようで。

「なぁに、くまちゃん？　そんなに怠けちゃだめ？」

「レティシア？」

「きゃー！」

フェリス様のことを考えていたら、不意にフェリス様の声がしてレティシアは吃驚した。

あれ？

フェリス様、いつのまにお帰りになったの？

今日は遅くなるのでは？

「仕事が早く片付いたんだけど、入ってもいい？」

「はい！」

んしょ、とレティシアは椅子から降りて、婚約者を迎えようと、くまちゃんとともにドアに駆けていく。

「お帰りなさい、フェリス様ー！」

きゃー、とレティシアはフェリスの帰宅を歓迎する。

「ただいま、レティシア」

照れ臭そうにレティシアを見下ろすフェリス様が可愛い。

こんなちびっこが、こんな美貌の貴公子相手に可愛い扱いも変かも知れないけど、うちの推しの面映ゆげな御様子が可愛いんだもんー！

「お勉強してたの、レティシア？」

「読書を少し……、進んでませんでしたが」

「何を読んでたの？　聞いてもよければ」

「……ううう、こちらです」

わーん、なんだか恥ずかしい、と、『貴婦人の嗜みとは（すべての貴婦人たちへ）』の本でレティシアは顔を隠す。

だって、こういうのは、婚約者様には内緒で、こっそり履修しとくべきじゃない？

「ああ、礼儀作法の本なのか。この類は眠くなるよね」

「……フェリス様でもですか？」

「うん。僕は真面目な生徒だったと思うけど、この手のレッスンは睡魔を抑えるのに苦労した。あんまり興味がないと集中力が続かないんだろうね……」

「意外です。得意そうです」

「得意ではあるかも。お育ちのよろしくない王弟殿下と言われては、亡くなった母に申し訳ないよな、と他の人より気を付けたから」

「……お母様が教えたかった分まで？」

「僕の母は宮廷人ではないから、きっとこんなのさっぱりわからないと思うよ」

生まれついての王子様のような人は、何の努力もしないで、その優雅な佇まいでいる訳ではないみたい。

「わたしも……私がちゃんと出来なかったら、サリアのお母様やお父様が悪く言われたら嫌だから、ちゃんとしたいなって……」

「レティシアはまだ幼いし、サリアとディアナでは作法も慣習も違うだろうから、そんなに気にしなくていいんだよ？　何か意地悪を言う人がいたら、僕が苛め返してあげる」

「きゃ、フェリス様……」

ひょい、と本を抱えたままレティシアはフェリス様に抱き上げられる。

「フェリス様……」

「ん？」

「フェリス様、だ、抱き癖がついてるのでは……私は赤ちゃんでは……」

ううう、と普段の自分の視界よりだいぶ高い位置でレティシアは困っている。

「うん。レティシアは赤ちゃんじゃないよ。それに、抱き癖は、抱かないと赤子が泣き止まないときに使うんじゃないかな？」

「え？　そうなのですか？　フェリス様、未婚の男子なのに、そんなこと知ってて凄い……」

「僕に赤子はいないけど、小さい赤子のいるシュヴァリエの領民も、うちの宮の者もいるからね」

引き籠りの王弟殿下にしては、世の中の事に詳しいフェリス様だけど、まあ引き籠ってても、フェリス宮も、ご領地のシュヴァリエも広大だものね……。

「お外で何か嫌な事ありましたか？」

繊細なフェリス様がお外で疲弊すると、帰って来てレティシアで充電するので、今日もそんな感じかな？　と抱き上げられてソファーに移動しながらレティシアは考えている。

でも今日はそんなにフェリス様から沈んだ気配は感じないけど……。

「嫌な事がないと、僕がレティシアを抱きあげてはダメ？」

「いえ、そんなことは……」

ふるふるふる、とレティシアは首を振る。レティシアの動きに従って、さらさらとレティシアの長い金髪が揺れた。

髪も心と連動しているのだと感心しているのだけれど、父様母様が亡くなって、レティシアがサリアで一人寂しい想いをしていたときは、ひどくギシギシしていた髪が、ディアナに来てフェリス様と過ごすようになってから、なんだかキラキラしだした。

正直すぎる、レティシアの髪。

「私は、フェリス様の妃ですから、もちろん、フェリス様はいつでも私を……いつでも？」

妃なのですから、いつでも抱き上げてくださって大丈夫です！　と言いかけて、……え、それもどうなの？　とちょっと悩んでしまった。

「いや……ごめん、レティシア、意地悪言って」

途中で止まって首を傾げて悩んでるレティシアがおかしかったのか、レティシアの肩のあたりでフェリス様が笑ってる。

「いじわる……という程ではないですが」

「もちろんレティシアは僕の婚約者で、妃になる貴婦人なのだから、僕がそうしたくても、レティシアが望んでいないなら、拒んでいいんだよ」

「いえ。あの。嫌ではないのですが、なんだか子供扱いされてるようで……」

レティシアは、フェリス様に抱き締められてると安心するのに、でもこれはなんだか子供扱いされすぎでは？　と想ったりもする我儘な姫なのだ。

「レティシアは子供じゃないの？」

楽しそうに笑ってるフェリス様。

「……子供ですけど」

フェリス様が楽しそうなので、つい一緒になって笑いそうになってしまう。

だめ。

拗ねてることを意思表示しないと！

うう、怒ってるふり、むずかしい……。

「レティシアは子供なのですけど、フェリス様の隣に立つのにふさわしい立派な貴婦人をめざしてるのです！」

「立派な貴婦人ってどんなの？　うちの義母上、立派な貴婦人だけど、僕はレティシアにああはなって欲しくないんだけど……」

「違います。いえ、王太后様は国母様であり、ディアナで最も偉大な貴婦人ですが、私が目指してるのは、もう少し優しい感じです。竜王陛下の絵巻のアリシア妃のような佇まいを目指します」

アリシア妃はドレスの裾を土に汚しながら、民と笑ってる絵とかあって、ああいう貴婦人になりたいなと……。

お母様のような貴婦人はもちろんのことなのだけれど、フェリス様はレティシアのお母様と逢ったことがないので……。

「アリシア妃が貴婦人のお手本になるのか？　ってレーヴェが大笑いしそうな話だね」

あ、また。

フェリス様が竜王陛下のことを仲良しのお友達みたいに話してる。

まるで同じ家に住んでる兄弟とか、毎日一緒にいる悪友みたいに。

「アリシア妃が竜王陛下にとって、一番の貴婦人では？」

フェリス様がレティシアを抱いたまま、椅子に座ったので、レティシアはフェリス様の膝の上でお話を聞く感じ。

「僕の想像だけど、レーヴェは貴婦人が趣味な訳ではないと思う……」

ちょっと苦しそうにフェリス様が笑ってる。

一日一善。

こんなにフェリス様を笑わせたレティシアは、今日もフェリス様の寿命を延ばしたと思う。

「竜王陛下は無茶な女の子が好きって御本に書いてありました」

「そう。だから、レティシアみたいな子が好かれるよ」

「……？　レティシアは無茶をする女の子ではありません。どちらかというとあんまり頑張れない女の子です」

「頑張れない女の子は、僕の義母となんて戦わないよ」

「う……。それは大事な、推しのフェリス様のことだからです」

フェリス様の碧い瞳が眩しそうにレティシアを見ている。

笑い上戸のフェリス様の笑いをとめるほど、変な事言ったかな？

「……レティシア、あの花は？」

サイドテーブルにおいていた白い花冠にフェリス様が気づく。

「あ。今日、お庭でリタやサキと遊んでて」

「白詰草の花冠。可愛いね」

両手がレティシアで塞がってるフェリス様が、魔法で動かしたのか、白詰草の花冠は、いつのまにかフェリス様の手にあった。

「これはレティシアが編んだの？」

「あ、上手なほうがサキの編んだので、下手な方は私が……フェリス様にあげようと思って」

「僕に？」

きゃー。

落ち着いて、お部屋で、フェリス様の美貌を前にすると恥ずかしいんだけど、天気のいいお庭にいるときは、白詰草の花冠、可愛い。フェリス様に似合う。ぜったい！　って思ってたのー。

「上手に編んであるね」

「フェリス様。花冠、髪に飾ってもいいですか？」

ダメ？　やっぱりこれはお天気のいいお庭限定？

「……僕に？　うーん。僕にはどうかと思うけど、レティシアの髪には飾りたいね」

「二人でお揃いでしたいのです」

「わかった。お揃いで」

困らせてしまった。でも嬉しいな。

母様が元気なころ、母様と御揃いしたの、白詰草の花冠。優しい侍女たちもたくさんいて。みんな白いドレスを着てて。春で。みんな笑ってて。

幸福以外、何も知らなかった頃に。

それを思い出しながら、今日、お庭で、フェリス様にあげようと思って、花冠を編んでたの。

「フェリス様、やっぱりお似合いです！　可愛いです！」

「うん、レティシアがね。とっても可愛いよ」

なんだか二人で全然違う事を言い合っている私達……。

「どうして泣くの？　レティシア？　何か悲しいこと

が……」

「……？　いえ、たぶん、あんまり可愛くて……」

白詰草の花言葉は、幸福、約束。

そして、白詰草の花冠の花言葉は、私を想って、私を忘れないで。

「レティシア？」

「サリアで」

「うん」

「お母様と一緒に、花冠作ったこと思い出して……」

「……そうか。次にサリアに行くときは、レティシアのお父様とお母様に、たくさんお花を持って行こうね」

「……はい。お父様もお母様も、フェリス様が立派過ぎて驚くと思います」

レティシアが結婚？　って物凄くびっくりする二人とも。きっと引っ繰り返っちゃう。

「御二人の大事な姫君より、だいぶ年上で申し訳ない、だな」

フェリス様にゆっくり背中を撫でてもらってたら、落ち着いてきた。

「僕もレティシアに作ってあげたいな、花冠」

「……フェリス様が？　白詰草の花冠を？　子供の頃に作られました？」

「いや、花冠の製作は経験がない。レティシアから習おう」

フェリス様が真面目に言うと、何か偉大な作品が出来そう……。

「海で一緒に作った砂のお城みたいに？」

「そう。レティシアは僕の遊びの先生だから」

「……じゃあ、私がフェリス様に花冠の編み方をお教えしますね」

自分も、サキとリタに教わってた癖に、レティシアはちょっと威張ってそう答えた。

レティシアは、ここで、この優しい人と生きていく。優しいものだけでできているわけではない世界を、この人と一緒に生きていく。

いつか、絵巻で見た、竜王陛下と背中あわせで剣を掲げてたアリシア妃みたいに、うんと強くなって、フェリス様を守れるようになりたいな。

あとがき

こないだぶりです、あるいは、初めまして、須王あやです。『五歳で、竜の王弟殿下の花嫁になりました』二巻です！　二巻がでました！　嬉しいですー！

一巻から続けて買って下さった皆様、ありがとうございます。表紙が美し過ぎて、二巻と気づかず買っちゃった、の方もありがとうございます。ぜひこれからレティシアとフェリスとお付き合いを始めて頂けると嬉しいです。

『五歳で、竜の王弟殿下の花嫁になりました』私の商業初のシリーズものになりました。やっぱり著者としては、シリーズものの続きが出せると嬉しいです！

七月十日に「五歳」一巻が出まして、売れ行きどうなのかな～と私はどきどきしながら、編集さんの連絡を待っていました。

一巻のあとがきを読んで下さった方なら覚えてらっしゃるかも知れませんが、この話は私が急に亡くなったうちの母、私の二冊目の本が見たい、と言っていた母の為に書いた話なのです。異世界転生は、うちの母には、きっと、なんのこっちゃい、だと思うのですが。でも宮崎アニメと刀剣乱舞の映画は楽しく見てたので、ファンタジーの素養のかけらくらいは……。

そんな訳で、母に捧げる私の二冊目の本、読んだ方の反応はどうかな、売れるかな、続くかな、とドキドキ結果を待っていました。この本を一番渡したかった母には、もう手渡せなくて寂しいかな、と思ってたら、優しいお友達や、読者の方が、書籍発売を祝って下さって、寂しがらずに過ごせました。書籍サイトのレビューに、後書き読みましたよ、気持ち伝わりましたよ、と書いて下さった方もありがとうございます！

　レティシア達を書いてた一年間ずっとうちの王子（愛称王子、うちのラブラドール犬フォンク）と毎日一緒に散歩してくれてたゴンちゃん（ラブと柴ちゃんのミックス）が今年、お空へと旅立ちました。最愛の母を失って、しょんぼりしていた我が家の王子を励ましてくれた優しいゴンちゃん。うちの王子より小さいのに、王子の兄貴だったゴンちゃん。ごはん食べられなくなっても、最後の日まで、私と王子が来るのを待っててくれたゴンちゃん。ゴンちゃんとフォンクの戯れる様子見つつ、ゴンちゃんのお父さんお母さんとお菓子食べながら、誰かがほっこり癒されてくれるようなお話が書けたらいいな、って書いたんだよ、と泣きました。

　この二巻では、レティシアの愛馬サイファをフェリスが迎えに行くのですが、出逢った最初にフェリスがレティシアに約束したのだけれど、レティシアはきっとサリア王家はサイファの移動を許さないだろうから無理だと思っていたのです。フェリスの言葉を信じなかったのではなくて、ずっと、いろんなことを諦めるのに慣れてしまっていて。でも、レティシアの言葉に出来ない望みを叶えることをフェリスは諦めないし、レティシアはフェリスを幸せにすることを諦めない。そういう二人になれたらいいなあ、と思って書いています。

　もうすぐ、コミカライズが始まると思います。よかったら見て下さい。そして、また来年、三巻でお逢い出来たら嬉しいです。ずっと私を励まして下さった英田サキ先生と、ゴンちゃんファミリーと、フェリスとレティシアの二人を応援して下さる読者様へこの本を捧げます。

五歳で、竜の王弟殿下の花嫁になりました２

2023年12月1日　第1刷発行

著　者　須王あや

発行者　本田武市

発行所　TOブックス
〒150-0002
東京都渋谷区渋谷三丁目1番1号　PMO渋谷Ⅱ　11階
TEL 0120-933-772（営業フリーダイヤル）
FAX 050-3156-0508

印刷・製本　中央精版印刷株式会社

ISBN978-4-86699-996-8